Alexander Emmerich

Der Doktor und sein Fälscher

ALEXANDER EMMERICH

DER DOKTOR UND SEIN FÄLSCHER

MANNHEIM-KRIMI
Teil 2

G. BRAUN

Alexander Emmerich, Jahrgang 1974, lebt in Mannheim und Paris. Während er im Zug zwischen beiden Städten pendelt, schreibt er Kriminalliteratur, Sachbücher, Drehbücher und Hörbücher. Er ist promovierter Historiker und lehrt an der Universität Mannheim.

Ähnlichkeiten mit Personen und Sachverhalten sind reiner Zufall und vom Autor nicht beabsichtigt. Mörder und Opfer sind frei erfunden.

Impressum

G. BRAUN

Lektorat: Andrea Hahn, Literaturbüro am Cottaplatz, Marbach a. N.

Umschlaggestaltung: Röger & Röttenbacher GbR,
r² Büro für Gestaltung, www.roeger-roettenbacher.de

Satz und Herstellung: Manfred Lotsch & Marijana David

Druck: Orga-Concept e. K., Filderstadt

Umschlagbild: table/photocase.com

ISBN: 978-3-7650-8806-3

Dieser Titel ist auch als E-Book erschienen: ISBN: 978-3-7650-2106-0

Besuchen Sie uns im Internet www.gbraun-buchverlag.de
und auf www.facebook.com/G.BraunBuchverlag.

Erleben Sie die Mannheim-Krimis online:
facebook.com/MannheimKrimi
twitter.com/OliviaVonSassen

prolog

Hass ist ein menschlicher Gefühlszustand, der durch eine heftige und anhaltende Antipathie ausgelöst wird. Er ist das Gegenteil von Liebe und reicht bis weit in die Abgründe der menschlichen Seele. Ausgelöst wird Hass durch Eigennutz, Neid, gekränkten Ehrgeiz, Eifersucht oder verschmähte Liebe. Er ist das Ergebnis einer tiefen Verletzung, der der Betroffene ohnmächtig gegenübersteht. Im Moment der Kränkung ist er seinem Gegenüber hilflos ausgeliefert. Sein Körper kennt dann nur eine Reaktion: Er lernt zu hassen. Der Wille, dem anderen zu schaden, brennt sich tief in die Seele ein.
Hass bezieht sich immer und ausschließlich auf Lebewesen. Dinge kann man nicht hassen, denn nur einem Lebewesen kann ein Mensch schaden wollen – nur dann vermengt sich Abscheu und Verachtung mit dem Trieb, jemanden unbedingt verletzen, ja, ihn nicht nur verletzen, sondern ihn voll und ganz auslöschen zu wollen.

Ein Mann schritt über den Paradeplatz und ging geradewegs auf die seit ihrer Gründung im Jahr 1967 im Mannheimer Schloss untergebrachte Universität zu. Als er die Quadrate verlassen hatte und an der vielbefahrenen Bis-

marckstraße stand, hielt er einen Moment inne und betrachtete das Farbenspiel am Firmament. Schon lange, seit seinem Studienbeginn, lebte er in dieser Stadt, doch im Herbst erstaunten ihn die Sonnenuntergänge über Mannheim jedes Mal aufs Neue. Besonders schön waren sie seiner Meinung nach im September, doch auch dieser Novembersonnenuntergang hatte es in sich.
Feuerrot glühte der Himmel über dem nahen Pfälzerwald, als seien seine Berge die Pforten zur Hölle. Jenseits des Höllenfeuers mischte sich ein tiefes, sattes Orange hinzu, wie man es sonst nur am Abendhimmel Afrikas vermuten würde. Das beeindruckende Farbenspiel am Himmel tauchte die gesamte Rheinebene bis weit in das französische Elsass hinein in eine warme und dennoch dunkle Atmosphäre. Schön und schauerlich zugleich war der Eindruck, dessen Abbild auch aus einer Oper von Richard Wagner hätte stammen können, schoss es ihm durch den Kopf.
Der Mann war fasziniert. Er ließ mehrere Grünphasen der Fußgängerampel vorbeiziehen und starrte weiter Richtung Westen in den Himmel. Die Sonne wirkte auf einmal nah, beinahe zu nah. Satt und vollgesaugt schwebte sie über dem fernen Neustadt, bis sie schließlich versinken und sich immer weitere purpurne Streifen durch das zurückbleibende Höllenfeuer ziehen würden. Er war über seine Assoziation selbst erstaunt. Die Hölle …
Er schüttelte sich. Genau in diesem Moment sprang die Fußgängerampel wieder auf Grün, und er setzte seinen Weg zur Universität fort.
Viele Gebäude der Quadratestadt waren mittlerweile in

ein warmes Orange gehüllt, doch besonders schön reflektierte das Schloss die Strahlen des Sonnenuntergangs. Es glühte wie ein Lagerfeuer, und seine Fenster flackerten im rötlichen Licht, was der Atmosphäre zusätzlich Wärme und Glanz verlieh. Der Winter stand unmittelbar bevor, daher genoss der Mann den Anblick.

„Irgendwie passend“, murmelte er, „heute werden noch einige ihren ganz persönlichen Sonnenuntergang erleben.“

Für einen Moment blieb er am Eingang zum breiten Ehrenhof stehen, der von der Universität u-förmig umklammert wurde. Hier hatte er früher unterrichtet, und hier hatte er ursprünglich Karriere machen wollen. Doch dann war vieles anders gekommen, als er es sich vorgestellt hatte. Irgendwann war er vor dem Nichts gestanden, und es hatte für ihn nur einen Ausweg gegeben.

Der Mann schaute um sich und nahm einen tiefen Atemzug der kalten Luft, die ihn erfrischte. Er war wieder hier. Und heute sollte die Nacht sein, auf die er seit Jahren hingearbeitet hatte.

Der Mann schritt weiter. Mitten vor dem Schloss blieb er erneut stehen, bückte sich und band sich die Schnürsenkel. Dabei fiel ihm unweigerlich Schiller ein: „Heute muss die Glocke werden, frisch Gesellen, seid zur Hand. Soll das Werk den Meister loben …“, er unterbrach sich selbst und grinste: „… und der Meister, das bin ich.“

Vor der im östlichen Gebäudeflügel eingerichteten Cafeteria saß zu seiner Linken eine Gruppe Studenten an kleinen Tischen. Sie genossen die letzten Sonnenstrahlen des Herbstes und tranken das letzte Weißbier der Saison. Die dunkle Jahreszeit stand an. Zu ihnen hatten sich einige Kommilitoninnen gesellt, die sich mit Sonnenbrillen und sommerlicher Kleidung viel zu dünn für die Jahreszeit angezogen hatten. Mit aller Gewalt wollten sie die Stimmung des Sommers konservieren. Der Mann seufzte: „In zwei Tagen seid ihr erkältet, und dann jammert ihr bis Mitte Mai."

Vieles sah noch genauso aus wie vor sechs Jahren, als er hier seinen letzten Tag verbracht hatte. In Gedanken begrüßte er die Studierenden mit einem gehässigen Nicken. Dann drehte er seinen Kopf, blickte reihum von einem Flügel des Schlosses zum anderen und dachte selbstzufrieden: „Liebe Professorenkollegen, genießt die Ruhe vor dem Sturm!"

Schließlich streichelte er mit seiner freien Hand über den braunen Aktenkoffer, den er bei sich trug. Heute würde er hier an der Uni eine Bombe hochgehen lassen, die ihresgleichen suchte. Mit seiner Tat würde er die Universitätslandschaft für immer verändern und sich für das rächen, was ihm angetan worden war.

Er presste seine schmalen Lippen zusammen und formte mit seinen Mundwinkeln ein kaltes, müdes Lächeln. Noch einmal blickte er an sich hinunter. Alles war korrekt. Die Krawatte saß, und die Schuppen waren von seinen Schultern gewischt. Er war bereit.

Wenige Minuten später lief er die Treppen in eines der oberen Stockwerke hinauf, zu einer Person, die ihn wahrscheinlich am allerwenigsten erwartete. Er hatte sich nicht angemeldet, wie das sonst an der Universität üblich war. Früher hatte er sich immer gefragt, ob man sich bei den Professoren anmelden musste, damit diese ihre Termine auf dem Tennisplatz koordinieren konnten. Ja, so waren seine Kollegen. Sie litten an dem allseits bekannten DiMiDo-Syndrom und waren nur dienstags, mittwochs und donnerstags an der Uni anzutreffen. Den Rest verbrachten die Herrn Professoren angeblich mit eigener Forschung zu Hause. Wie jeder andere wusste auch der Mann, dass es schwarze Schafe gab, die seit Jahren nicht mehr geforscht oder publiziert hatten. Montags und freitags waren sie nicht an ihrem Schreibtisch, sondern zumeist beim Tennis- oder Golfspiel. Um die Universität kümmerten sie sich längst nicht mehr. Sie verwalteten ihre Plätze und blockierten den Aufstieg anderer. Seinen Aufstieg. Er war immer da gewesen, auch am Wochenende. Irgendwer musste schließlich die ganze Arbeit tun. Zu ihm hatten immer alle kommen können. Aber das hat an der Universität niemanden interessiert, auch sein Opfer nicht.

Obwohl er schon seit einigen Jahren nicht mehr an der Uni arbeitete, drehten sich seine ganzen Gedanken noch immer Tag für Tag um die kaputte akademische Karriere. Es war eine Qual. Er war süchtig nach Informationen über die Hochschule, und er wusste über den universitären Alltag Bescheid. Er kannte die neuesten Forschungsarbeiten, las Rezensionen, verfasste Aufsätze. Ja und er kannte, hier musste er lächeln, die Gewohnheiten seiner ehemaligen Kollegen. Er wusste, wann und wo sein Opfer an der Universität anzutreffen war. Er hatte es seit Jahren beobachtet und analysiert, um auf den heutigen Tag vorbereitet zu sein. Und heute Abend war das Opfer zu-

gegen. Es rechnete nicht mit ihm und noch weniger mit seinem Vorhaben.
Keuchend war der Mann in den oberen Stockwerken angekommen. Er versuchte, tief zu atmen, denn aufgeregt wollte er nicht wirken. Daher wartete er eine Weile. Erst als er innerlich wieder ruhig und seiner Atmung nichts mehr anzumerken war, trat er an die Bürotür seines Opfers heran und riss sie mit einem gewaltigen Ruck auf. Das Opfer, das sich gerade am Schreibtisch befand, erschrak und stieß einen Schrei aus. Mit weit aufgerissenen Augen starrte es ihn ungläubig an. Ein Gespenst hätte es vermutlich nicht stärker schockieren können. Der Mann verhöhnte sein Opfer mit einem tiefen, künstlichen Lachen. Er genoss den Moment.
„Da bin ich wieder, und ich habe etwas mitgebracht!“, begann er.
Die Überraschung war geglückt. Dem Opfer hatte es die Sprache verschlagen. Der Mann blickte sich um. Er erinnerte sich, dass auch er einmal in diesem Zimmer gearbeitet hatte. Doch damals hatte er sich mit alten Möbeln begnügen müssen. Zwei Hiwis hatten zudem den Raum mit ihm geteilt. Er hatte sein Büro stets in Ordnung gehalten. Und das Chaos, in dem sein Opfer arbeitete, gefiel ihm nicht. Er ging einige Schritte auf den nagelneuen Designer-Schreibtisch zu und baute sich davor auf. Mit einer schnellen Armbewegung wischte er die Unterlagen von der Platte und sah seinem Opfer tief in die Augen.
„Hat man dir keinen Ordnungssinn beigebracht?“, fragte er eiskalt.
Nun fand sein Gegenüber die Sprache wieder.

„Sofort raus aus dem Zimmer, oder ich rufe die Polizei!"
„Glaube mir, die Polizei ist das Letzte, was du gleich sehen möchtest."
Er nahm sich einen Stuhl und setzte sich seinem Opfer gegenüber.
„Was willst du?", fragte es ängstlich.
„Du armer Tor, stehst hier und bist so klug wie je zuvor", lachte der Mann.
Auf seine Faust-Einlage konnte das Opfer nichts antworten. Im Gegenteil, das Zitat verwirrte es.
„Heinrich, mir graut's vor dir!", bellte der Mann. „Das wäre die richtige Antwort gewesen."
Er stellte sein Köfferchen auf dem Schreibtisch des Opfers ab und schob damit die restlichen Gegenstände, die sich dort befanden, rechts und links vom Tisch. Kugelschreiber, Locher und Büroklammern flogen davon. Eine Kaffeetasse, auf der das große Y der Yale-Universität prangte, zerbrach, und ein mit Gold überzogener Briefbeschwerer, der aussah, als stammte er aus den 1950er-Jahren, donnerte auf den Boden.
„Was willst du?", fragte das Opfer abermals. Seine unsichere Stimme verriet, dass es Angst vor ihm hatte. Es ließ ihn gewähren. Mit den Füßen drückte das Opfer seinen Schreibtischstuhl so weit wie möglich nach hinten zur Wand, weg von dem Mann. Es krallte seine Hände in den Schreibtischstuhl, als säße es in einer Achterbahn gefangen. Doch die Augen beschrieben ein anderes Lied. Fieberhaft suchte das Opfer nach einem Ausweg.
Der Mann ließ sich auf einen der Stühle fallen, die am Schreibtisch standen, und lehnte sich zurück. Er schaute

nach rechts und zuckte mit den Schultern, er schaute nach links und zuckte mit den Schultern. Er wartete mit seiner Antwort noch etwas und putzte mit zwei schnellen Griffen seine Brille. Daraufhin beugte er sich wie ein Märchenonkel über den Schreibtisch nach vorne, um möglichst nahe an sein Opfer heranzukommen.

„Ich will Gerechtigkeit", sagte er in einem ruhigen, sachlichen Ton, als hätte er gerade in einem Copyshop zwanzig DIN-A4-Kopien bestellt. Mit der rechten Hand wischte er sich währenddessen ein paar frische Schuppen von der linken Schulter und lehnte sich wieder zurück. Erneut presste er die Lippen zusammen und bestätigte sich selbst mit einem Nicken. Schließlich legte er ein künstliches Grinsen auf, das seinem Opfer offenbar Unbehagen bereitete, denn es rutschte auf dem Stuhl herum. Er wiederholte seinen letzten Satz, langsam und eher für sich selbst.

„Ich will Gerechtigkeit."

Grinsend öffnete er sein todbringendes Köfferchen.

Sein Opfer hielt den Atem an.

erster tag

Am gleichen Abend stand Kriminalhauptkommissarin Olivia von Sassen vor dem alten, großen und ovalen Holzspiegel, den ihr einmal ihre Großmutter vermacht hatte und den sie regelmäßig in alle Wohnungen mitschleppte, in denen sie mehr als drei Tage lebte. Bereits in ihrer Ausbildungszeit und auch in den beiden Berliner Wohnungen auf dem Prenzlauer Berg, in denen sie vor ihrem Umzug nach Mannheim gelebt hatte, war der Spiegel stets ihr Begleiter gewesen. Mit großer Sorgfalt hatte sie ihn vor einem halben Jahr hierhertransportiert.

Die letzten Monate waren wie im Flug vergangen. Im Frühsommer war sie gleich in ihren ersten Fall gestolpert, glücklicherweise hatte sie ihn gemeinsam mit ihrem Kollegen Moritz Martin schon nach wenigen Tagen lösen können. Seither war es verhältnismäßig ruhig in Mannheim. Verhältnismäßig im Vergleich zu Berlin, wo sie im Dauereinsatz gewesen war – bis man sie hatte versetzen müssen.

Der Spiegel stand am Ende des Ganges ihrer kleinen Wohnung, die in der Schwetzinger Vorstadt lag, und wirkte wie aus einem anderen Jahrhundert. Draußen wurde es allmählich dämmrig. Da Olivia das Licht im Flur noch nicht eingeschaltet hatte, war es um sie herum

schummrig. Allmählich erkannte sie kaum noch ihr Spiegelbild.
Sie trug einen dunkelbraunen Hosenanzug und dazu eine schwarze Bluse, doch ihr Augenmerk war ganz auf ihre Schuhe gerichtet. Zwei, drei strenge Blicke trafen die dunklen Stiefel. Sie knipste das Licht an und blinzelte. Perfekt, sagte sie sich nach ein paar Sekunden, meinte jedoch lediglich die Stiefel, den Rest verwarf sie schnell wieder. Plötzlich flog der Hosenanzug durchs Zimmer, und Olivia griff zu einem schwarzen, halblangen Kleid. Der Spiegel verriet ihr, dass es hervorragend zu den Schuhen passte. Sie betrachtete sich lange. Doch etwas störte sie. Daher drehte sie sich noch einmal vor dem Spiegel in alle Richtungen. Irgendwie wirkte das Kleid nicht ernsthaft. Sie wollte auf keinen Fall aussehen wie das Anhängsel von Moritz, sondern wie eine selbstbewusste Frau. Mit diesem Kleid würde sie bei der Männerwelt einen Eindruck hinterlassen, den sie auf keinen Fall für gut hielt. So ging das nicht. Nun flog das schwarze Kleid dem Hosenanzug hinterher. Nach einer gefühlten Ewigkeit hatte sie sich lediglich auf die Schuhe festgelegt, und ein Blick auf die Uhr sagte ihr, dass sie allmählich das Outfit für den heutigen Abend finden sollte. Sie hatte noch einen grauen Rock, den sie auch zu den Stiefeln tragen konnte. Aber welche Bluse würde zum Rock passen? Verzweifelt schaute sie sich im Zimmer um. Diese Bluse hatte sie bei der Arbeit angehabt. Das ging also gar nicht. Ein weiterer Blick auf die Uhr ermahnte sie, nun schnell etwas zu finden. Während sie im Zimmer umherschaute, fiel ihr Blick auf ihr neues Paar hellbraune, hochhakige Schuhe,

das sie erst letzte Woche gekauft hatte und das wunderbar zum Hosenanzug passen würde. Sie griff wieder zum Anzug, schlüpfte hinein, zog die Schuhe an – und war zufrieden.

Eigentlich wollte sie mit dem Fahrrad zur nahe gelegenen Uni fahren. Ging das mit den Schuhen? „Es wird schon gehen“, seufzte sie und beschloss, sich lieber auf dem Rad zu quälen, als sich noch einmal umzuziehen.

Schnell brachte sie noch ihre wilde Lockenpracht in Ordnung, schnappte ihren Schlüssel und eilte die Treppen des Altbaus nach unten, wie sie es immer tat. Im Erdgeschoss angekommen, ging sie in den Hinterhof. Dort befanden sich neben den Mühltonnen die Fahrräder der Hausbewohner. Ihr Blick schweifte über den verwahrlosten Garten. Als sie letzten Sommer hier eingezogen war, hatte ihr Vermieter groß und breit damit angegeben, dass die Hausbewohner den Garten nutzen könnten. Doch schon damals hatte Olivia gefunden, dass man dazu Rasen hätte aussäen müssen, denn im Grunde bestand der Hinterhof aus einem langen Betonweg, der ein Feld aus Matsch in zwei Teile unterteilte. Nicht einmal die feierfreudigen Studenten aus dem zweiten Stockwerk hatten letzten Sommer den Hinterhof für ihre Grillpartys genutzt. Sie waren viel lieber im Luisenpark gelegen oder hatten zur Not auf dem Balkon gegrillt.

Das braune, verwelkte Laub des Herbstes lag überall herum und verschlimmerte den Anblickt von Elend und Trostlosigkeit. Nicht gerade einladend war außerdem die allzu schattige Lage des Hinterhofs. Im Hochsommer war diese sicher von Nutzen, aber den Rest des Jahres kam er gerade deswegen nicht für ein bisschen Erholung in Frage. Nur gegen Abend drang etwas Licht in den Hof, so wie in diesem Moment, als Olivia auf ihr Fahrrad zuging. Die dunkelrote Sonne erschien zwischen den beiden rückseitig gelegenen Nachbarhäusern und strahlte sanft auf die Kommissarin herab. Bevor sie ihr Rad aufschloss, blinzelte sie hoch. Welche atemberaubenden Sonnenuntergänge die Stadt doch zu bieten hatte!

Olivia holte tief Luft und fand, dass diese bereits nach Winter roch, was sie noch melancholischer machte. Sie schloss ihr altes, orangefarbenes Damenrad auf und lächelte über die Quietscheente, die ihr Kollege Moritz als Klingelersatz geschenkt hatte.

Gerade als sie den Schlüssel ins Fahrradschloss gesteckt hatte, meldete sich ihr Handy mit einer SMS. Olivia war sofort klar, wer das war. Nur Moritz schickte ihr noch SMS, ihr restlicher Freundeskreis war längst auf WhatsApp und Ähnliches umgestiegen. In der Tat war es ihr Kollege:

„Holst du mich ab? Ich schaff es sonst nicht. Der Dienstwagen steht bei dir."

Olivia hatte große Lust gehabt, mit dem Fahrrad zu fahren, um so den vielleicht letzten schönen Tag des Herbsts zu genießen, aber da Moritz sie zu dieser Veranstaltung eingeladen hatte, blieb ihr keine andere Wahl. Sie seufzte, schrieb ihm schnell eine Antwort und schloss ihr Fahrrad wieder ab. Dann ging sie zurück ins Haus und verließ dieses durch die Eingangstür. Am Abend zuvor war sie mit dem Dienstwagen nach Hause gefahren und hatte ihn zwei Straßen weiter an einem kleinen Platz in der Schwetzingerstadt geparkt. Braunes Herbstlaub pflasterte den Boden. Immerhin war es trocken und nicht matschig, sodass der Wind einige Blätter über die Straßen blies. Olivia schlenderte die dicht beparkten Straßen entlang und wunderte sich, wie manche Leute ihre Autos abstellten. Eigentlich müssen Kreuzungen doch freigehalten werden, oder? Sie beobachtete ein junges Pärchen, das quer auf der Straße parkte, um gemeinsam und glücklich mehrere Möbel und Umzugkartons aus dem Auto zu tragen. Die Turteltäubchen gefielen Olivia gar nicht. Paare, die auf einer rosaroten Wolke lebten, passten nicht in ihre Gegenwart. Sie dachte an ihre letzte Beziehung in Berlin und daran, wie diese gescheitert war. Das reichte ihr erst einmal für eine Weile. Es ist schon gut so, redete sie sich ein, dass sie für den Moment allein war.

Wenige Schritte weiter wunderte sich Olivia über ihren Zynismus, denn eigentlich hatte sie den ganzen Tag über gute Laune gehabt. Sie war weder verbissen, noch war ihr eine Laus über die Leber gelaufen. Lag es an Moritz' SMS, dass sie nun anfing zu stänkern? Manchmal konnte er sie mit seiner Art richtig auf die Palme bringen, und gewisse Handlungen von ihm lösten in ihr Unmut aus. Darüber, dass dem so war, war sie sich bereits seit ihrer Ankunft im Klaren.

Als Olivia endlich an ihrem Dienstwagen angekommen war, entdeckte sie im Licht der Dämmerung etwas an ihrer Windschutzscheibe. Neugierig ging sie um das Auto herum. Sie hob einen der Scheibenwischer hoch und erkannte, dass es sich um einen Strafzettel handelte. Das konnte doch wohl nicht wahr sein, sie hatte falsch ge-

parkt. Nein, doch nicht sie, ausgerechnet sie. Wütend zog sie den Strafzettel unter dem Scheibenwischer hervor, wobei sie ihn beinahe zerissen hätte, weil er sich nicht so leicht entfernen ließ.
Olivia stampfte wütend mit dem Fuß auf, und die hochhakigen Schuhe hinterließen ein schallendes Geräusch auf der Straße. Dann ging sie um das Auto herum, um festzustellen, warum sie das Ticket überhaupt erhalten hatte. Weit und breit war kein Parkverbot zu finden. Verärgert lief sie an der Motorhaube vorbei und entdeckte ein umgefallenes Schild: „Privatparkplatz Prof. Dr. Fechte". Das hatte sie am Abend zuvor nicht sehen können.
Ihr war die Sache sehr peinlich, denn im Grunde bekam sie nie einen Strafzettel. Wütend riss sie die Fahrertür auf, schmiss ihre Tasche auf den Rücksitz und legte den Strafzettel in das Handschuhfach. Sie drehte den Zündschlüssel um, legte den Rückwärtsgang ein und gab Gas. In letzter Sekunde erkannte sie einen Fahrradfahrer, der hinter ihrem Wagen vorbeifuhr. Sie trat das Bremspedal durch und konnte gerade noch stoppen. Der Radfahrer schüttelte erbost den Kopf und zeigte ihr den Vogel.
„Ich geb dir gleich den Vogel ... Das ist Beamtenbeleidigung!", knurrte sie vor sich hin und ließ ihrem Ärger freien Lauf. Das tat gut!
Bevor sie endgültig aus der Parklücke rollte, sah sie sich vorsichtig um. Während sie zu Moritz fuhr, verschlechterte sich ihre Laune von Minute zu Minute.

***

Olivia lenkte den Dienstwagen auf die Augustaanlage, fuhr am Rosengarten vorbei und bog rechts in den großen Ring ab, der die Mannheimer Quadrate umspannte. Sobald sie das Nationaltheater passiert hatte, zwirbelte sie ihr Telefon aus der Jackentasche, setzte ihr Headset auf und wählte an der nächsten roten Ampel Moritz' Nummer. Sie hatte mit ihm generell ausgemacht, dass sie auf seinem Handy anrufen und es zweimal klingeln lassen würde, sobald sie in die Nähe seiner Wohnung in der Neckarstadt kam. Zwar war sie noch ein gutes Stück davon entfernt, doch erfahrungsgemäß brauchte er immer länger, und diese Zeitspanne plante sie mittlerweile mit ein, wenn sie sich mit ihm treffen wollte.
Im Grunde schuldete sie ihrem Kollegen etwas. Er hatte sie selbstlos und freundlich in Mannheim aufgenommen. Seit einem halben Jahr bildeten sie ein Team. Während Moritz schon immer für die Kripo Mannheim arbeitete, ersetzte Olivia seinen alten Partner Fritz Such. In der Nacht bevor sie in Mannheim angefangen hatte, auf der Zugfahrt von Berlin, hatte sie in einer abgestellten S-Bahn einen Mord beobachtet, den ihr damals niemand hatte glauben wollen, weil Olivia selbst die einzige Zeugin war und sowohl Mörder als auch Leiche verschwunden waren. Einzig Moritz hatte ihr vertraut und bei den Ermittlungen geholfen. Nach drei turbulenten Tagen hatten sie den Fall gelöst – und waren zum gut funktionierenden Team geworden.
Doch je länger sie hier war, umso mehr Verantwortung schob Moritz auf sie ab. Ob er das mit Absicht tat? Häufig wunderte sie sich, wie bestimmend und entscheidungs-

freudig er sein konnte, wenn er unter Druck stand und alleine ermittelte, sobald sie aber mit im Team war, verflüchtigten sich diese Eigenschaften. Olivia konnte es sich nicht erklären. Allerdings musste man bei Moritz aufpassen. Er war ein erfolgreicher Ermittler, der stets zu ungewöhnlichen Methoden griff. „Geht nicht“ gab es bei ihm nicht, und es oblag ihr, hin und wieder die Handbremse anzuziehen, wollten sie nicht in Schwierigkeiten geraten.

Darüber hinaus brachte sie Moritz' nicht vorhandene Pünktlichkeit auf die Palme. Im Allgemeinen kam er mindestens eine Viertelstunde zu spät, selbst wenn sie ihn direkt vor seiner Haustür abholte. Olivia ärgerte sich maßlos über die Warterei, und normalerweise kam es prompt zum Streit, wenn sie ihn anrief, um ihm zu sagen, dass sie längst da sei. Deshalb war es ihr viel lieber, dass er den Anruf gar nicht erst abnahm, sondern stattdessen schnell aus seiner Wohnung eilte. Olivia schaute auf die Uhr. Hoffentlich war er diesmal pünktlich, denn viel Zeit blieb ihnen heute nicht.

Sie lenkte den Dienstwagen weiter über die Kurpfalzbrücke in Richtung Neckarstadt-West und kam endlich zu Moritz' Haus. Erwartungsgemäß stand er nicht am gewöhnlichen Treffpunkt. Es war 16.40 Uhr, und die feierliche Promotionsveranstaltung, bei der Moritz' Cousin seinen Doktortitel erhalten sollte, begann um 17 Uhr. Inklusive der Parkplatzsuche würde dies enorm knapp werden.

Olivia bemühte sich ruhig durchzuatmen. Sicher würde Moritz gleich kommen, es gab keinen Grund, sich aufzu-

regen. Doch als er fünf Minuten später noch immer nicht da war, wurde sie ungeduldig. Sie hupte zwei Mal laut. Ein Anwohner aus dem ersten Stock schob vorsichtig seinen Kopf aus dem Fenster und musterte Olivias Auto. Scheinbar kannte er den Wagen nicht und beschloss, dass die Huperei nicht ihm gegolten habe. Schnell zog er den Kopf wieder zurück und schloss das Fenster. Drei Stockwerke höher regte sich nichts, obwohl dort die Person wohnte, der das Hupsignal gegolten hatte. Olivia ärgerte sich, dass Moritz gar keine Reaktion zeigte.
Ungeduldig trommelte sie mit ihren Fingern auf dem Lenkrad und wartete eine weitere Minute.
„Okay, Moritz, du hast es nicht anders gewollt.“ Olivia wählte Moritz' Nummer, doch anstatt des Freizeichens ertönte das Besetztzeichen. Olivia war außer sich. Doch gerade als sie lautstark nach ihm rufen wollte, tauchte ihr Kollege neben dem Auto auf und klopfte an die Scheibe. Olivia rollte mit den Augen, während Moritz um den Dienstwagen sprang und sich auf den Beifahrersitz fallen ließ.
„Sorry, Prinzessin, ging nicht anders“, entschuldigte er sich – ohne Erfolg. Er merkte sofort, dass schlechte Laune in der Luft lag. Olivia schielte zu ihm hinüber. Ihr war klar, dass er auf Zeit spielte, bis sie sich wieder eingekriegt haben würde. Doch dieses Mal war sie wirklich genervt, weil er nie, nie, nie pünktlich war und das alles als selbstverständlich nahm. Sie legte ihre ganze angestaute Wut in ihren rechten Fuß, gab Gas und fuhr mit quietschenden Reifen davon.
„Emerson Fittipaldi?“, fragte Moritz vorsichtig von

rechts. „Den kennst du wahrscheinlich nicht, oder?"
Olivia reagierte nicht auf seinen Versöhnungsversuch. In der Tat kannte sie Emerson Fittipaldi nicht und wusste auch nicht, was er mit ihrer Situation zu tun hatte. Ohnehin hatte sie beschlossen, Moritz mit Ignoranz zu strafen, bis sie endlich in der Veranstaltung sitzen würden. Also schwieg sie.

Nachdem sie den Wagen gewendet hatte und noch einmal an Moritz' Haus vorbeifuhr, bemerkte sie, dass ihr Kollege einem blonden Mädchen zunickte, das aus einem seiner Wohnungsfenster schaute. Es winkte ihm. Olivia kniff die Augen zusammen. Dieses Mädchen kannte sie doch. Sie überlegte ein wenig, bis ihr einfiel, wo sie sich schon einmal begegnet waren. Moritz war vor Monaten einmal mit ihr ausgegangen. Sie hatte die beiden an einem Abend in der Alten Feuerwache gesehen. Als sie Moritz am nächsten Morgen fragte, wer das Mädchen sei, schien er ungewohnt zugeknöpft und reserviert. Darüber, wer das Mädchen war, hatte er kein Wort verloren. Olivia konnte nicht glauben, dass es sich um Moritz' Freundin handelte, immerhin schien der Altersunterschied weit über zehn Jahre zu betragen, das Mädchen war noch keine zwanzig. Olivias Neugierde war erneut geweckt.
„Wer ist das?", fragte sie geradeheraus.
„Was meinst du?"
„Na, das Mädchen am Fenster."
Moritz schwieg einen Moment.
„Kein Kommentar. Gib lieber Gas, wir sind spät dran!"
„Spät dran, sind wir wegen dir, Moritz!"

Er zog die Schultern hoch und machte eine Geste, die seine Schuldlosigkeit signalisieren sollte.
„Du erzählst mir ja auch nicht, warum du aus Berlin weg bist, Prinzessin!“

***

Anja Kugler stand am Eingang der Katakomben der Mannheimer Universität und beobachtete wie die Besucher der feierlichen Promotionsfeier auf ihre Plätze strömten. Die junge, hochgewachsene Professorin mit der modischen Kurzhaarfrisur hatte sich diese Feier für den eigens geschaffenen neuen Promotionsstudiengang einfallen lassen, den sie an der Mannheim School of Economics betreute.
Die Verwirklichung der Graduiertenschule und des neuen Studiengangs war eines jener großen, ehrgeizigen Ziele, die sie sich gesetzt hatte, nachdem sie vor etwa fünf Jahren die Professur in Mannheim erhalten hatte. Der Ausschuss, der über den Ruf entschied, war von ihren Plänen derart begeistert gewesen, dass zum ersten Mal eine junge Frau die alteingesessene Professur bekam und die zehn männlichen Bewerber leer ausgingen. Sie hatte sich durchgesetzt, darauf war sie stolz. Jeder ihrer Mitbewerber war sich im Vorfeld sicher gewesen, dass ihm die Professur zustand, und als sie sie schließlich erhielt, war sie eisigem Gegenwind ausgesetzt. In der Folge wurde sie aus allen Ecken des wissenschaftlichen Betriebes gemobbt. Keiner wollte einstecken und ihr die Professur zugestehen. Einige Kollegen beeinflussten ihre

Mitarbeiter, allen voran ihre Sekretärin. Ihre Arbeiten wurden harsch rezensiert, und auf Konferenzen wurde sie vorerst nicht eingeladen. Sie hatte damit gerechnet, weil sie wusste, dass in der Wissenschaft einige gelandet waren, die es außerhalb nicht geschafft hätten. Sie waren von Neid und Missgunst getrieben und versteckten sich häufig hinter einer schrulligen, harmlos wirkenden Fassade.

Sie ließ ihren Blick an sich hinabgleiten. Der schwarze Talar, den sie trug, war mit den Farben ihrer Fakultät verziert. Ihre Fingerspitzen glitten über den schweren Stoff. Zufrieden stellte sie fest, dass sie am Ziel angekommen war. Die Talare gehörten zu ihrem Konzept einer international angesehenen Graduiertenschule. Mit der Promotionsfeier wollte sie ihren Studierenden einen feierlichen Abschluss bieten, denn die Hälfte aller Doktoranden kam aus dem Ausland. Dort, in England, den Vereinigten Staaten, in Indien oder China waren solche Promotionsfeiern Tradition und ein Ereignis, zu dem die Studierenden ihre gesamte Familie einluden. Wie hätten sie da in Mannheim zurückstehen sollen? Nein, heute war es so wie in ihren Heimatländern. Die Eltern der chinesischen Studenten waren genauso gekommen wie die Familien der Amerikaner und Engländer. Alle hatten sich herausgeputzt und füllten die Katakomben der Mannheimer Universität bis auf den letzten Platz.

„Mein Plan geht auf!“, frohlockte Anja Kugler insgeheim. Unter den Gästen konnte sie nicht nur ihre Professorenkollegen von der Mannheim School of Economics begrüßen, die sich – zum Teil sehr erfreut und zum Teil sehr

unwillig – ebenfalls in Talare gehüllt hatten, sondern viele Kollegen aus der übrigen Universität sowie aus Heidelberg oder den umgebenden Fachhochschulen. Auch Vertreter der lokalen Medien waren da. Niemand wollte sich die Show mit den Talaren und der feierlichen Zeugnisübergabe entgehen lassen.
In Gedanken schweifte sie ab und erinnerte sich an ihre eigene Promotion. Damals hatte sie einen braunen Briefumschlag erhalten, der das Zeugnis enthielt. Sonst nichts. Keine Feier. Keine Talare. Keine Party mit Freunden und der Familie. Kein Gänsehautgefühl. Die deutsche Universitätslandschaft war ihr damals rückständig und reformbedürftig erschienen.
Hier hatte man ihr zunächst keine Stelle als Wissenschaftlerin angeboten. Frauen – und mochten sie noch so gut sein – waren zu jener Zeit in den elitären Männerkreisen der Universitäten nicht erwünscht gewesen. Deshalb war sie den Umweg über die USA gegangen, wo sie schnell wissenschaftliche Erfolge feiern konnte. Dort gab es wesentlich mehr Stellen an den Hochschulen, und die akademische Gemeinschaft selbst schien ihr offener als hierzulande.
Anja Kugler schaute auf die Uhr. In 15 Minuten würde die Feier losgehen. Ein Blick in eine spiegelnde Tür sagte ihr, dass ihre Kurzhaarfrisur saß und ihr der Talar ausgesprochen gut stand.
„Werte Kollegin, meine Hochachtung!“
Anja Kugler fuhr herum.
Vor ihr stand Professor Dieter Meerstadt. Er war ein großer, korpulenter Mann, der selbst die hochgewachsene

Professorin noch um einiges überragte. Sie schaute ihn an und hatte unweigerlich das Gefühl, dass er einem Schwarz-Weiß-Film entstiegen war. Das lag nicht daran, dass sein Kleidungsstil aus alten Zeiten stammte, vielmehr war alles an ihm schwarz-weiß, der Anzug, das Hemd, die Haare. Selbst seine Haut wirkte total fahl, als würde kein Blut in ihr fließen.

„Mir gefällt es, dass in Mannheim wieder Talare getragen werden."

Kugler nickte erfreut über das Kompliment.

„Ich hielt es für diesen internationalen Elitestudiengang für angemessen, dass wir eine Feier veranstalten, die wir so festlich wie möglich gestalten. Für die Studenten ist das dank der Talare und der Kulisse irgendwie wie in Hogwarts."

„Hogwarts? Kenne ich nicht. Eine amerikanische Universität?", entgegnete der Professor, der wahrscheinlich niemals in seinem Leben jung gewesen war.

„Ist nicht so wichtig", winkte Anja Kugler ab.

„Ich hoffe für Ihre Studenten, dass sie sich den Talar und den Doktortitel auch verdient haben!", bemerkte der Professor spitz.

Kugler merkte, wie ihr heiß wurde. Sie kannte das, aber sie konnte nichts dagegen tun. Meerstadt hatte einen Knopf gedrückt, der Wut in ihr auslöste. Plötzlich war ihr, als betrachte sie die Realität durch einen Schleier. Zu gern hätte sie diesem aufgeblasenen Schnösel die Meinung gesagt, noch lieber hätte sie ihn angeschrien. Natürlich hatten sich ihre Studenten diese Feier und ihren Titel verdient! Was erlaubte er sich bloß? Aber klar, er

nahm sie nicht ernst, das hatte er noch nie getan und das würde er wohl auch in Zukunft nie tun.
Es war nicht das erste Mal, dass sie Derartiges aus seinem Mund hörte, und auch andere männliche Kollegen urteilten so über sie. Sie nahmen sie nicht ernst. Nur weil sie eine Frau war, die in einer Männerdomäne arbeitete. Dieser Ungerechtheit fühlte sie sich hilflos ausgeliefert.
Mit aller Gewalt versuchte sie, ruhig zu atmen. Sie wollte sich nicht anmerken lassen, dass Meerstadts Bemerkung sie getroffen hatte. Um sich bei ihm und anderen Männern in der akademischen Welt durchsetzen zu können, wollte sie nach außen hin den schönen Schein wahren – und sie wollte zeigen, dass sie aus dem gleichen Holz wie jene geschnitzt war, die sie kritisierten.
„Jeder erhält, was er verdient“, entgegnete sie dem Professor mit einem aufgesetzten Lächeln, wobei ihr sofort klar war, dass er ihr dieses Lächeln nicht abnahm. Selbst für sie wirkte es geschauspielert.
„Das will ich hoffen“, entgegnete Meerstadt ähnlich aufgesetzt. „Das will ich hoffen.“
Sie verabschiedeten sich voneinander. Kugler blieb im Eingangsbereich stehen und sah ihrem Kollegen eine Weile nach. Meerstadt setzte sich in die Reihe, die für die Lehrenden des Studiengangs reserviert war. Sie war sich sicher, dass er das nur tat, um sie zu provozieren und möglichst weit vorne zu sitzen. Ein Professor wie er stellte sich nie hinten an.
Er ist bestimmt nur hier, um zu schnüffeln, sagte sich Kugler. Sie kannte ihn bereits seit ihrer Zeit als Stipendiatin. Damals war er Mentor für junge Doktoranden und

überall in der Wissenschaft gut vernetzt gewesen. Sie hatte nie einen Zweifel daran gehabt, dass er es in der Wissenschaft zu etwas bringen würde. Nicht wegen seiner fachlichen Kenntnisse, so gut sie auch waren, nein, die spielten dabei keine große Rolle, vielmehr hinterließ Meerstadt bei den richtigen Leuten eine Schleimspur, die diese als solche gar nicht wahrnahmen, von der sie sich aber wahrscheinlich restlos geschmeichelt fühlten.
Kugler schüttelte den Kopf. Heute rannten wahrscheinlich ähnliche Schleimer ihm hinterher, denn er hatte, nachdem er überall in Deutschland Lehrstühle innegehabt hatte, den begehrtesten und renommiertesten Lehrstuhl in seinem Fachbereich ergattert. Ausgerechnet hier in Mannheim hatte er sich breitgemacht. Aus den Kontakten seiner Vergangenheit hatte er ein dichtes Netz gewoben, das er dirigierte und mit dem er seinen Fachbereich dominierte. Wenn er nicht selbst in einem der wichtigen Entscheidungsgremien saß, die die Forschungslandschaft Deutschlands lenkten, hatte er mindestens einen Verbündeten im Gremium, den er fernsteuerte. Anja Kugler war froh, dass sich ihre Wege nur selten kreuzten. Sie war sich sicher, dass Meerstadt ein Machtmensch war, und sie hoffte, nie seiner Ungnade zu verfallen.

***

Olivia parkte im Innenhof des Polizeipräsidiums in L6, das nur wenige Quadrate von der Universität entfernt lag. Wenn sie sich gewaltig beeilten, konnten sie es ge-

rade noch schaffen, rechtzeitig bei der Promotionsfeier zu sein.
„Da hätte ich ja gleich laufen können", maulte Moritz, während er ausstieg.
Olivia warf ihrem Kollegen einen messerscharfen Blick zu.
„Komm schon, das sind nur wenige hundert Meter bis zum Schloss. Und da vorne finde ich keinen Parkplatz."
„Prinzessin, wie oft muss ich dir das noch erklären? Du parkst in solchen Fällen einfach irgendwo und lässt deinen Dienstausweis auf der Rückbank liegen. Oder du parkst, kassierst den Strafzettel und gehst damit zu den Kollegen. Die lassen ihn dann wieder verschwinden!", erklärte Moritz.
„Und wie oft muss ich dir noch sagen, dass ich das nicht mache? Ich hab keine Lust, mir so etwas herauszunehmen, und möchte einfach nicht im Halteverbot parken!", konterte sie und dachte dabei an den Strafzettel, den sie am Vormittag erhalten hatte und der ihr immer noch im Magen lag. Sobald sie vor einem Computer sitzen würde, würde sie die Strafe überweisen, um wieder ein reines Gewissen zu haben.
Kurz nach Moritz stieg auch Olivia aus und griff, weil es inzwischen deutlich zu kalt war, nach dem Mantel, der auf dem Rücksitz lag. Sie schlug den Kragen um, verriegelte das Auto und stöckelte in Richtung Schloss. Moritz folgte ihr.
„Warum, um alles in der Welt, habe ich mich darauf eingelassen, mit dir mitzukommen", zischte sie. „Wenn du dich wenigstens in Schale geworfen hättest!"

Moritz hatte natürlich wieder sein Markenzeichen an, seine alte, heißgeliebte und hüftlange Lederjacke, die er vor Jahren für dreißig D-Mark erstanden hatte. Sie passte noch immer, weil er relativ sportlich lebte und alt genug war, um nicht mehr über seine 1,80 Meter hinauszuwachsen. Außerdem hatte er sich für Jeans und Stiefel entschieden, auch das entsprach seiner Standardausrüstung.

„Moment! Die Jeans waren teurer als die meisten anderen Hosen, die dort rumgetragen werden. Da bin ich mir sicher. Und die Bikerboots haben auch ne Menge gekostet."

„Es geht nicht darum, was Kleidung kostet, sondern darum, was man zu welchem Anlass anzieht. Das ist eine feierliche Promotionsfeier, und da wählt man feierliche Kleidung."

„Ich hatte keine Zeit, feierliche Kleidung zu wählen, außerdem mag ich, was ich anhab", verteidigte sich Moritz. Olivia rollte mit den Augen und erhöhte ihre Laufgeschwindigkeit, sodass Moritz etwas zurückfiel. Sie wusste, dass es eigentlich keinen Sinn machte, weiter mit Moritz über dieses Thema zu sprechen.

„Außerdem", fuhr er fort, „ist das nur die Feier meines Cousins Dennis. Und den hab ich das letzte Mal gesehen, als ich acht Jahre alt war und meine Tante und ihr Mann nach Augsburg gezogen sind."

„Und warum lädt er dich dann ein?"

„Weil wir uns treffen wollten, seit er in Mannheim promoviert. Also seit fast fünf Jahren. Hat nur bislang nicht geklappt. Und wenn ich heute nicht komm, zieht er wahrscheinlich wieder weg, ohne dass wir uns gesehen haben."

„Männer!“, schüttelte Olivia den Kopf.
„Und da die Einladung an mich plus an eine Begleitung ging, dachte ich mir, es würde dir vielleicht gefallen, die ganze Feier anzuschauen.“
„Danke“, antwortete Olivia kurz und knapp und fragte sich, warum Moritz nicht die junge Blondine mitgenommen hatte, die sie vorhin noch bei ihm gesehen hatte. Ihr polizeilicher Scharfsinn sagte ihr zudem etwas anderes.
„Du willst mich vor ihm präsentieren, oder?“, fragte Olivia.
„Na ja“, antwortete Moritz langgezogen, „ich dachte, falls er mit Begleitung auftaucht, wäre es ungeschickt, alleine zu kommen.“
„Verstehe“, nickte Olivia, „ich soll das Vorzeigepüppchen spielen.“
Während sie weiterliefen, fragte sich Olivia, warum sie und Moritz hin und wieder solche Momente hatten. Eigentlich verstanden sie sich wirklich gut, aber manchmal kriselte es zwischen ihnen wie zwischen einem alten Ehepaar. Wie zwischen einem alten Ehepaar? Bei diesem Gedanken erschrak sie. Schließlich kannten Sie sich noch nicht einmal besonders lang.
Genau genommen mochte sie ihren Kollegen sehr. Bei ihrer Versetzung von Berlin nach Mannheim hatte sie befürchtet, dass ihr neuer Partner nicht zu ihr passen könnte oder dass sie sich nicht verstehen würden. Gleich nach den ersten Tagen der Zusammenarbeit hatte für sie aber festgestanden, dass Moritz und sie wunderbar harmonierten. Und darüber war sie ungeheuer erleichtert gewesen, denn in ihren Augen war Polizeiarbeit immer Teamarbeit.

Wahrscheinlich beruhte die harmonische Zusammenarbeit darauf, dass sie im Grunde sehr unterschiedlich waren. Moritz war unordentlich und impulsiv, während sie Ordnung und Genauigkeit liebte. Über einen Umstand musste sie zudem ständig schmunzeln. Moritz hasste Computer, Smartphones, Tablets, das Internet - einfach alles, was nach seinen geliebten Neunzigerjahren die Welt verändert hatte. Warum er so an der Vergangenheit festhielt, wusste Olivia nicht und fand es auch befremdlich, denn sie war begeistert von dem Fortschritt und den neuen Technologien.
Tatsächlich sah Moritz meistens wie ein Überbleibsel aus dem alten Jahrtausend aus. Seine Lederjacke stammte aus einer Zeit, in der er wahrscheinlich noch nicht einmal geboren war. Die Bikerboots waren das letzte Mal 1995 in gewesen. Damals hatte es sie in allen Schuhläden gegeben, aber wo man heutzutage solche Stiefel kaufen konnte, entzog sich Olivias Kenntnis. Sie würde bei Ebay schauen, aber sie war sich sicher, dass Moritz eine andere Quelle hatte.
Je länger sie über Moritz nachdachte, umso mehr verflog die schlechte Laune, die er vorher in ihr geweckt hatte. Auch wenn seine Angewohnheiten sie bisweilen nervten, mochte sie ihn doch sehr und konnte ihm nie lange böse sein. Verraten würde sie ihm das aber im Traum nicht.
Olivia merkte, wie Moritz sie von der Seite anschaute. Es war sein Friedensangebot, doch sie ließ sich nicht darauf ein. Ein klein wenig wollte sie ihn noch zappeln lassen. Wenn sie nicht ein bisschen Erziehungsarbeit leistete, kam er auch weiterhin dauernd zu spät und glaubte dabei

noch, mit einem Lächeln alles vergessen machen zu können.
Die beiden erreichten das Schloss, überquerten die Straße und betraten das Unigelände. Zum ersten Mal seit Olivia in Mannheim arbeitete, stand sie direkt vor dem Schloss, das vom Ehrenhof aus riesig wirkte. Das letzte Licht des Sonnenuntergangs hatte das Gebäude aus rotem Sandstein und gelbem Putz in ein majestätisches Licht gesetzt. Olivia blieb einen Augenblick stehen und betrachtete das Farbenspiel. Sie atmete tief ein und stellte fest, dass die Luft richtig kalt geworden war.
„Wohin nun?“, fragte sie Moritz.
„Gleich hier links. Es ist in den Katakomben.“
Olivia wunderte sich über den Namen des Veranstaltungsortes.
„Was bitte sind die Katakomben?“
„Hier finden normalerweise die Studentenpartys der Fachschaften statt. Kein schlechter Ort, Anwohner stört man hier kaum. Zentral gelegen ist er zudem auch. Und, Prinzessin, ihren Namen haben die Katakomben aufgrund der vielen Rundbögen, die zu anderen Räumen führen und die Fläche im Ostflügel des Schlosses gut aufteilen.“
„Ich hatte bei dem Namen eher an ein verwinkeltes Kellersystem gedacht.“
Moritz wartete nicht auf Olivia, die noch immer vor dem Schloss stand, sondern steuerte direkt den Ostflügel an. Olivia blickte noch einmal intensiv um sich, bevor sie ihrem Kollegen langsam zu den Katakomben folgte. Bis sie dort an der Tür ankam, war Moritz bereits in ein

Gespräch verwickelt. War das sein Cousin? Mit neugierigen Augen analysierte sie den Gesprächspartner. Er sah tatsächlich ein wenig aus wie Moritz, war allerdings ein wenig kleiner - und sehr gepflegt. Seine ebenfalls dunklen Haare waren durch Haargel noch ein Stück dunkler, der Anzug, der unter dem offenen Talar zu sehen war, schien perfekt zu sitzen. Die Schuhe, die er trug, mussten ein Vermögen gekostet haben.
Irgendwie sah er aus wie ein Moritz mit guten Manieren, schoss es Olivia durch den Kopf. Sie legte ein Lächeln auf und näherte sich den beiden. Als sie kurz hinter Moritz stand, räusperte sie sich.
„Ah, hier, das ist meine Kollegin Olivia von Sassen“, stellte Moritz sie vor. „Und das ist mein Cousin Dennis Güth.“
„Freut mich“, antwortete Olivia mit dem charmantesten Lächeln, das sie aufbringen konnte. „Vielen Dank für die Einladung.“ Sie reichte ihm die Hand.
Moritz schaute die beiden an, während ein langer, beinahe viel zu langer Moment des Schweigens eintrat. Die stimmige Chemie, die sich scheinbar zwischen Olivia und Dennis entwickelte, erschlug ihn regelrecht. Das musste er schleunigst unterbinden.
„Dennis, wo ist eigentlich deine Begleitung?“, fragte er ihn schnippisch.
„Ich habe keine Begleitung“, antwortete Dennis, ohne Moritz anzusehen. Seine Augen waren fest auf Olivia gerichtet. „Schon gleich keine solche.“
Moritz packte Olivia bei der Hand. Kopfschüttelnd sah er seinen Cousin an: „Alter Charmeur.“

Schnell sprang Dennis um die beiden herum zum großen Eingangstor. Er zog es auf und stand Spalier.
„Alter vor Schönheit", zwinkerte Dennis seinem Cousin zu.
„Los, Alter."
Sie betraten die Katakomben.

***

Nur wenige Meter von ihnen entfernt, in einem Büro der Mannheimer Universität, lag Dr. Reinhardt Schönburg in seinem eigenen Blut. Eine große Lache hatte sich unter seinem Kopf gebildet und den Boden dunkelrot gefärbt. Sein Körper zuckte. Die Feuchtigkeit des Blutes war es, die ihn aus einer tiefen Bewusstlosigkeit zurück in die Gegenwart brachte. Er blinzelte schwach. Nur allmählich erlangte er das Bewusstsein wieder. Seine linke Gesichtshälfte fühlte sich feucht an. Das spürte er schon seit einer Weile, doch benommen wie er war, drang es nicht bis in sein Bewusstsein. Langsam schlug er die Augen auf. Es war dunkel, nur durch das Fenster fiel ein wenig Licht in den Raum. Wo war er? Er bewegte den Kopf leicht, doch in diesem Moment durchfuhr ihn ein stechender Schmerz an der Schläfe.
Woher kam der Schmerz? Was war passiert? Schönburg konnte sich an nichts erinnern. Er wusste nicht, in welchem Zimmer er lag, und er wusste nicht, dass er sich in der Mannheimer Universität befand. Plötzlich überkam ihn Panik. Warum konnte er sich an nichts erinnern? Seine Gedanken drehten sich, und er versuchte sie mit

aller Gewalt zu ordnen. Es gelang ihm nicht. Kraftlos schloss er wieder die Augen. Die kurze Anspannung seines Körpers konnte er nicht länger aufrechterhalten, er ließ den Kopf sinken. Wieder lag seine Gesichtshälfte in einer Flüssigkeit. Er atmete tief durch und wartete.
Mit der Zeit erholte er sich, und es kamen die ersten Erinnerungen. Er war in einen Streit verwickelt gewesen. Mit wem? Was war vorgefallen? Wieder drehte sich sein Gedankenkarussell.
Er wartete erneut eine Weile und sammelte Kraft. Dann hob er den Kopf und blinzelte in den Raum, der kaum erhellt war. Von draußen fiel ein Lichtstreifen herein, doch es reichte nicht, um zu erkennen, wo er war.
Einmal mehr sank sein Kopf zu Boden in die Lache. Erst jetzt fragte er sich, warum um ihn herum alles feucht und glitschig war. Sein Blick streifte an seinem Arm entlang zu seiner linken Hand, die weit ausgestreckt vor ihm lag. Mühsam zog er sie näher an sich heran und betrachtete sie. Nun verstand er. Die Flüssigkeit, in der sein Kopf lag, war Blut – sein Blut.
Mit dieser Erkenntnis kamen weitere Teile der Erinnerung zurück. Er war heute an die Uni Mannheim gegangen, um sich zu rächen. Dann war es zum Streit gekommen.
Aber was war mit ihm geschehen? Wollte man ihm erneut Gewalt antun?
Verdammt, er musste hier weg! Wo war sein Koffer? Abermals hob er den Kopf. Nun erkannte er, dass er sich in einem Büro befand. Auf der Stelle wollte er es verlassen. Tief in sich spürte er diesen Drang, doch als er sei-

nen Körper anspannte, um aufzustehen, verließ ihn sofort die Kraft. Er brach unter seinem eigenen Gewicht zusammen und ließ sein Gesicht wieder in die Blutlache sinken.

„Ich muss hier weg!“, war das Letzte, was er denken konnte. Noch einmal versuchte er seine Kräfte zu mobilisieren. Dann wurde wieder alles schwarz.

***

Nicht weit entfernt von Dr. Reinhardt Schönburg ertönten Geigenklänge. Die britische Hymne „Land of Hope and Glory“ schallte aus mehreren Lautsprechern durch die Katakomben der Mannheimer Universität, wo sich die Gäste der Graduierungsfeier mittlerweile niedergelassen hatten und der festlichen Hymne lauschten, die den Einzug der Doktoranden und Dozenten untermalte.

Irgendwie kamen Moritz die Klänge bekannt vor, und er blickte Olivia fragend an. Als sie nicht reagierte, räusperte er sich.

„Wird das nicht normalerweise irgendwie im Zusammenhang mit der englischen Queen gesungen oder gespielt?“ Er hatte die Frage leise gestellt, aber offenbar nicht leise genug. denn einige Leute drehten sich um.

Olivia deutete auf eine Stelle im Programmheft, wo stand: „Land of Hope and Glory ist das Lied der englischen oder amerikanischen Promotionsfeiern. Es entstammt der Marschsammlung Pomp and Circumstances von Edward Elgar. Genau genommen handelt es sich bei diesem Lied sogar um eine der Hymnen Englands, wodurch es auch

häufig bei Auftritten der englischen Königin gespielt wird.« Sie hoffte, ihr Kollege würde das selbst lesen und nicht erwarten, dass sie es ihm erklärte.
„Very important", bestätigte Moritz Olivias nonverbale Kommunikation. Die Kommissarin war sich jedoch nicht sicher, ob er das Lied meinte oder sie nur aufziehen wollte.
In den nächsten Minuten hallte „Pomp and Circumstances" in einer Endlosschleife durch die Katakomben, während Dozenten und Doktoranden feierlich ihre Plätze einnahmen. Der rote Sandstein der Wände verlieh der Feier etwas Magisches. Olivia bekam sogar eine leichte Gänsehaut, weil sie die Festlichkeit beeindruckte. Es hatte sich gelohnt, Moritz' Einladung zu folgen. Wie mussten sich erst die Doktoranden fühlen, fragte sie sich. Nach jahrelanger, harter Forschungsarbeit war dies wirklich ein emotionaler und würdiger Abschluss. Olivia war überzeugt, dass sie nicht nur Gänsehaut, sondern auch feuchte Augen bekommen hätte, falls sie unter den Doktoranden gewesen wäre. Für einen kurzen Moment überlegte sie, ihre Polizistenkarriere an den Nagel zu hängen, um ebenfalls in einem Fach zu promovieren, verwarf aber den Gedanken schnell wieder. So schön die Veranstaltung war, sie hatte sich für eine Karriere entschieden. Sie war Polizistin! Überhaupt war der Alltag während eines solchen Promotionsvorhabens bestimmt mühselig und aufreibend. Man verdiente nichts, saß die ganze Zeit im Archiv oder Labor, starrte stundenlang in einen Rechner. Da war ihr Leben auf alle Fälle abwechslungsreicher. Dennoch: Sie genoss die Feier. Die Musik

und die festliche Atmosphäre schenkten Olivia endlich einen Moment der Ruhe und Erholung, wie sie ihn den ganzen Tag noch nicht gehabt hatte. Sonst war sie ständig mit ihrem Job beschäftigt oder in der Internetgemeinde unterwegs. Ohne ihr über alles geliebtes Smartphone in der Hand war sie nur ein halber Mensch. Bei anderen bemängelte sie es, doch Olivia musste sich eingestehen, dass auch sie dieser Droge verfallen war. Ständig twitterte sie, loggte sich in den sozialen Netzwerken ein oder lud Bilder bei Instagram hoch. Natürlich wagte sie es nicht, während der Feier ihr Handy aus der Tasche zu nehmen, und im Grunde war das auch gut so, denn so konnte sie sich etwas erholen.

Die Veranstalter der Promotionsfeier hatten sich viel Mühe gegeben, den Raum festlich zu dekorieren. Im vorderen Teil war eine kleine Bühne aufgebaut, der große Rest war bestuhlt.

Olivias Gedanken kehrten zu den vermeintlichen Reizen eines Uni-Lebens zurück. „Vielleicht wäre ein Studium doch etwas für mich gewesen“, schoss es ihr durch den Kopf, als sie die Studierenden im schwarzen Talar an sich vorbeischweben sah. Unter ihnen war auch Moritz' Cousin Dennis, der ihnen zuzwinkerte. Der Rest der Studierenden blickte beim Einmarsch strikt nach vorn, keiner verzog eine Miene. Olivia fühlte sich geschmeichelt. Dennis schien sie zu mögen. Außerdem schien er ein Womanizer zu sein. Es war also Vorsicht geboten.

Während Olivia noch über Moritz' Cousin nachdachte, wurde die Musik ausgeblendet und eine Professorin trat ans Rednerpult. Sie war mittleren Alters, hatte eine

schicke Kurzhaarfrisur und kam Olivia irgendwie merkwürdig vor. Lag es daran, dass sie blass und müde wirkte? Nach so einem pompösen Auftritt von Graduierten fiel sie doch deutlich ab.
„Was ist denn mit der los? Die Frau ist ja weißer als das Blatt, das sie dabei hat“, hörte sie Moritz neben sich sagen. Er war so laut, dass sich abermals einige Gäste der Veranstaltung nach ihm umdrehten.
„Pst! Du hast ja recht, Moritz, aber ginge es ein klein wenig leiser?“, ermahnte ihn Olivia.
Während die beiden sich Blicke zuwarfen, begann eine lange Dankesrede der Professorin. Zunächst fand Olivia es interessant, ihren Ausführungen zu folgen. Anja Kugler erwähnte, dass sie diesen neuen Studiengang ins Leben gerufen hatte, um die Promotionsmöglichkeiten in Mannheim zu verbessern und den Studenten mehr Praxisbezug zu ermöglichen. Sie erzählte auch, dass sie in der Zeit, die sie an amerikanischen Universitäten verbracht hatte, viel dazugelernt hatte und dies jetzt in die akademische Landschaft Deutschlands einbringen wollte. Dann folgte eine lange Liste an Danksagungen, und dabei verlor Olivia letztlich den Faden. Die Rede war zu lang, als dass sie ihr vollständig hätte folgen können. Ihre Gedanken schweiften ab, und sie erinnerte sich daran, wie sie nach dem Abitur überlegt hatte, was sie eigentlich studieren wolle. Jeder in ihrer Familie war Lehrer. Ihre Eltern, ihre Brüder. Um ein Haar hätte sie Germanistik und Geschichte studiert, hatte sich dann aber in letzter Sekunde für eine Laufbahn bei der Kriminalpolizei entschieden.

„Nicht schlecht, nicht schlecht“, kommentierte Moritz neben ihr und holte sie in die Gegenwart zurück.
„Was ist nicht schlecht, nicht schlecht?“, fragte ihn Olivia.
„Na, was die Professorin gerade gesagt hat. Sie hat es geschafft, dass der Jahrgangsbeste für zwei Jahre an die renommierte Yale University in Connecticut darf. Post-Doc nennt sie das!“
Die Anwesenden applaudierten. Anja Kugler setzte ein Lächeln auf, trat näher ans Mikrophon heran und begann erneut zu sprechen.
„Und ich darf Ihnen nun verkünden, welcher der zwölf Absolventen des ersten Jahrgangs die Koffer packen und in wenigen Tagen an die amerikanische Ostküste fliegen darf. Einen Moment bitte!“
„And the oscar goes - not to my cousin.“ Moritz grinste. Olivia musste leise mitlachen, obwohl sie es eigentlich blöd fand, dass ihr Kollege es seinem eigenen Cousin nicht zutraute.
Die Professorin räusperte sich.
„Es ist“, strahlte sie, „Christian Wiese. Er hat die beste Promotion des Jahrgangs abgelegt!“
Wieder applaudierte der Saal.
Ein schlaksiger, blasser Student mit schwarzbraunen Haaren stand auf. Er musste sich etwas in seinem Talar zurechtfinden, bevor er auf die Professorin zuschritt, meisterte aber seinen Auftritt dann doch mit Bravour.
„Lieber Herr Wiese, ich gratuliere Ihnen von Herzen“, sagte Anja Kugler und überreichte ihm seine Urkunde. „Wir sind uns sicher, dass Ihnen eine große Karriere in

der Wissenschaft bevorsteht. Und ich bin stolz, Ihre Doktorarbeit betreut zu haben!“

Der Geehrte bedankte sich höflich bei seiner Mentorin und nahm die Urkunde entgegen. An das Mikrophon trat er nicht heran.

„Möchten Sie noch etwas sagen?“, bot Anja Kugler ihm an.

Wiese wurde verlegen. Er sah in die vielen Gesichter, die vor ihm saßen, und überwandt sich schließlich. Olivia fand, dass er überraschend selbstsicher klang, als er in das Mikrophon sprach.

„Viele würden nun erwarten, dass ich mich bei meinen Eltern bedanke. Doch sie sind schon lange tot und können deswegen heute nicht hier sein.“

Er machte eine Pause. Olivia merkte, wie ihre Sitznachbarn schockiert auf diesen Satz reagierten.

„Ich danke ihnen trotzdem dafür, dass sie mich auf diesen Weg gebracht haben, auch wenn sie einfache Menschen waren, die von den Herausforderungen der akademischen Welt nicht viel verstanden haben. Nach ihrem Tod habe ich mich dann alleine durch die Promotion gebissen.“

Mit schwarzen Rehaugen schaute er ins Publikum und gewann sofort die Sympathien aller Anwesenden. Applaus brandete auf. Olivia war gerührt, sie zückte ihr Handy und machte ein Bild. Ihr gefiel das gesamte Ambiente. Die Talare, die feierliche Stimmung – und das, was dieser Doktorand gesagt hatte. Wiese verneigte sich artig, raffte leicht den Talar und schritt an den Platz zurück, auf dem er zuvor gesessen hatte.

Als der Applaus abgeklungen war, trat wieder die Professorin an das Mikrophon.
„Ich möchte nicht unerwähnt lassen, dass es noch eine weitere Dissertation mit summa cum laude gibt. Es ist die Arbeit von Dennis Güth."
Wieder applaudierte das Publikum. Moritz hingegen musste lachen.
„Was? Mein Cousin?" Er legte Daumen und Zeigefinger zwischen die Lippen und pfiff lang und laut.
Olivia war sein Benehmen unangenehm. „Moritz, muss das sein?"
„Prinzessin, was ist heute mir dir los? Lass es doch mal gut sein!"
Wieder räusperte sich die Professorin.
„Ich beglückwünsche Sie zur Ihrer ausgezeichneten Leistung!"
Erneut brandete Applaus auf. Olivia applaudierte nicht. Stattdessen fauchte sie Moritz an: „Lass was gut sein?"

***

Der Gang war stockfinster. Leise schlich ein Schatten die steinernen Treppen nach oben, vorbei an den Büros der einzelnen Professoren. Die Gestalt brauchte kein Licht, sie kannte den Weg zum Ziel nur allzu gut. Vorsichtig setzte sie Fuß vor Fuß, damit die Schritte nicht durch das riesige Treppenhaus hallten. Gleich hatte sie den vierten Stock erreicht, dann musste sie nach rechts. Noch wenige Schritte – schließlich stand sie vor dem Ziel.
Die dunkelbraune Holztür war verschlossen. Das hatte

der Schatten nicht anders erwartet. Er griff in die Tasche und zog einen Schlüsselbund hervor. Der richtige Schlüssel war schnell gefunden. Er fummelte mit dem Schlüssel in Richtung Schlüsselloch und verfehlte es mehrfach. Jedes Mal wenn ihm dies passierte, erinnerte er sich daran, wie ein Besserwisser aus der Schulzeit erklärt hatte, dass man den Schlüssel immer an den Zeigefinger legen sollte. Dann sei es ganz einfach, ein Schlüsselloch zu finden. Man müsse nur mit dem Zeigefinger auf das Ziel zeigen.

„So ein bescheuerter Besserwisser!"

Doch die Erinnerung an die Schulzeit war nur ein kurzes Aufflackern, zu sehr konzentrierte sich die schattenhafte Gestalt auf das, was vor ihr lag. Die nächsten Minuten sollten über alles entscheiden.

Leise und vorsichtig drückte sie die Klinke nach unten, öffnete die Tür einen Spalt und schob sich in das Büro. Zunächst konnte sie kaum etwas erkennen und musste warten, bis sich die Augen der Dunkelheit angepasst hatten. Überall in der Stadt brannten Lichter und Straßenlaternen, sodass etwas Helligkeit durch das große Fenster in das Zimmer fallen konnte.

Der Schatten kniff seine Augen zusammen, um sich einen Überblick über die Situation im Raum verschaffen zu können. Auf dem Boden war eine riesige, schwarze Blutlache, die beinahe ölig wirkte. In eben dieser Lache lag Dr. Reinhardt Schönburg. Regungslos. Der Schatten betrachtete ihn genauer. Atmete er noch? War Schönburg noch am Leben?

Sacht schwebte die Gestalt um die Blutlache herum und

betrachtete den Privatdozenten. Sein Kopf war blutüberströmt. Wer hätte gedacht, dass es einmal so enden würde? Dann beugte sie sich zu Schönburg hinab. Sein schwacher Atem war zu spüren. Er war am Leben. Der Schatten war weder erleichtert noch schockiert. Er wusste, was zu tun war.

Schnell durchsuchte er den Schwerverletzten und fand, was er vermutet hatte. In Schönburgs Jackett steckte ein großer Umschlag. Der Schatten öffnete ihn, ließ mehrere Geldscheine durch die Finger gleiten und nahm ihn schließlich an sich. Wieder beugte er sich zu Schönburg hinab.

„Hey", hauchte der Schatten Schönburg ins Ohr, „Hey, wach auf!"

Die Gestalt starrte eine zeitlang auf Schönburg. Klein und zerbrechlich wirkte der Privatdozent. All der Schwung und Biss, den er immer gehabt hatte, waren in diesem Moment verschwunden. Noch lange hätte sie den Verletzten betrachten können, doch die Zeit drängte.

„Hey!"

Mit dem Fuß rüttelte der Schatten an dem Körper. Schönburg rollte zur Seite. Er erlangte sein Bewusstsein zurück. Benommen blinzelte der Privatdozent, bis er schließlich die Augen leicht öffnen konnte. Verwundert drehte er den Kopf und sah den Schatten. Er sah ihn nicht nur, er erkannte ihn.

„Hilf mir", hauchte Schönburg schwach.

Der Schatten nickte ihm zu. Dann reichte er ihm die Hand und zog ihn vorsichtig an sich heran.

„Da...danke", konnte er Schönburg flüstern hören.

Das Blut tropfte herab. Es war nicht leicht, dem Privatdozenten auf die Beine zu helfen. Zum Glück war er alles andere als ein Riese. Als er wieder auf beiden Beinen stand, lehnte sich Schönburg an seinen Helfer. Die Gestalt zuckte zurück. Es sollte kein Blut an ihre Kleidung kommen. Dankend schaute Schönburg ihr in die Augen. In diesem Augenblick ahnte der ehemalige Privatdozent noch nicht, was gleich mit ihm geschehen würde.

***

Die feierliche Graduierungsfeier war zu Ende. Olivia und Moritz hatten sich in den hinteren Teil der Katakomben verzogen. Moritz war auf der Suche nach einem Glas Sekt, während Olivia die Gäste der Veranstaltung beobachtete.

Der Studiengang schien wahrlich international ausgerichtet. Unter den Absolventen gab es westliche, indische und fernöstliche Gesichtszüge. Die meisten waren in Begleitung. Vermutlich handelte es sich um Eltern, Geschwister und Freunde, die oft von weither gekommen waren und jetzt voller Stolz die neuen Doktoren beglückwünschten.

Zwischen ihnen drängte sich Dennis hindurch. Er suchte die Katakomben ab, bis sein Blick endlich auf Olivia fiel. Die Kommissarin winkte ihm, er nickte und kam auf sie zu.

„Moritz versucht gerade, zwei Gläser Sekt zu organisieren“, begann sie. „Herzlichen Glückwunsch zur Promotion!“

„Danke“, grinste Dennis, „das war ein hartes Stück Arbeit.“
„Wie lange hast du dafür gebraucht?“
„Vier Jahre. Zum Glück war ich in diesem streng strukturierten Promotionsstudiengang unter Professor Kugler. Das hat mir geholfen. Manchmal kann so eine Arbeit richtig ausufern.“
Auch Dennis schaute sich nach Sekt um und schnappte sich zwei Gläser von einem Tablett, das gerade vorbeigetragen wurde.
„Hier, bitteschön.“ Er reichte Olivia ein Glas.
„Auf deine so erfolgreiche Promotion!“
„Auf die hübsche Kollegin meines Cousins!“
Olivia fand, dass Dennis etwas zu offensiv und offensichtlich mit ihr flirtete, dennoch fühlte sie sich geschmeichelt. Die Promotionsfeier hatte sie sehr genossen, nun fühlte sie sich entspannt und irgendwie heimelig. Am Morgen hatte sie noch gedacht, dass eine solche Feier nicht mehr zeitgemäß sei, jetzt war sie vom Gegenteil überzeugt. Auch sie fühlte sich an die Harry-Potter-Bücher erinnert. Zwar waren heute künftige Wirtschaftswissenschaftler und keine Zauberer graduiert worden, dennoch war die Magie der Veranstaltung geblieben. Die Mannheimer Universität, die Olivia so gut wie nicht kannte, würde für sie immer Hogwarts bleiben. Normalerweise kannte sie Talare nur aus dem Gericht, aber als Dennis im schwarzen Anzug mit Wingtip-Schuhen, schicker Krawatte und Talar vor ihr stand, gefiel ihr das. Das war feierlich und wahrscheinlich der harten Arbeit der letzten Jahre angemessen.

„Was machst du jetzt mit der Promotion?", fragte sie neugierig.
Dennis wurde etwas verlegen.
„Eigentlich weiß ich das noch nicht genau."
„Wie? Wozu macht man das denn dann?"
„Na ja", er zögerte, „das ist so: Normalerweise beginnt in der Wissenschaft nach der Promotion eine sehr stressige Phase. Es gibt viel zu wenige Stellen für den Nachwuchs."
„Moment", unterbrach ihn Olivia, „Nachwuchs? Was heißt das?"
„Mit der Promotion gehöre ich jetzt zum wissenschaftlichen Nachwuchs."
Olivia musste lachen.
„Im Ernst?"
Dennis nickt: „Im Ernst."
„Und wann gilt man als erwachsen?"
„Sobald man seinen eigenen Lehrstuhl samt Professur hat. Aber bis dahin ist es ein steiniger Weg. Nie ist die Finanzierung gesichert. Man muss eine zweite Arbeit anfertigen, die Habilitation. Und selbst als Privatdozent ist man nicht lange finanziell abgesichert. Wenn man nicht rechtzeitig einen Lehrstuhl bekommt, fliegt man raus – per Gesetz."
„Ich glaube, dann bin ich doch froh, mich für die Polizei entschieden zu haben. Zumindest bin ich da kein Nachwuchs mehr."
Dennis lächelte und fuhr fort: „Ich hatte gehofft, die Stelle in Yale zu bekommen. Dann hätte ich zumindest für die nächsten 2 Jahre gewusst, woher das Geld kommt. Aber der zweite Platz ist nun mal leider nicht der erste Platz,

sondern der erste Platz der Verlierer." Er hob bedauernd die Schultern.
Olivia hatte anderes im Sinn. „Kann ich den mal probieren?"
„Was?", hakte Dennis nach. Er hatte nicht verstanden.
„Na, den Talar!"
Dennis räusperte sich.
„Selbstverständlich! Den haben wir eh nur geliehen. Die Uni Mannheim hat keine eigenen."
„Geliehen? Wo leiht man denn das? Im Theater?"
„Nein, in England. Dort ist das Talarleihgeschäft ein eigenes Business."
Dennis schlüpfte aus dem Talar und legte ihn Olivia um. Sie spürte seine Hand an ihrem Hals, und ein wohliges Schaudern überkam sie.

***

Mittlerweile waren offenbar alle Gäste der Veranstaltung auf der Suche nach einem Glas Sekt. Moritz drängte sich durch mehrere Menschentrauben, doch war es nicht einfach, an die beiden Frauen heranzukommen, die mit einem Tablett herumliefen und die Sektgläser verteilten. Moritz mochte keinen Sekt, irgendwie war er ihm zu klebrig und zu süß. Was er jedoch mochte, waren Sektempfänge. Er konnte sich das selbst nicht so genau erklären, es war aber so. Endlich gelangte er an eine der beiden Damen.
„Bier haben Sie nicht, oder?", fragte er vorsichtig.
„Nein, nur Sekt." Die Dame schüttelte den Kopf.

Bevor sie ihm im Gedrängel wieder den Rücken zukehren konnte, nahm sich Moritz schnell zwei Gläser vom Tablett. Er schaute sich im Raum um. Wo war Olivia? Als er sie nirgends entdeckte, ging er zu dem Platz zurück, an dem sie sich getrennt hatten, blieb dann aber mehrere Meter entfernt stehen. Sah er das richtig? Probierte Olivia gerade den Talar seines Cousins an? Die beiden flirteten doch nicht miteinander! Er musterte seine Kollegin und seinen Cousin. Dennis hatte eindeutige Absichten, davon war er überzeugt. Aber Olivia?
Irgendwie konnte er sich seine Kollegin nicht als Partnerin von irgendjemandem vorstellen. Schon gar nicht von seinem Cousin. Das ging gar nicht! Für einen Moment ärgerte er sich, Olivia mit auf die Veranstaltung gebracht zu haben. Er hatte seine beiden Welten zusammengeführt, und nun stand er selber draußen und konnte nur zuschauen. Das kannte er noch zu gut aus seiner Schulzeit, weswegen er seither immer darauf bedacht gewesen war, die einzelnen Kreise, in denen er sich bewegte, auseinanderzuhalten. Jetzt hatte er den Fehler gemacht, von seinem eisernen Prinzip abzuweichen, und prompt folgte die Rache auf den Fuß. Nein! Er war sofort entschlossen, etwas dagegen zu unternehmen. Er musste verhindern, dass die beiden sich näherkamen. Eifersüchtig, dessen war sich Moritz sicher, war er nicht. Er wollte einfach nur nicht, dass seine beiden Welten kollidierten. Mit einem einzigen Zug leerte er sein Glas Sekt und ging mit festen Schritten auf die beiden zu. Mein Cousin und meine Kollegin? Auf gar keinen Fall! Als er bei ihnen angekommen war, räusperte er sich.

„Alter Charmeur." Er nickte Dennis zu, drückte ihm das leere Sektglas in die Hand, schob ihn zur Seite und gab Olivia das volle. Dabei verhielt er sich so ungeschickt, dass der Sekt über den Talar schwappte.
„Sorry, Alter!" Moritz zuckte mit den Schultern. Ein Grinsen huschte über sein Gesicht.
Dennis hatte auf einmal nur Augen für den Talar und ließ von Olivia ab.
„Mann! Die sind von Ede & Ravenscroft!", entfuhr es Dennis, der Olivia den Talar von den Schultern nahm und den Schaden begutachtete. „Feinster, englischer Stoff!"
„Ist da Pfand drauf?", fragte Moritz.
„Da ist so viel Pfand drauf, wie du an einem Abend gar nicht einsammeln kannst!", empörte sich Dennis.
„Sekunde, ich muss das schnell rauswaschen", bemerkte er und verschwand in Richtung Toiletten.
„Mensch Moritz, was geht mir dir ab?"
„Wieso? Was soll abgehn? Mir geht es gut!"
„Du leerst deinem Cousin den ganzen Sekt auf den Talar, entschuldigst dich noch nicht einmal dafür und wunderst dich, wenn ich dich frage, was mit dir abgeht?"
„Hey, das war ein Versehen", versuchte sich Moritz aus der Situation zu retten.
„Das war es nicht!"
„Doch!"
„Nein!"
Die beiden wurden so laut, dass die fünfköpfige Familie aus Hongkong sie böse anstarrte.
„Ich geh mal raus, brauche frische Luft", versuchte Olivia dem Gespräch eine andere Richtung zu geben.

„Konfliktscheu? Oder warum haust du ab?"
Moritz folgte ihr zum Ausgang.
„Vielleicht ist die Anwesenheit deines Cousins heute angenehmer als die deinige!", polterte es aus Olivia heraus, als sie das Tor ins Freie aufstieß.
Vor ihnen lag der Ehrenhof, auf dem sich tagsüber die Studenten tummelten. Gleich rechts führte die Bismarckstraße entlang, und links begann der u-förmige Teil des Schlosses. Olivia war überrascht, dass keine Raucher vor der Tür standen.
So gereizt, wie sie war, lag Moritz mit seiner Vermutung wahrscheinlich richtig. Sie mochte seinen Cousin. Er hoffte inständig, dass sie sich noch nicht in Dennis verliebt hatte und seine Aktion gerade noch rechtzeitig gekommen war. So wie er seinen Cousin einschätzte, war er die nächsten 20 Minuten damit beschäftigt, den Talar zu waschen. Er lächelte in sich hinein.
Insgeheim wünschte er sich, dass Marty McFly und Doc Brown mit ihrem fliegenden DeLorean vorbeikommen würden, dann könnte er die Gelegenheit nutzen, ein Stückchen in der Zeit zurückreisen und Olivia einfach nicht einladen. Am Ende musste er sich nämlich selbst die Schuld geben, falls sich die beiden ineinander verliebten.
Er versuchte es mit einem vorsichtigen Blick von der Seite, was in der Hälfte aller Fälle half. Doch dieses Mal verzog Olivia keine Miene. Er musste sich etwas anderes einfallen lassen, um sie wieder versöhnlich zu stimmen, denn er mochte es nicht, wenn sie auf ihn sauer war. Im Grunde verstand er nicht, wieso sie manchmal so unge-

heuer schnell auf ihn sauer wurde. Wahrscheinlich erinnerte er sie an ihren Vater oder an einen Exfreund oder so etwas. Keine Ahnung, dachte er resigniert.
„Livi, was ist heute los?“
Durch Olivias Kopf schossen gleich mehrere Antworten. Sie zögerte einen Moment, dann holte sie tief Luft. Wahrscheinlich hat sie auf diese Frage nur gewartet, vermutete Moritz.
Olivia erhob die Hand und streckte den Zeigefinger weit nach oben, um Moritz seine Vergehen aufzuzählen. Sie drehte sich zu ihm herum und schaute ihm in die Augen, während sie zu sprechen begann.
„Erstens: Thema Pünktlichkeit –“
Ein Wortschwall ergoss sich über Moritz, mit dem er fast gerechnet hatte, mit dem er aber nicht wirklich umzugehen wusste. Er hing an ihren Lippen und folgte ihren Argumenten, doch wünschte er sich tief in seinem Inneren nur ein kurzes „Alles ist gut, Moritz.“
Zu gern hätte er sie unterbrochen, doch das war zwecklos. Plötzlich ging alles ungeheuer schnell. In dem Gebäudeteil, der sich zu ihrer Linken erstreckte, zerbarst im obersten Stockwerk ein Fenster. Der Knall ließ sie zusammenfahren. Scherben hagelten auf die Kommissare nieder. Erschrocken sprangen beide zur Seite und warfen sich verwunderte Blicke zu. Doch der Scherbenregen war nur ein dunkler Vorbote gewesen. Unmittelbar darauf schlug neben ihnen auf dem harten Steinboden wie eine Bombe ein Körper ein. Blut spritzte.
Trotz all der Erfahrung, die die beiden Kommissare mit Extremsituationen hatten, standen sie unter Schock. Es

dauerte einen Augenblick, bis sie sich gefasst hatten. Schließlich beugten sich beide hinunter und sahen, dass es sich um einen Mann mittleren Alters handelte. Moritz fühlte nach dem Puls.
„Er ist tot."
Seine Stimme hallte laut über den Platz.

***

Die schattenhafte Gestalt stand am zerbrochenen Fenster und spähte vorsichtig hinunter. Für einen Moment war sie unsicher. Hatte Schönburg den Sturz überlebt? Der Körper hatte sich leicht gedreht. Sie wurde nervös. Schönburg musste tot sein.
Dann beobachtete der Schatten wie zwei Personen, die vor den Katakomben standen und vermutlich die Promotionsfeier besucht hatten, sich über den Körper beugten. Der Mann trug eine Lederjacke, und die Frau hatte einen dunklen, wilden Lockenkopf.
„Er ist tot", hörte er den Mann rufen.
Die Gestalt war erleichtert. Eine unendlich schwere Last fiel von ihr ab. Glücksgefühl überkam sie und prickelte am ganzen Körper. Endlich frei! All die Qualen, all die Demütigungen und Heucheleien waren Vergangenheit. Mit dieser Tat rächte sie sich an der ganzen Uni-Schickeria und dem Schaulaufen aufgeblähter Wissenschaftler. In ihre Tat hatte die Gestalt ihre ganze Frustration über die Arroganz und Ignoranz all dieser Schnösel und Angeber gelegt. Doch all dies gehörte nun der Vergangenheit an. Der Schatten hatte sich befreit, und der Privatdozent, der

einzige, der ihn hätte verraten können, war tot. Da lag Schönburgs lebloser Körper, nur wenige Meter unterhalb des Fensters auf dem Steinboden der Universität. Eine entfernte Laterne warf Licht auf die Leiche, doch war der Schein nur schwach und schummrig.
Die Gestalt schloss die Augen und atmete tief durch. Sie genoss diesen Augenblick. Sie genoss es, den Toten im Hof liegen zu sehen, halb im Schatten, halb von der Laterne beleuchtet. Lange konnte sie so nicht verharren, ohne gesehen zu werden. Aber sie wagte einen weiteren Blick auf den Toten und konnte sich von diesem Bild nur sehr schwer losreißen. Der Anblick war befreiend und faszinierend zugleich. Dort unten lag ihr Werk. So muss es Schönburg gewollt haben, denn warum sonst hatte er heute so gehandelt? Er muss doch gewusst haben, dass sie Schönburgs Plan mit allen Mitteln verhindern würde. Ein Glück nur, dass sie ihn hatte abfangen können. Beinahe wäre es schiefgegangen.
Alles geschah in Sekundenschnelle. Kaum hatte der Mann bestätigt, dass Schönburg tot war, blickte sich die Frau schon suchend um. Der Schatten sprang vom Fenster zurück. Vielleicht war seine Bewegung etwas zu schnell gewesen, denn er konnte gerade noch erkennen, dass sie zu ihm hochsah. Hatte sie ihn erkannt? Wer war sie?
Die Zeit war gekommen, um zu verschwinden. Der Schatten wagte keinen weiteren Blick, konnte aber hören, dass unten allmählich die Gäste der Veranstaltung zusammenliefen. Schreckensrufe und Stimmengewirr drangen zu ihm hoch. Jetzt hast du endlich die Bühne, die du dir

immer gewünscht hast, Schönburg, dachte der Schatten. Die Eingangstür zu dem Flügel des Unigebäudes, in dem er sich befand, wurde aufgerissen, das Geräusch kannte er genau. Schnelle Schritte einer einzelnen Person wurden laut. Das Klacken der Absätze hörte sich nach einer Frau an. War es die Frau mit den wilden Locken? Panik ergriff ihn. Mit Sicherheit war jemand hierher unterwegs. Er musste schnell verschwinden. Der Schatten stieg über die Blutlache, die den Boden verfärbt hatte, und verschwand in der Dunkelheit. Er hatte sein Geheimnis gegenüber Schönburg verteidigt, er würde es auch weiterhin verteidigen.

***

„Du rufst die Kollegen. Ich schau nach", rief Olivia Moritz zu und rannte blitzschnell auf die Eingangstür jenes Universitätsgebäudes zu, aus dem der Sturz erfolgt war. Moritz' Antwort wartete sie gar nicht erst ab, stattdessen riss sie die Tür auf und ließ ihren Kollegen mit der zerschmetterten Leiche zurück.

Moritz nickte, auch wenn ihm klar war, dass Olivia das nicht mehr sehen würde. Er kniff seine Augen zusammen und schaute nach oben. Das Fenster im vierten Stock war zerbrochen. Er konnte niemanden erkennen. Oder doch? Er war sich unsicher.

„Verdammte Scheiße!", hörte sich Moritz fluchen.

Dann zog er sein altes Handy aus der Jackentasche und verständigte die diensthabenden Kollegen sowie die Spurensicherung. Sie würden gleich da sein. Während er wartete, betrachtete er die Leiche genauer. Sie war blutüberströmt. Eine weite Wunde klaffte am Kopf, die aller Erfahrung nach nicht von dem Sturz stammte. Der Mann musste in einen Kampf verwickelt gewesen sein. Ob er schon tot war, als er aus dem Fenster geworfen worden war, vermochte er nicht zu sagen.

„Schon komisch“, dachte Moritz bei sich, „Nun stehe ich hier und bewache alleine eine Leiche, während wenige Meter neben mir gerade ein Sektempfang stattfindet.“

Doch Moritz war nicht allein, auch wenn er es viel lieber gewesen wäre. Zunächst hatten vermutlich nur die paar Leute das Geschehen bemerkt, die kurz nach Olivia und Moritz aus den Katakomben gekommen waren, um zu rauchen, doch dann verbreitete sich die Nachricht von der Leiche im Hof wie ein Lauffeuer unter den Gästen der Promotionsfeier. Viele eilten sofort ins Freie, um den Toten zu sehen, die Meute hatte ihre Sensation.

Moritz bat die herausströmenden Gäste, im Gebäude zu bleiben oder zumindest in einigem Abstand zu warten. Doch sobald sich eine Gruppe verzogen hatte, drängte die nächste heran. Irgendwann wurde es Moritz zu bunt.

„Zurück!“, brüllte er aus Leibeskräften und streckte seinen Polizeiausweis in die Höhe. Einige Schaulustige ignorierten ihn einfach. Moritz hätte gerne seine Dienstwaffe gezogen und wild in die Luft geballert, um den Unfallort und die Leiche zu schützen, doch die hatte in seinem privaten Umfeld nichts verloren, außerdem war er sich der Konsequenzen eines solchen Verhaltens bewusst.

„Is nix, Cowboy“, dachte er bei sich. Er malte sich aus, wie sich die Gesichter um ihn herum verändert hätten, wenn er seinem Instinkt hätte folgen können. Er war erleichtert, als er das Martinshorn hörte und die Wand des Schlosses das Blaulicht der Kollegen reflektierte.

***

Als Olivia die Tür aufriss, wurde sie von der im Innenraum angebrachten Beleuchtung geblendet. Ihre Augen waren ganz auf die Dunkelheit im Freien eingestellt, und im geräumigen Treppenhaus brannte das Licht. Hastig blickte sie sich um und entschied sich für eine große Marmortreppe, die zu ihrer rechten Seite lag und über drei Zwischenplattformen in den ersten Stock führte. Sie sprintete hinauf und nahm dabei immer gleich drei Stufen auf einmal. Olivia fluchte. Warum nur hatte sie sich für diese Schuhe entschieden, die sie noch nie zuvor getragen hatte? Ganz davon zu schweigen, dass sie üblicherweise in High Heels nicht so rannte.

Noch bevor sie die erste Zwischenplattform erreichte, hatte sie die Schuhe in der Hand und hetzte in Strümpfen die altehrwürdigen Steintreppen nach oben. Da das Erdgeschoss weit über drei Meter hoch war, dauerte es eine Weile, bis sie den ersten Stock erreichte. Trotz ihrer Eile fiel ihr die Stilmischung, die das Innere beherrschte, auf. Das Schloss war Jahrhunderte alt, das Treppenhaus machte jedoch aufgrund des Steinbodens und des schmiedeeisernen Geländers eher den Eindruck, als stamme es aus den Fünfzigern. Die nachträglich eingezogene Wand im ersten Stock war offensichtlich noch jüngeren Datums. Wahrscheinlich hatte man sie erst vor wenigen

Jahren eingezogen, um auch aus Teilen des Treppenhauses Büroräume zu machen. Trotz der großzügigen Bauweise mit dem hallenartigen ersten Stock, der jetzt menschenleer war, überkam sie ein Gefühl der Beklommenheit. In diesen überdimensionierten Gängen war sie auf sich allein gestellt. Mit jedem einzelnen Schritt fühlte sie ihr Herz stärker schlagen und eine vage Angst in sich hochsteigen. Was, wenn plötzlich der Mörder vor ihr stünde? Sofern es ein Mord und kein Unfall gewesen ist. Sie dachte an den Schatten, den sie für einen kurzen Augenblick am Fenster gesehen hatte. Obwohl sie wusste, dass sie ihre Dienstwaffe am späten Nachmittag abgelegt hatte, griff sie instinktiv an ihren Gürtel. Pech, es würde auch so gehen müssen!
Sie erreichte den zweiten Stock. Hier gab es wunderlicherweise nur eine kleine Abstellkammer oder Toilette. Immerhin waren diese Stockwerke nicht mehr so hoch wie das Erdgeschoss. Von außen hatte sie sie gezählt und wusste, dass das Opfer aus dem vierten Stock gefallen war. Sie machte eine kurze Atempause, dann rannte sie weiter.
Olivia fragte sich, ob es noch einen anderen Zugang zu dem Raum gab, aus dem der Tote gestürzt war. Sie hatte keine Ahnung, aber ihr war klar, dass sie auf der Hut sein musste. Wenn es sich um Mord oder Totschlag und nicht um einen Unfall handelte, musste der Täter noch in der Nähe sein. Garantiert hatte er nicht damit gerechnet, dass Polizei vor Ort war, doch sollte er mitbekommen haben, dass sie sich bereits auf dem Weg nach oben befand, plante er vielleicht einen Hinterhalt. Sie musste auf der

Hut sein. Unbedingt. Und sie musste schnell in den Raum vordringen, um zu verhindern, dass der Täter flüchtete. Ebenfalls unbedingt.
Schließlich kam Olivia keuchend im vierten Stock an. Trotz der harten Ausbildung und des Polizeitrainings in Mannheim kam sie allmählich außer Atmen, ihre Lungen brannten. Auf dem Treppenabsatz war es düster, die Beleuchtung der unteren Stockwerke gelangte nur teilweise herauf, und es gab keine Außenfenster. Olivia konnte sich nur schwer orientieren. Sie atmete einmal tief durch, dann versuchte sie, ihre Atemgeräusche weitestgehend zu unterdrücken. Sie blickte sich um. Lediglich zu ihrer Rechten gab es eine Tür. Als sie diese vorsichtig aufgezogen hatte, blickte sie in einen langen, leeren und dunklen Gang.
Langsam ging sie den Gang entlang und drückte sich dabei, so gut es ging, an die Wand, die mit Marmor verkleidet war. Etwa in der Mitte entschied sie, dass sie nun weit genug war. Sie stand vor einer dunkelbraunen Holztür. Wenn sie unten im Hof richtig geschätzt hatte, musste dahinter das Zimmer sein, aus dem der Mann gefallen war. Olivia war sich bewusst, dass sich hinter der Tür ein Mörder befinden konnte, und bereitete sich mental auf eine Konfrontation vor. Ihre rechte Hand umklammerte die schwere Türklinke. Sie warf einen Blick auf das Türschild, „Wissenschaftliche Hilfskräfte" war darauf zu lesen, holte tief Luft und – konnte noch nicht einmal die Klinke nach unten drücken. Die Tür war verschlossen.
Ihre Aufregung verschwand für einen Augenblick. Vor-

sichtig ging sie zur nächsten Tür. Als sie davor stand, wischte sie sich ihre feuchten Hände an der Hose ab, konzentrierte sich aber sofort wieder und positionierte sich vor der Tür. Wieder griff sie mit der rechten Hand an die Klinke. Ihr Blick fiel abermals auf das Türschild. Dort stand in großen Buchstaben „Prof. Kugler". Hatte nicht die Rednerin so geheißen? Ihr Herz schlug so laut, dass es kaum zu überhören war, doch das Geräusch, dass der tote Körper beim Aufschlag verursacht hatte, hatte sich ihr so tief eingeprägt, dass sie es immer und immer wieder in Gedanken abspulte und es ihren eigenen Herzschlag übertönte. Sie blickte auf ihre bloßen Füße und entdeckte Blut an ihren Beinen. Verdammt!.
Vorsichtig drückte sie die Türklinke nach unten.

***

Vier Stockwerke tiefer koordinierte Moritz den Einsatz der Kollegen, die den Fundort der Leiche mit einem rotweißen Band sicherten und die Schaulustigen zurückdrängten. Unter ihnen befand sich auch Dennis. Als einer der Polizisten ihn aufforderte, wieder zurück ins Gebäude zu gehen, unterbrach Moritz seinen Kollegen.
„Halt. Der gehört zu mir. Lass ihn hier rein."
Dennis stutzte.
Der Streifenpolizist tat, wie Moritz ihm gesagt hatte, und hielt das rotweiße Band in die Höhe, damit Dennis durchschlüpfen konnte.
„Ich wollte gerade ins Haus zurückgehen", begann Dennis unsicher.

„Lass mal. Bleib mal besser bei mir und beantworte mir ein paar Fragen."
Dennis nickte.
Moritz zog seinen Cousin zu sich und außer Hörweite der Schaulustigen, während dieser versuchte, einen Blick auf die Leiche zu erhaschen. Moritz hielt ihn zunächst davon ab, erklärte ihm dann aber:
„Ich will, dass du dir den Mann anschaust, vielleicht kennst du ihn. Aber denk vorher darüber nach, ob du schon dazu bereit bist, okay?"
Dennis nickte. Moritz ließ ihm einen Augenblick Bedenkzeit. Als Dennis ein zweites Mal nickte und einen Schritt nach vorn machte, gab Moritz seinen Kollegen ein Zeichen und sagte zu seinem Cousin gewendet:
„Gut. Schau dir die Leiche jetzt an."
Gemeinsam traten sie seitlich an den vollständig zugedeckten Körper heran, und Moritz hob das Tuch vom Gesicht des Toten, damit Dennis einen schnellen Blick darauf werfen konnte. Der Kommissar schaute seinem Cousin scharf ins Gesicht. Dieser erschrak weder, noch schien ihn der Tote kalt zu lassen, im Grunde zeigte er keinerlei Gefühlsregung.
„Du kennst ihn?", hakte Moritz nach.
„Ja, ich glaube, ich kenn ihn", bestätigte Dennis und lief einige Meter von der Leiche weg, dorthin, wo er mit Moritz zuvor gestanden hatte.
„Doch ja, ich kenne ihn."
Moritz musterte seinen Cousin mit einem prüfenden Blick. War er blass? Hatte er den Anblick der Leiche gut verkraftet? Er ließ sich auf einem der kleinen Begren-

zungspfosten nieder und deutete Dennis an, sich ebenfalls zu setzen.
„Erzähl mir bitte alles, was du über ihn weißt."
„Das ist leider gar nicht so viel", entgegnete Dennis. „Der Tote ist schon lange nicht mehr hier an der Uni. Vor sechs oder sieben Jahren, also vor meiner Zeit hier, da war er noch Privatdozent hier."
„Kennst du seinen Namen?"
Dennis nickte.
„Dr. Reinhardt Schönburg. Er war einmal einer der aufstrebenden Dozenten, und vor allem einer der ehrgeizigsten. Doch das Hochschulrahmengesetz von 2005 hat ihn die Karriere gekostet."
„Das was?"
„Die Gesetzgebung der Hochschulen obliegt jeweils dem Bundesland. Jedes Bundesland kann seine eigenen Bestimmungen erlassen."
„So wie bei der Polizei", ließ Moritz seufzend einfließen, „alles kommt aus Stuttgart."
„Genau. Und das Gesetz von 2005 beinhaltet einige Regelungen zur Befristung des Angestelltenverhältnisses." Der eben feierlich graduierte Wirtschaftswissenschaftler schien sichtlich verärgert zu sein.
„Was besagt dieses Gesetz?"
Dennis holte kurz Luft, doch bevor er anfangen konnte, unterbrach ihn Moritz noch einmal: „Bitte gib mir die Zusammenfassung!"
„Verstehe."
Dennis musste grinsen, dann grübelte er eine Weile und fing an: „Im Grunde besagt diese Befristung, dass du nur

wenige Jahre Zeit hast, die jeweilige nächste Stufe deiner akademischen Karriere zu nehmen. Wenn du Privatdozent bist, bleibt dir nur kurze Zeit, um Professor zu werden."

„Und was passiert, wenn das nicht klappt?", fragte Moritz.

„In diesem Fall wird dir unweigerlich gekündigt. Keine Hochschule kann dich mehr anstellen."

„Dann bist du für immer deinen Job los? Wahnsinn, wer denkt sich denn so etwas aus?"

Dennis zuckte mit den Schultern.

„Na ja, wie ich schon sagte –", er überlegte kurz, bevor er fortfuhr. „Schönburgs einzige Hoffnung auf eine Karriere als Wissenschaftler war die Professur, die Anja Kugler schließlich erhalten hat."

„Anja wer?"

„Na, die Professorin, die die Promotionsfeier organisiert hat."

„Oh, die! Als Rednerin ein bisschen langatmig, die Dame, und ansonsten etwas blass."

„Sie hat einen schlimmen Scheidungskrieg hinter sich. Ihr Mann hat sie ausgenommen wie eine Weihnachtsgans. Kinder hat sie keine. Wegen der Scheidungsstreitigkeiten hat sie öfter die Vorlesung ausfallen lassen müssen, beinahe hätte sie deswegen ihre Professur verloren. Sie ist ganz allein. Die Uni ist ihr ein und alles. Tauschen würde ich mit ihr nicht wollen." Er machte eine Pause. „Im Grunde tut sie den meisten Studenten nur leid."

„Schnell, wir müssen sie finden", Moritz sprang auf.

„Wieso?“
„Sie war auf der Veranstaltung, klar. Aber war sie auch auf dem Empfang?“
Bei Dennis fiel der Groschen.
„Hatte sie überhaupt die Zeit, einen Mord zu begehen?“, zweifelte er.
„Das müssen wir später feststellen. Ich frag mich eher, ob sie die Kraft hat, jemanden aus dem Fenster zu stoßen.“
„Oh, die hat sie. Zumal Schönburg nicht der Größte ist.“
„War“, räusperte sich Moritz. „Los, wir müssen sie finden.“

***

Olivia stand angespannt einen Schritt weit in Anja Kuglers Büro. Unübersehbar war sie im richtigen Zimmer gelandet. Die große Fensterscheibe war zerbrochen, der Schreibtisch in Unordnung. Sie atmete noch einmal tief durch. Es schien niemand mehr im Zimmer zu sein. Sie tastete nach dem Lichtschalter und erhellte den Raum.
Wieder musste sie blinzeln, weil sie direkt in das Licht geschaut hatte. Als ihre Augen sich an die Helligkeit gewöhnt hatten, erschrak sie. Eine große Lache Blut hatte sich auf dem alten Parkettboden angesammelt. In ihr lagen vollgesaugte Papiere und Büromaterialien. Ein Stuhl war umgefallen. Akten waren zerfleddert. Sie war sich sicher: Hier war gekämpft worden. Nicht lange. Aber immerhin.
Olivia schlich um die Blutlache herum zu den Resten des großen Glasfensters, das die halbe Wand einnahm. Nur

wenige Splitter lagen auf dem Sims, die meisten waren mit der Leiche nach unten gefallen. Sie blickte hinab in den Hof, so wie es wenige Minuten zuvor der vermeintliche Täter getan hatte. Olivia konnte erkennen, wie Moritz mit seinem Cousin sprach und die Spurensicherung eintraf. Ihr Chef, Dr. Klose, war inzwischen angekommen und in ein offenbar aufgeregtes Gespräch mit Fatih Üstbas, dem Leiter der Kriminaltechnischen Untersuchung, verwickelt. Sie zückte ihr Handy.

„Fatih, schick ein paar Spurensicherer in den vierten Stock hoch. Ich komm gleich wieder zu Euch runter."

Olivia sah, wie Fatih am Gebäude entlang nach oben blickte, und winkte ihm. Er nickte ihr zu. Als die ersten Kollegen von der Spurensicherung bei ihr ankamen, verließ Olivia das Büro und machte sich auf die Suche nach ihren Schuhen, die sie längst nicht mehr in Händen hielt, sondern unterwegs irgendwohin geworfen hatte.

***

Moritz und Dennis drängelten sich durch die Masse der Veranstaltungsgäste. Die meisten hatten sich im vorderen Teil der Katakomben versammelt und mit einem Glas Sekt auf die Promotion des Sohnes oder der Tochter angestoßen. Moritz musterte sie scharf. Einige schienen noch nicht mitbekommen zu haben, dass es vor der Tür zu einem Todesfall gekommen war. Andere wiederum waren kreidebleich. Sie standen an der Seite und rangen um Fassung oder versuchten den Schreck dadurch zu verarbeiten, dass sie hektisch ihre Eindrücke schilderten.

„Zum Glück sprechen die Gäste nicht alle die gleiche Sprache“, flüsterte Moritz Dennis zu, „sonst würde hier bereits Panik entstanden sein.“
Ein Blick zum Eingang sagte ihm, dass die Kollegen gerade den Raum betraten und die Gäste befragen wollten.
„Noch gibt es keinen Tumult“, antwortete Dennis, als er sich an einem großen dicken Mann vorbeischob.
„Dennis, du suchst hier weiter. Ich gehe an das andere Ende der Katakomben, dorthin, wo die Ehrung war.“
Dennis nickte.
Moritz musste einem lachenden Chinesen ausweichen, der offensichtlich zu viel Sekt getrunken hatte. Geschickt drehte er sich um die eigene Achse, machte noch zwei Schritte und stand dann dort, wo zuvor die Promotionsurkunden vergeben worden waren.
Dieser Teil des Veranstaltungsorts hatte sich fast vollständig geleert, nur eine einzige Person saß noch inmitten der vielen Stuhlreihen. Es war Anja Kugler. Moritz ging schnurstracks auf sie zu, doch die Professorin würdigte ihn mit keinem Blick. Noch nicht einmal als er direkt vor ihr stand, hob sie den Kopf. Stattdessen starrte sie verloren in die Leere.
„Professor Anja Kugler?“, begann Moritz, „Kripo Mannheim. Ich hätte ein paar Fragen.“
Der Blick der Professorin wanderte langsam an Moritz hoch. Er sah, wie ihre Hände zitterten. Als sie ihm in die Augen schaute, entdeckte er jenen verängstigten, mürrischen Ausdruck darin, den er immer als den „Blick der Verzweiflung“ bezeichnete und in seiner Karriere schon öfter gesehen hatte. Ihre Kurzhaarfrisur war vollkom-

men zerstört. Sie musste sich mehrfach mit den Händen durch die Haare gefahren sein. Auch ihr Make-up war verschmiert. Der Lidstrich unter ihren Augen war verwischt und das Rot auf ihren Lippen nicht mehr zu erkennen. Stattdessen schienen sich ihre kantigen, sportlichen Gesichtszüge verstärkt zu haben.

„Sie wissen, dass Dr. Reinhardt Schönburg tot vor dem Gebäude liegt?"

Kugler nickte leicht.

Moritz hörte hinter sich jemanden kommen. Er fuhr herum.

„Der Tote ist aus Ihrem Fenster gestürzt!", fiel Olivia den beiden mitten ins Wort. „Dennis hat mir gesagt, wo du bist", flüsterte sie Moritz zu.

Moritz machte ein wenig Platz, damit sich Olivia direkt auf die Professorin zubewegen konnte.

„Olivia von Sassen", stellte sie sich vor.

„Ebenfalls Kripo nehme ich an", seufzte Anja Kugler.

„Ganz richtig", entgegnete Olivia und fuhr gleich fort: „Können Sie sich erklären, warum der Tote aus dem Fenster ihres Büros gestürzt ist?"

Kuglers Blick senkte sich wieder, sie starrte vor sich auf den Boden.

„Ich ... ich weiß es nicht."

Moritz schaltete sich ein.

„Haben Sie Reinhardt Schönburg aus dem Fenster gestoßen?"

Kuglers Lethargie verschwand schlagartig. Hektisch, beinahe aggressiv schüttelte sie den Kopf.

„Nein, das habe ich nicht!"

„Wer könnte es sonst gewesen sein?“
„Ich weiß nicht, wer es sonst gewesen sein könnte! Mein Zimmer war abgeschlossen. Was Schönburg dort gemacht hat und warum er aus dem Fenster gestürzt ist, weiß ich nicht!“
„Hat sonst noch jemand Zugang zu Ihrem Büro?“, schaltete sich Olivia wieder ein.
„Nein, niemand. Die Sekretärin nicht, die Hiwis nicht. Niemand“, erklärte sie und verfiel wieder in Lethargie.
„Denken Sie scharf nach, Frau Kugler! Kann sonst noch jemand in Ihrem Büro gewesen sein?“, hakte Olivia nach.
Die Professorin war verwirrt. Als würde sie mit ihren Augen jemanden suchen, blickte sie durch den Raum.
„Nein, niemand.“
„Ich muss Sie darauf hinweisen, dass Sie unsere Hauptverdächtige sind, wenn Sie die einzige Person sind, die überhaupt Zugang zum Tatort hatte“, ermahnte Moritz sie.
Kugler schwieg einen Augenblick, dann hob sie den Kopf und begann zu reden.
„Es gibt einen Generalschlüssel beim Hausmeister. Andi Beck. Der wohnt hier gleich bei der Uni in B 2. Er muss auch Zugang zu meinem Büro haben.“
„Danke, Frau Kugler, das hilft uns weiter“, Moritz notierte sich Name und Adresse des Hausmeisters in einen kleinen Block, den er immer bei sich trug. „Ich muss Sie trotzdem bitten, mit ins Polizeipräsidium zu kommen. Meine Kollegen werden sich dort mit Ihnen beschäftigen.“
Die Professorin nickte verstehend und folgte den beiden ohne Widerstand.

„Und wir gehen zu Beck“, flüsterte Moritz Olivia beim Hinausgehen zu.
Olivia zog die Augenbrauen hoch.
„Ich hab ihn schon gegoogelt.“

***

Olivia und Moritz drängten sich ins Freie, wo die Spurensicherung den Fundort der Leiche weiträumig abgesichert hatte. Die Leiche war mittlerweile gut abgeschirmt, sodass sich die Schaulustigen verzogen hatten. Einige Beamte kümmerten sich um die restlichen Anwesenden und versuchten diese ruhig vom Gelände zu leiten. Das Rhein-Neckar-Fernsehen war mit einem kleinen Kamerateam vor Ort und tat sein Bestes, um die ersten O-Töne einzufangen. Aus dem Augenwinkel konnte Olivia beobachten, wie Dr. Klose mit Anja Kugler in einen Polizeiwagen stieg und sich zum Präsidium fahren ließ.
„Die Nacht ist noch lange nicht vorbei“, kommentierte Moritz die Szene, als er Olivias Blick bemerkte.
„Nein, noch sehr lange nicht“, antwortete Olivia. Danach sprachen beide eine Weile nichts mehr.
Olivia tat der Streit leid. Sie mochte es nicht, wenn Moritz und sie sich in die Haare gerieten. Manchmal jedoch ging er ihr mit seiner Art wahnsinnig auf die Nerven, und heute war so ein Tag gewesen. Sie wagte einen kurzen Blick auf ihren Kollegen, den sie geschickt als einen Blick auf den Verkehr an der Bismarckstraße tarnte. Er schien nicht mehr sauer auf sie zu sein. Olivia war froh darüber, bedauerte allerdings, dass sie nicht mehr mit Dennis

hatte sprechen können. Das Ermittlerpaar überquerte die Bismarckstraße. Durch den Blaulichteinsatz vor der Universität hatte sich hier ein hohes Verkehrsaufkommen gebildet. Die vorbeifahrenden Schaulustigen versuchten einen Blick auf den Einsatz zu erhaschen, konnten jedoch von der Straße aus kaum etwas erkennen. Plötzlich hörte Olivia in ihrem Rücken eine Sirene und fuhr herum.

„Hab ich mir doch gleich gedacht. Klose kämpft sich durch den Verkehr, ha, ha“, lachte Moritz.

„Wir nehmen lieber die grüne Fußgängerampel“, empfahl Olivia.

Vorbei an A 1 betraten die beiden die Kurpfalzstraße und bogen gleich darauf in die nächste Straße links ein, zwischen A 1 und B 1 hindurch. Dort lag B 2, wo Andreas Beck, der Hausmeister, wohnte.

„Was glaubst du, was gerade passiert ist?“, fragte Olivia.

„Schwer zu sagen“, zuckte Moritz mit den Schultern, „das ist alles sehr schnell passiert. Wir waren gerade beim Sekt –“, eine Pause trat ein, „und wenige Sekunden später lag eine Leiche vor uns.“

„Ich frage mich, wie die Professorin in dieses Bild passt.“

„Das herauszufinden, meine Prinzessin, ist unsere Aufgabe. Wie auch immer, wenn du mich fragst, hat sie Dreck am Stecken“, urteilte Moritz.

Sie gingen ein paar Schritte weiter.

„Wenn der Hausmeister wirklich der Einzige ist, der noch Zugang zum Büro hatte, dann haben wir den Fall vielleicht noch heute Nacht gelöst. Das wäre persönlicher Rekord. Aber daran glaube ich irgendwie nicht“, kommentierte Olivia.

„Aber was sollte der Hausmeister in Kuglers Büro mit Schönburg? Warum hätten sie sich genau da getroffen?" Moritz blieb vor der ersten Tür von B 2 stehen und suchte die Klingeln ab.

„Du stehst vor der Hausnummer B 2, 1. Es ist aber B 2, 19", sagte Olivia trocken.

„Hab ich aus dem Internet, dem komischen Ding voller Verschwörungen und kranker Kommentare, das du nicht magst."

„Das liebe Internet", kam es brummig von ihm.

„Komm schon. Ich erspar dir damit, dass du die geballten Klingeln von Quadrat B 2 absuchen musst."

„Schon gut."

Die beiden Kommissare liefen um das Quadrat herum, bis sie vor B 2, 19 standen. In Sekundenschnelle fand Moritz die Klingel.

„Alla gud!" Er holte tief Luft, drückte darauf und wartete. Als sich nichts und niemand regte, klingelte Moritz ein weiteres Mal.

„Immer das gleiche Spiel."

Olivia sah sich die Fenster genauer an.

„Wenn die Klingeln richtig platziert sind, wohnt der gleich hier unten im Erdgeschoss."

Moritz ließ von der Klingel ab und presste seine Nase gegen das Fenster von Becks vermeintlicher Wohnung.

„Kannst du was erkennen?", wollte Olivia wissen.

„Nein, ist viel zu dunkel."

Nun stellte sich Olivia neben Moritz, um selbst einen Blick in die Wohnung zu werfen.

In diesem Moment geschah es. Plötzlich stand ein Mann

hinter dem Fenster, der die beiden griesgrämig anschaute.
„Brauchda a Foddo, oder was?“ Der Mann öffnete das Fenster, neben ihm sprang ein Schäferhund mit den Vorderpfoten auf das Fensterbrett und verbellte sie laut. Olivia erschrak fürchterlich. Es dauerte ein paar Sekunden, bis sie sich wieder gesammelt hatte.
„Kripo Mannheim“, antwortete sie schließlich und zückte ihren Dienstausweis. Sie versuchte so kühl und gelassen wie möglich zu reagieren, obwohl ihr Puls noch immer raste. Der Hausmeister verzog keine Miene und wandte sich wieder seinem Hund zu.
„Komm, Brutus!“
Er knallte das Fenster zu und verschwand samt Hund genauso schnell in der Dunkelheit der Wohnung, wie er aufgetaucht war.
„Was macht der jetzt?“, fragte Olivia laut.
Moritz zuckte mit den Schultern: „Hoffentlich macht er auf und zwar ohne eine Waffe zu ziehen.“
Die beiden Kommissare standen vor dem Fenster und warteten eine Weile, bis sie Geräusche hörten. Der Mann öffnete ihnen die Eingangstür. Ein freundliches Willkommen sah jedoch anders aus.
„Wer sinn Sie? Zeige Sie ma mol Ihren Ausweis!“
„Olivia von Sassen, mein Kollege Moritz Martin, Kriminalpolizei Mannheim.“ Während sie sich vorstellte, zeigte sie dem Mann zugleich ihren Dienstausweis. Dieser studierte ihn ganz genau.
„Sind Sie Andreas Beck, Hausmeister an der Universität?“, unterbrach ihn Moritz.

Der Mann nickte.
„Dürfen wir reinkommen?“
Beck drehte sich wortlos um und schlürfte in seine Wohnung. Die beiden Kommissare verstanden dies als Aufforderung und gingen hinterher. Olivia wunderte sich über die Fubu-Jacke, die er trug. Aus ihrer Zeit in den USA erinnerte sie sich an diese Marke, die dort nur von Afroamerikanern getragen wurde. Fubu, das war die Abkürzung der afroamerikanischen Kleiderfabrik und gleichzeitig die Abkürzung für „For us by us“, „Für uns von uns“. Die Jacke hatte es zwar offensichtlich über den Atlantik geschafft, die Prämisse der Firma aber nicht. Wenn Beck eine solche Jacke trug, hieß das eventuell, dass er der Hiphop-Szene nahestand oder sich einer Art Ghetto-Klasse zugehörig fühlte, die sich gegen die Gesellschaft auflehnt, weil sie sich von ihr unterdrückt fühlt. Oliva war gespannt auf das Gespräch.
Aus einem Hinterzimmer war der Hund zu hören. Er bellte und kratzte an der Tür, sodass Olivia das Gefühl bekam, ein Monster würde sich dahinter verbergen. Vielleicht war der Hund ja ein Monster.

***

„Bitte nehmen Sie Platz, Frau Kugler.“ Dr. Klose saß hinter seinem Schreibtisch und bot der Professorin einen Stuhl an.
„Sie haben sicherlich Verständnis dafür, dass ich Sie mit aufs Präsidium genommen habe, bei all dem Rummel an der Universität.“

Kugler nickte. Sie blickte sich ängstlich um.
„Kannten Sie Reinhardt Schönburg?“, begann Klose.
„Flüchtig, ja.“
„Woher?“
„Er war Privatdozent an der Universität und vertrat den Lehrstuhl, den ich nach meiner Rückkehr aus den USA angenommen habe“, antwortete Kugler.
„Sie waren also Konkurrenten?“
„So habe ich es nie gesehen.“
„Aber vielleicht er“, gab Dr. Klose zu bedenken. „Wenn er in Abwesenheit eines Lehrstuhlinhabers denselben Lehrstuhl vertrat, den Sie später dann erhielten, hatte er bestimmt selbst ein Auge darauf geworfen.“
„Ich weiß nicht. Er hätte sich auf einen Lehrstuhl an einer anderen Universität bewerben müssen. Da hätte er eine Chance gehabt. Nicht in Mannheim. Selbst wenn er an der Universität hing.“
„Was ist passiert, als Sie den Ruf auf den Lehrstuhl annahmen? Ist Schönburg weiter an der Uni geblieben?“
„Nur noch ein Semester. Er musste danach seine Hochschulkarriere beenden. Er hat es nicht geschafft, innerhalb der Zeit, die das Hochschulrahmengesetz vorgibt, einen eigenen Lehrstuhl zu erhalten. Das bedeutet das Ende der Karriere – per Gesetz.“
„In gewisser Weise haben Sie ihm also die letzte Möglichkeit genommen, eine Professor zu erhalten?“, warf Dr. Klose ein. „Er muss Sie also unbedingt als Konkurrentin empfunden haben, auch wenn Sie das ihm gegenüber nicht getan haben.“
„Hören Sie, ich habe mich anständig auf diese Professur

beworben, die er nie erhalten hätte!“, erwiderte Kugler trotzig, „Reinhardt Schönburgs Karriere ist nicht an mir gescheitert, sondern an ihm selbst!“

„Das sehen Sie so. Er mag es jedoch anders gesehen haben.“

Der Kriminaldirektor legte eine Pause ein. Er erkannte zwar die Rivalität zwischen dem Opfer und der Professorin, konnte bei ihr bislang aber kein Tatmotiv ausmachen. Dann begann er wieder: „Es gibt nur zwei Personen, die Zugang zu Ihrem Büro hatten, in dem oder aus dem heraus der Mord passiert ist. Sie und der Hausmeister. Warum sollte ich glauben, dass Sie es nicht waren?“

„Ich muss mich doch jetzt nicht vor Ihnen verteidigen! Ich bin unschuldig und habe nicht die Pflicht, dies zu beweisen.“

„Wo waren Sie zur Tatzeit?“

„Beim Sektempfang.“ Ein kurzer Moment des Schweigens trat ein. Dann fügte sie hastig hinzu: „Dafür gibt es Zeugen!“

„Und dennoch wäre es Ihnen möglich gewesen, die Veranstaltung kurz zu verlassen und Schönburg zu töten.“

„Warum sollte ich das tun? Und woher hätte ich wissen sollen, wo er ist?“

„Vielleicht hat er sich von Ihnen verletzt gefühlt, vielleicht wollte er sich an Ihnen rächen. Und Sie haben ihn im Affekt aus dem Weg geschafft“, mutmaßte Dr. Klose. Auf ihre zweite Frage ging er nicht ein.

„Das ist eine ungeheuerliche Unterstellung! Ich sage jetzt nichts mehr. Lassen Sie mich meinen Anwalt anrufen!“

Diese Trotzreaktion kannte der Kriminalbeamte nur zu

gut. Gelassen antwortete er ihr: „Wenn Sie dieses Spiel spielen, spiele ich ein anderes. Sie sind dringend tatverdächtig. Der Mord wurde aus Ihrem Büro heraus getätigt. Deshalb bleiben Sie in Untersuchungshaft!“

„Nein, das bleibe ich nicht!“, brüllte Kugler wie aus dem Nichts Dr. Klose an, der erschrak, es sich aber nicht anmerken ließ. Dennoch hatte er eine solch heftige Reaktion nicht erwartet. In Gedanken notierte er, dass er in der Mitschrift unbedingt vermerken musste, dass die Professorin impulsiv und zornig reagieren konnte. Auf was sie so reagierte, musste er erst noch herausfinden.

Er fuhr fort: „Nehmen wir an, dass Sie nichts mit dem Vorfall zu tun haben. Können Sie sich erklären, warum Schönburg ausgerechnet heute an der Universität war? War er auf die Feier eingeladen?“

„Nein, war er nicht“, antwortete Kugler kurz angebunden.

„Und warum war er ausgerechnet in Ihrem Büro? Hatten Sie etwas miteinander zu tun?“

Sie schüttelte hektisch den Kopf. Die Professorin sagte nichts weiter. Vor ihrem inneren Auge zog ihre ganze Karriere wie in Zeitlupe vorbei. Sie wusste, dass sie nur einen einzigen Schritt davon entfernt war, alles zu verlieren, und das ausgerechnet an dem Tag, an dem sie mit der Verabschiedung der ersten Absolventen ihrer neuen Graduiertenschule ihre bisherige Arbeit hatte krönen wollen.

***

Andi Beck war bis in die Küche gelaufen, dort hatte er sich zu den beiden Kommissaren umgedreht und die Hände in die Hüften gestemmt. Dank seiner kurzen, stämmigen Figur erinnerte Olivia diese Pose an einen der Zwerge aus den Hobbit-Filmen. Sie verspürte auch eine latent aggressive Aura, doch wusste sie nicht, ob Beck dies ausstrahlte, weil sie ihn am Abend gestört hatten oder weil er etwas zu verbergen hatte.

„Ah, sind wir noch Junggeselle?", kommentierte Moritz die Inneneinrichtung der Wohnung und spielte darauf an, dass daran offenbar seit Jahren nichts mehr gemacht worden war und eine weibliche Hand eindeutig fehlte.

„Haben wir einen Clown gefrühstückt, oder was?" konterte Beck.

Olivia musste schmunzeln. Moritz hatte mit seiner spitzen Bemerkung den Nagel mit dem Hammer auf den Kopf getroffen. Nichtsdestotrotz wollte sie die ohnehin schon vorhandene Grundaggressivität Becks nicht zur Eskalation bringen und wäre froh gewesen, wenn ihr Kollege den Hausmeister nicht gereizt hätte. Sie sah es als unabdingbar an, dass sie das Gespräch mit Beck führte, und warf Moritz einen scharfen Blick zu.

„Sie wissen, warum wir hier sind?", fragte Olivia.

„Woher soll ich des wisse?"

„Sagt Ihnen der Name Reinhardt Schönburg etwas?"

Der Hausmeister zuckte zusammen. Zwar blieb seine Verteidigungshaltung davon unberührt, doch der Gesichtsausdruck änderte sich. Er wirkte sichtlich verblüfft.

„Sie kennen ihn also", legte Olivia nach.

„Ja, die Drecksau kenn isch", bestätigte er.

„Dann erzählen Sie uns mal, woher Sie sich kennen“, forderte Moritz Beck auf, der ein wenig zögerte.
Olivia erkannte in allen seinen Handlungen ein tiefes Misstrauen gegenüber der Polizei, eventuell fühlte er sich in der Vergangenheit einmal zu Unrecht von ihren Kollegen behandelt. Und wahrscheinlich war er schon öfter mit dem Gesetz in Konflikt geraten. Bei seinen Aussagen, das war ihr klar, mussten sie vorsichtig sein, vielleicht würde er lügen. Auf jeden Fall traute er ihnen nicht. Das stand für Olivia fest.
„Was ist los? Möchten Sie uns nicht erzählen, woher Sie sich kennen?“
Nachdem er noch ein paar Augenblicke gezögert hatte, gab er endlich seine Verteidigungshaltung auf und setzte sich zu den beiden Kommissaren, die sich inzwischen am Tisch niedergelassen hatten.
„Des is noch aus der Zeit, wo mein Vadder Hausmeeschder an da Uni war. Des is jetz zwonzisch Johr her“, begann er. „Domols hot moin Vadder soin Job wegen dem Drecksack verlore.“
Scheinbar verspürte er jetzt einen gewissen Rededrang, was das Thema Reinhardt Schönburg betraf. Olivia lehnte sich angespannt nach vorne, um besser zuhören zu können.
„Was ist da genau passiert, Herr Beck?“, hakte Moritz nach.
„Der hot moin Vadder ohgezoigt, wege Diebstahl. Un die Uni-Leitung hot dann moin Vadder entlosse. Un seither geht’s uns halt schlescht. Moin Vadder hat ohgfangen zu trinke, moi Mudder hot sich dann von ihm getrennt, und

mir Kinner, moi Schweschter und ich, mir hawe ihn dann durchbringe misse. Bis zum Schluss. Ich hab jo selbst fascht nix, außer die alt Wohnung von moine Eldern."

„Wie kommt es, dass Sie nun für die Universität arbeiten?", fragte Olivia.

„Vor uhgfähr drei Johr hot sich dann rausgstellt, dass sie moin Vadder dortmols zu Uhrescht behandelt hawwe. Awwa weil er bereits dot war, hot die Uni mir als Ausgleich den Job als Hausmeeschder ohgebote. Sozusage, um des Uhrescht widda gut zu mache."

„Und als Hausmeister haben Sie einen Generalschlüssel für alle Türen?"

„Richtig. Ich konn so ziemlisch überall nei."

„Reinhardt Schönburg wurde heute an der Universität ermordet", konfrontierte ihn Olivia mit der Realität. „Er wurde durch ein Fenster aus dem vierten Stock gestoßen. Den Schlüssel zu diesem Raum haben zwei Personen: Sie und eine Professorin."

Beck lachte, dann verstand er.

„Sie meene mich? Ach was! Ich dät doch sowas nie machen! Aber ganz nebenboi: Die Drecksau hot des verdient."

„Wo waren Sie zwischen 17 und 18.30 Uhr, Herr Beck?"

„Spaziere! Mit moim Hund. Schillerplatz", lauteten die Angaben Becks kurz und jetzt auch wieder offen aggressiv.

„Gibt es dafür Zeugen?", fragte Olivia.

Irgendwie glaubte sie ihm nicht. Die Antwort kam ihr zu schnell und zu sicher.

„Außer dem Hund!", warf Moritz ein.

„Bisch en ganz Witzischer!", kläffte Beck Moritz an. „Was

weeß denn isch, wer misch gsehe hot? Den Schlissel zu dene Büros hab ich üwrigens immer in moim Kabäusche an der Uni. Den hab ich außerhalb der Arbeit gar net boi mir."

„Wer weiß davon?", fragte Olivia blitzschnell nach.

„Kee Ahnung. Awa wenn man weeß, wu der Schlissel is, kummt man überall noin."

Olivia hatte auf eine schnelle Aufklärung des Falles gehofft, auf einen Totschlag, der im Affekt geschehen war, aber wenn der Schlüssel öffentlich zugänglich war, dann musste man mit allem rechnen, an der Universität waren täglich Tausende zugegen. Vorausgesetzt Andreas Beck sagte die Wahrheit. Sie zückte ihr Handy und verständigte Fatih, damit er an der Universität das „ Kabäusche" des Hausmeisters untersuchte und den Schlüssel sicherstellte. Als sie auflegte, hörte sie, wie Moritz den verdutzten Beck belehrte.

„Sie sind tatverdächtig. Bitte halten Sie sich zu unserer Verfügung und machen Sie keine Dummheiten, sonst droht Ihnen die Untersuchungshaft."

Der Gesichtsausdruck von Andreas Beck erinnerte sie daran, warum die Polizei in einigen Kreisen der Bevölkerung nie wirklich beliebt sein würde.

***

Von B 2 war es nicht sonderlich weit nach L 6. Die beiden Kommissare verließen die Wohnung des Hausmeisters und liefen zum Revier, wo ihr Dienstwagen stand. Die Luft war kalt, es roch nach Schnee.

„Glaubst du ihm?“, fragte Olivia, sobald sie außer Hörweite waren.
„Ich weiß nicht. Im Grunde lehnt er die Polizei total ab. Andererseits hat er sich mit seiner Aussage über Schönburg selbst schwer belastet. Ein Tatmotiv hätte er: Rache. Ich lass ihn überwachen. Nicht, dass er verschwindet.“
„Aber wenn er die Tat begangen hätte, wäre er dann nicht sofort verschwunden und hätte nicht auf uns gewartet und ausgesagt?“, zweifelte sie. „Und überhaupt, warum sollte er sich mit Schönburg ausgerechnet im Büro einer Professorin treffen?“
„Das, Prinzessin, müssen wir herausfinden.“
Den Rest des Weges legten sie schweigend zurück. Vor dem Polizeipräsidium angekommen, zückte Olivia ihr Handy und kontaktierte Dr. Klose. Sie informierte ihn über den Zwischenstand der Ermittlungen und darüber, dass sie nun mit Moritz noch zu Schönburgs Wohnung in Feudenheim fahren wollte. Anschließend ging sie zu ihrem Kollegen in den Innenhof, wo ihr Dienstwagen stand und er schon auf sie wartete. Wie gewohnt stieg er auf der Beifahrerseite ein, während sich Olivia hinter das Steuer schwang und losfuhr. Als sie an der großen Kreuzung vor dem Bahnhof stand und geradeaus in Richtung Planetarium fahren wollte, unterbrach er das Schweigen.
„Fahr über das Krankenhaus. So kommst du schneller nach Feudenheim als über die Autobahn.“
Sie schaute ihn mit einer hochgezogenen Augenbraue an.
„Glaub's mir“, legte Moritz nach, und nach einer weiteren Pause fügte er hinzu: „Ich leg mal Musik auf.“ Er machte Anstalten, das Handschuhfach zu öffnen.

„Halt!“, wollte es Olivia über die Lippen, doch sie riss sich zusammen. Im Handschuhfach lag ihr Strafzettel, den sollte Moritz nicht in die Finger bekommen, doch hätte sie ihn abgehalten, wäre er erst richtig neugierig geworden. Er kramte eine Weile, dann zog er eine selbstgebrannte CD heraus, offenbar hatte er das Ticket nicht entdeckt, denn es kam keine diesbezügliche Bemerkung.
„Grey Black & Blond!“
„Was ist denn das?“, fragte Olivia erstaunt.
„Bester Mannheimer Cover-Rock“, lautete die Antwort.
Es war das Letzte, was sie von ihm hörte, bis sie in Feudenheim angekommen waren und gleichzeitig „Highway to Hell“ zu Ende war. Als sie geparkt hatte, steckte Moritz die CD zurück in die Hülle.
„Ich steh ja eher auf Elektronisches“, erklärte Olivia. „Rebuilt Electric, bestes Mannheimer Elektro! Das hören wir auf der Rückfahrt.“
„Ich mag nur Handgemachtes“, knurrte Moritz und stieg aus.
„Das ist handgemacht!“
Sie hatten direkt an Schönburgs Adresse geparkt. Das Haus war hell beleuchtet, die Tür stand weit auf. Offensichtlich waren die Kollegen von der Spurensicherung bereits am Werk. Ein Polizist schickte gerade die neugierigen Nachbarn zurück in ihre Häuser.
„Keine schlechte Gegend!“, entfuhr es Olivia, als sie die Villen in der Nachbarschaft sah. „Wie kann sich das ein gescheiterter Privatdozent überhaupt leisten?“
Sie betrachtete das Haus. Früher hatte sie immer geträumt, selbst einmal so zu wohnen, in einer alten Stadt-

villa mit großen Fenstern, kleinen Torbögen und einem Türmchen.
Es war spät geworden. Ein Mann ging noch mit seinem Hund spazieren und bog schließlich in eine Seitenstraße ab, ansonsten war niemand mehr zu sehen. Es war Nacht, und Ruhe lag über Feudenheim.
„Die Herrschaften von der Spurensicherung haben heute alle Hände voll zu tun“, kommentierte Moritz, während er gemeinsam mit Olivia über einen kurzen Kiesweg auf die Villa zuschritt. Nachdem sie dem Polizisten am Eingang ihre Dienstausweise gezeigt hatten, betraten sie Schönburgs Zuhause.
„Wie lange seid Ihr schon hier?“
„Gerade erst gekommen“, antwortete einer der Kollegen, „aber so viel kann ich schon sagen: Ein Kellerfenster ist mit Gewalt aufgebrochen worden. Jemand war schneller und ist in das Haus eingestiegen.“
„Wahrscheinlich der Mörder“, seufzte Olivia.
Sie betraten die Villa.
„Bescheidenes Anwesen“, entfuhr es Moritz.
Olivia bemerkte sofort Schönburgs extravaganten Geschmack. Das Haus war reduziert, aber stilvoll eingerichtet. Die Wände und Möbel waren allesamt in hellen Farben gehalten, die Gemälde fielen dadurch umso stärker ins Auge. Was Olivia besonders an diesem Gebäude gefiel, war der Umstand, dass Schönburg die meisten Türen hatte ausbauen lassen. Alles wirkte wie ein großer Raum, der sich in Nischen unterteilte.
Ein kleineres Zimmer stach besonders hervor. Das musste Schönburgs Bibliothek gewesen sein. Die gesamte Längs-

wand nahm ein beeindruckendes Regal ein, das von oben bis unten mit Büchern vollgepackt war, auf den ersten Blick handelte es sich um ältere Standardwerke mit Ledereinband. In der Mitte des Raumes standen lediglich ein Chesterfieldsessel, ein edler runder Beistelltisch und eine Leselampe.

Als sie in die nächste Etage kam, wo sie Schlafzimmer und Bad vermutete, entdeckte Olivia zu ihrer Überraschung, dass sich dieses Stockwerk vollkommen vom Erdgeschoss unterschied. Während dort Ordnung und Stil beeindruckten, herrschten oben Unordnung und Nachlässigkeit. Bereits auf dem Gang standen so viele Bücherberge, dass sie sich mit Moritz kaum daran vorbeidrängen konnte.

„Er hat wohl viel gelesen", kommentierte sie die Stapel lakonisch.

„Oder einfach nur Bücher geliebt."

Olivia glaubte das nicht und nahm sich ein Buch. Schönburg musste intensiv damit gearbeitet haben, denn viele Stellen waren unterstrichen, es gab Markierungen in allen Farben, Lesezeichen waren eingeklebt. Bei einem zweiten verhielt es sich genauso, ebenso bei einem dritten und vierten. Es bestand kein Zweifel, er hatte mit diesen Büchern richtig gearbeitet, doch für was?

„Scheinbar war er Wissenschaftler bis ganz zum Schluss", stellte sie fest.

Olivia nahm die erstbeste Tür, die rechts vom Gang abzweigte, und kam in Schönburgs Arbeitszimmer. Auf dem Gang herrschte Unordnung, doch das Büro war ein einziges Chaos. Olivia war sich nicht sicher, ob dies Schönburgs Arbeitsweise entsprach oder ob vor ihnen schon jemand in diesem Zimmer gewesen war und es verwüstet hatte. Ordner lagen wild aufeinander gestapelt. Manche waren geöffnet, manche zerfleddert. Überall stapelten sich kopierte Blätter, selbst mitten im Raum. Einer der riesigen Stapel war umgekippt und hatte sich über das Zimmer verteilt. Unter dem Schreibtisch stand ein Computergehäuse. Er war geöffnet. Die beiden Platten an der Seite des Towers waren entfernt. Mehr konnte sie nicht erkennen.

Sie gab den Spurensicherern Bescheid: „Ich weiß nicht, ob der Tote diesen Raum so verlassen hat oder ob er verwüstet wurde. Bitte untersucht den Computer und schaut nach, ob die Festplatte fehlt. Wenn nicht, dann bringt sie mit zur Analyse."

Sie wollte gerade gehen, als ihr Blick auf ein geöffnetes Päckchen fiel, das am Boden lag. Schnell hob sie es auf und betrachtete es genauer. In ihm waren drei Bücher verpackt. Olivia zog sie heraus. Es war eine Biographie über den Deutsch-Amerikaner Johann Jacob Astor, ein Buch zur Soziologie der Migration und ein weiteres über die Geschichte New Yorks. Als sie die Bücher wieder zurückstecken wollte, fiel ihr eine Karte auf, die sich im Päckchen verklemmt hatte.

„Dorothee Haber, Donnerstag, 18 Uhr, Murphy's Law", las sie laut. Das Murphy's kannte sie, das war der Irish Pub in der Nähe des Hauptbahnhofes, den sie letzten Sommer ein paar Mal besucht hatte, weil man sich da wunderbar in die Sonne setzen konnte. Sie nahm das Päckchen an sich und hoffte, dass Dorothee Haber eine heiße Spur war.

Anschließend lief sie den Gang entlang zur zweiten Tür rechts, aus der Moritz gerade heraustrat.
„Also mein Stil ist das nicht!“, kommentierte er das Badezimmer.
Olivia warf einen kurzen Blick hinein. Hier herrschte kein Chaos. Wie im Erdgeschoss waren die Farben aufeinander abgestimmt. Die Wandvertäfelung war jedoch ganz in Schwarz gehalten. Die Armaturen waren aus Gold. Irgendwie erinnerte das Badezimmer Olivia an Dekadenz.
„Hast du etwas entdeckt?“, fragte sie Moritz.
„Nichts von Bedeutung“, entgegnete dieser, „wir müssen die Analyse abwarten.“
Während Moritz sich die dritte Tür auf dem Flur vornahm, die in einen Raum führte, der auf der linken Seite lag, untersuchte Olivia die Bücher im Gang nochmals genau. Von einigen Titeln machte sie ein Handyphoto. Sofern sie bei der Themenvielfalt durchblickte, waren die meisten Fachliteratur – Jura, Politologie, Geschichte und Volkswirtschaftslehre. Als sie sich ganz nach unten beugte, fielen ihr mehrere alte Zeitungsseiten und Ausschnitte aus Wissenschaftsmagazinen auf. Auch hier hatte jemand wild einige Stellen markiert, ausgeschnitten und gesammelt. Sie zog einen Artikel aus dem Stapel. Er handelte von einem aufstrebenden Mannheimer Wissenschaftler, dessen Forschungsarbeit mit mehreren Preisen ausgezeichnet worden war und der eine Professur in Hamburg erhalten hatte. Sie vertiefte sich eine Weile in den Artikel, bevor sie den nächsten herausholte. In diesem ging es um den Mannheimer Professor Dieter

Meerstadt. Olivia notierte sich die Namen, legte die Artikel zurück und gab den Kollegen Bescheid, dass sie den ganzen Stapel mit ins Präsidium nehmen sollten.
„Komm mal her und schau, was ich entdeckt habe“, hörte sie Moritz aus dem dritten Zimmer rufen, was sie aus ihren Gedanken an die Wissenschaft zurück in die Gegenwart in Feudenheim holte.
Neugierig ging Olivia zu Moritz und stand sogleich im luxuriösesten Schlafzimmer, das sie jemals gesehen hatte. Nicht schlecht, Herr Schönburg. Fast hätte sie anerkennend gepfiffen. Neid kam allerdings nicht in ihr auf, denn selbst wenn sie jemals das Geld für eine solche Einrichtung gehabt hätte, hätte sie ihr Schlafzimmer nie auf diese Weise ausgestattet. Die Wand war rot gestrichen und wirkte für Olivias Geschmack aggressiv, ein Ort der Ruhe schaute ihrer Meinung nach anders aus. In der Mitte des Raumes stand ein Bett, das sie an die Herrenhäuser der amerikanischen Südstaaten erinnerte. Es hätte ohne Weiteres aus „Fackeln im Sturm“ oder aus „Vom Winde verweht“ stammen können. Einrichtung war eben Geschmackssache. Sie warf einen suchenden Blick um sich. Was hatte Moritz denn entdeckt? Ihre Augen huschten über das Bett und die Wände. Als sie nichts fand, fragte sie ihn direkt. Kaum hatte sie die Frage gestellt, fiel ihr auf, dass er etwas hinter seinem Rücken versteckt hielt.
„Komm schon, zeig es!“, forderte sie ihn auf.
Moritz gehorchte und zog ein großes, kunstvolles Schwarzweißfoto mit edlem Rahmen hervor.
„Der kommt mir bekannt vor. Ich weiß nur nicht, woher

ich dieses Gesicht kenne“, gestand Moritz, während er auf das Bild schaute.
Das Foto bildete einen jungen, dunkelhaarigen Mann ab, der verträumt in die Ferne blickte.
„Mir kommt das Gesicht auch bekannt vor, Moritz“, murmelte Olivia.
Sie dachte angestrengt nach, dann fiel ihr etwas ein. Blitzschnell griff sie zu ihrem Handy und schaute sich das Foto an, das sie zuvor auf der Promotionsfeier geschossen hatte.
„Hier! Der könnte es sein!“ Sie hielt Moritz das Foto unter die Nase und zog es mit den Fingern groß, wodurch es leicht unscharf wurde. Er war dennoch überrascht.
„Du meinst –? Der Typ auf dem Bild? Der Jahrgangsbeste auf der Feier?“
„Und ob ich das meine!“

***

Der Schatten stand abseits von Schönburgs Villa in Feudenheim und beobachtete aus einem Gebüsch heraus, das Vorgehen der Polizei. Ich habe, was ich will, dachte er sich und strich mit der Hand über die Festplatte in seiner Tasche. Nun würde ihm die Polizei nichts mehr anhaben können. Es war für ihn nur logisch, diese Festplatte in seinen Besitz zu bringen. Ganz gleich, was Schönburg sonst noch geplant hatte, die Daten darauf gehörten jetzt ihm, ihm ganz allein und so sollte es bleiben. Vorsichtig tastete er mit seinen Fingern noch einmal nach ihr. Ja, sie war noch da.

Die Gestalt verharrte eine Weile und kauerte im Gebüsch. Viel konnte sie nicht erkennen. Die Polizei würde nun das Haus auf den Kopf stellen, einen Hinweis auf sie und ihre Tat würden sie dennoch nicht finden.
Nach einer Weile sah der Schatten, wie sich die Tür der Villa öffnete. Ein Mann und eine Frau traten ins Freie. Er zuckte zusammen. Bei dem Mann war er sich nicht sicher, aber die Frau hatte er schon einmal gesehen. Es war die Frau mit den auffälligen dunklen Locken, die wenige Stunden zuvor im Ehrenhof der Uni gestanden und sich über die Leiche gebeugt hatte, die Frau, von der er vermutete, dass sie ins Gebäude gerannt war, um ihn zu erwischen. War sie bei der Polizei? Das konnte nicht sein! Sosehr er sich auch wünschte, dass es sich bei der Frau in der Uni um eine dortige Mitarbeiterin handelte, musste er doch schließlich der Wahrheit ins Gesicht sehen. Diese Frau war Kriminalpolizistin, und er hatte den Eindruck, dass sie etwas wusste oder ahnte. Ja, sie muss es gewesen sein, die ihn hatte zur Strecke bringen wollen. Diese Frau und er. Na warte, er war bereit für das Katz-und-Maus-Spiel.
Aber war sie es auch tatsächlich? Ahnte sie, dass sie nun dieses Spiel spielen würden? Wenn der Schatten die Wahl gehabt hätte, dann hätte er sich einen alten Kommissar mit ergrautem Haar gewünscht, jemanden, den er hätte ernst nehmen können. Doch dieses junge, sportliche Mädchen? Nein, das konnte ihm unmöglich auf die Schliche kommen. Und sollte sie es unerwartet doch tun, würde er sein Geheimnis ein weiteres Mal verteidigen. Da konnte er keine Ausnahme machen.

***

Dr. Fatih Üstbas gähnte. Es war spät, für ihn zu spät. Er war ein Frühaufsteher und arbeitete nur ungern bis tief in die Nacht. Der heutige Tag war gemütlich vor sich hingeplätschert. Er wäre nicht weiter erwähnenswert gewesen, wenn es nicht zu dem Todesfall an der Universität gekommen wäre. Gegen 19 Uhr war er gerade im Begriff gewesen, nach Hause zu gehen, weil er seiner Frau versprochen hatte, noch schnell im Supermarkt einzukaufen. Doch dann war der Notruf gekommen. Er war zum Tatort geeilt, hatte den Einsatz der Spurensicherung koordiniert und die Leiche in die Gerichtsmedizin beordert. Während er selbst dorthin unterwegs gewesen war, hatte er zu Hause angerufen, seine Frau vertröstet und mit jedem der vier Kinder gesprochen, er hatte viermal erklärt, warum er sie nicht ins Bett bringen könne, und noch eine kurze Gutenachtgeschichte für jeden erfunden. Nun stand er mit einer Tasse starkem schwarzem Kaffee in der Hand am Eingang des Obduktionsraumes und ließ sich die vergangenen Stunden noch einmal durch den Kopf gehen. Am Ende nahm er einen weiteren großen Schluck Kaffee und ging in sein Büro, um den Obduktionsbericht zu diktieren.

„Obduktionsbericht von Dr. Fatih Üstbas, Leiter der Kriminaltechnischen Untersuchung Mannheim“, das kam in einem Zug, er musste über diesen Satz nicht mehr nachdenken, da er ihn schon unzählige Male gesprochen hatte. „Bei der Leiche handelt es sich um Dr. Reinhardt Schönburg, ehemals Privatdozent an der Universität

Mannheim. Laut Zeugenaussage ist der Betroffene aus dem vierten Stock der Mannheimer Universität gefallen. Aus einer Höhe von circa ...", Fatih rief sich das Universitätsgebäude in Erinnerung und versuchte die Fallhöhe abzuschätzen. „... aus einer Höhe von circa 15 Metern. Die Leiche hat mehrere innere Brüche an beiden Oberschenkeln, der linken Elle und am linken Handgelenk. Nahezu jedes Organ hat innere Verletzungen, Hämatome sind am ganzen Körper zu finden. Der Betroffene war allerdings noch nicht tot, als er aus dem Fenster fiel, erst durch den Aufprall verletzte er sich im Bereich der Halswirbel so stark, dass er sofort verstarb."
Er räusperte sich.
„Es steht also fest", schloss Fatih seinen Bericht, „dass Reinhardt Schönburg durch Genickbruch beim Aufprall gestorben ist."
Er ging mit der Stimme nach oben, denn er war noch nicht fertig.
„Hinzu kommt, dass sich an der rechten Schläfe eine große Wunde befindet, durch die er viel Blut verloren hat. In dieser Wunde konnten Überreste eines Goldüberzuges festgestellt werden. Die Art des Bruchs der Schädeldecke an dieser Stelle deutet zudem daraufhin, dass dieser Gegenstand rund war und dem Opfer aus kurzer Entfernung an den Kopf geschlagen oder geworfen wurde."
Er nahm einen Schluck Kaffee.
„Einen solchen Gegenstand hat die Spurensicherung bislang noch nicht sichergestellt. Ende."
Damit war der Obduktionsbericht fertig. Fatih schaute auf die Uhr, es war 23.30 Uhr. Nun würde er endlich nach

Hause gehen. Eine Sache musste er allerdings vorher noch erledigen.
Er zog seine Krawatte gerade, setzte sich aufrecht hin und griff zum Telefonhörer. Diese Masche hatte er sich vor Jahren angewöhnt, weil er fand, dass er besser klang, wenn er ordentlich angezogen und in einwandfreier Körperhaltung an seinem Schreibtisch saß. Er wählte Dr. Kloses Nummer, in der Hoffnung, dass dieser ebenfalls noch im Polizeipräsidium war, und sollte nicht enttäuscht werden.
„Fatih Üstbas, Kriminaltechnische Untersuchung, guten Abend, Herr Dr. Klose“, begann Fatih. „Der Obduktionsbericht ist fertig und wird Ihnen gleich zugeschickt. Eine Sache habe ich noch. Das Opfer wurde vor dem Sturz durch einen runden, mit Goldfarbe überzogenen Gegenstand schwer am Kopf verletzt. Dieser Gegenstand wurde noch nicht gefunden. Könnten Sie bitte noch heute Nacht eine weiträumige Suche um die Universität herum in Mülltonnen und Gebüschen durchführen lassen, bevor die Stadt morgen früh die Mülleimer leert?“

***

Olivia fuhr Moritz von Feudenheim nach Hause in die Neckarstadt. Der Tag war lang gewesen, und sie hatte das dringende Bedürfnis, bald ins Bett zu kommen. Wieder hatte sie die Strecke nördlich des Neckars gewählt, damit sie nicht durch die Stadt musste, sondern schnell und direkt zu Moritz' Wohnung kam. Ihr war nicht klar, ob Moritz döste oder schon schlief. Auf Musik hatte sie auch

keine Lust, so war es im Wagen sehr ruhig. Nur hin und wieder war der Autoblinker zu hören.
Olivia versuchte das Geschehene zu verarbeiten. Das Bild des toten Mannes zu ihren Füßen ließ sie nicht los. Das Geräusch des Aufpralls, das blutige Gesicht, das beinahe nicht mehr menschlich aussah. All dies zeigte ihr, dass das Angesicht des Todes sie trotz all der Jahre im Polizeidienst nach wie vor tief bewegte. Vielleicht war dies auch besser so, weil sie auf diese Weise menschlich blieb und nicht abstumpfte.
Bevor all dies passierte, war der Abend weitaus schöner und romantischer gewesen. Ihre Gedanken wanderten zu Dennis. Sie hatte den Eindruck, dass er offen mit seinem Interesse an ihr umging, doch war sie sich nicht sicher, wohin die Reise gehen sollte. Irgendwie erschien es ihr, als hätte er seine Karten auf den Tisch gelegt und sie müsse nun entscheiden, ob sie mitspielen wolle oder nicht. Diese Situation gefiel ihr ganz und gar nicht. Sie hatte nicht das Bedürfnis, jetzt schon irgendwelche Entscheidungen zu treffen, sondern wollte Dennis zunächst einfach nur kennenlernen. Doch wenn sie der Eindruck nicht täuschte, schien er da offensiver zu sein, als es ihr lieb war. Sie war noch tief in ihre Gedanken versunken, als sie am Tor zur Neckarstadt vorbeifuhr, und die Scheinwerfer den Platz für einen Moment erhellten. Plötzlich schreckte Moritz hoch und war hellwach.
„Die Schweine!!! Halt sofort an!“, brüllte er und war sofort auf 180.
Olivia erschrak und war so überrascht, dass sie seiner Anweisung ohne zu zögern folgte. Noch bevor sie rechts

anhalten konnte, riss Moritz die Beifahrertür auf und sprang aus dem Auto. Schimpfend und fluchend verschwand er in der Dunkelheit. Olivia parkte ein Stück entfernt, aber vorschriftsmäßig und stellte den Motor ab. Als Moritz auch nach fünf Minuten nicht wieder am Auto war, stieg sie aus und lief vorsichtig in die Richtung, in die er verschwunden war. Sie konnte ihn in der Dunkelheit nirgends entdecken.
Als sie auf einem kleinen Platz ankam, der zum größten Teil aus rötlichen Steinen bestand und in dessen Mitte ein Tor stand, zückte sie ihre Taschenlampe und leuchtete das Tor genau aus. An ihm hingen die letzten Fetzen einer Strickverkleidung herunter. Olivia wunderte sich und leuchtete den Platz ab, überall fand sie Blumen, die jemand gerade aus den Beeten gerissen hatte. Endlich hörte sie Schritte. Außer Atem kam Moritz zurück.
„Die Schweine!", fluchte er und stützte sich auf seinen Knien ab, als wäre er gerade beim Marathonlauf ins Ziel gekommen.
„Was ist los?"
Moritz holte noch einmal tief Luft, erst dann konnte er antworten.
„Hier, die von der Strickguerilla haben sich enorm Mühe gegeben, diesen Platz zu verschönern. Die haben das ganze Tor umstrickt, Blumen gepflanzt und kümmern sich drum, dass der Platz sauber bleibt. Nachts und heimlich."
„Eine Strickguerilla, hier?", wunderte sich Olivia.
„Ja, ich kenn ein paar von denen. Das darf ich natürlich nicht dem Ordnungsamt sagen, aber im Grunde tun die ja

was Gutes. Und die Stadt drückt ein Auge zu", er atmete noch einmal tief durch.

„Aber diese Idioten", fuhr er fort und schimpfte mit einem Finger in die Dunkelheit, „haben nichts Besseres zu tun, als das alles kaputtzumachen. Leider sind sie mir entwischt."

Olivia hatte natürlich von den Aktionen der Strickguerilla in Mannheim gehört und bereits in Berlin diese Form von Streetart bewundert, doch dass Moritz damit in irgendeiner Weise verbunden war, hatte sie nicht gedacht. Noch vielmehr aber überraschte sie sein Einsatz für eine solche Aktion. Kurz fragte sie sich, ob sie dieser Gruppe beitreten dürfte oder ob das für sie Ärger bei der Arbeit bedeuten würde.

„Vielleicht solltest du lernen, wie man strickt. Dann kannst du dich der Guerilla anschließen", schlug Olivia vor.

„Nichts leichter als das. Ich hatte noch Stricken und Häkeln in der Grundschule."

Für Momente wie diesen liebte sie ihren Kollegen. Er konnte sich wirklich für Dinge begeistern, ganz gleich ob sie klein und unbedeutend oder von großer Wichtigkeit waren. Und er war loyal. Das war ihr schon früh aufgefallen. Er hatte ihr nicht nur den Einstieg erleichtert, er hatte ihr von vornherein einen Vertrauensvorschuss entgegengebracht, wie es noch kein anderer Kollege getan hatte. Sie nervte zwar, dass er häufig unpünktlich und unordentlich war, aber als Mensch vertraute sie ihm blind. „Ich glaube, ich habe für heute meinen Frieden mit dir gemacht, Moritz", lächelte sie in sich hinein.

„Kommen Sie, Herr Kriminalhauptkommissar, ich bring Sie nach Hause“, sie gab ihm ein flüchtiges Küsschen auf die Wange und zog ihn zum Auto.
Als sie Moritz wenig später vor seinem Haus absetzte, betrachtete sie die Fenster seiner Wohnung, doch von dem blonden Mädchen war nichts zu sehen.

***

Es war gegen 0.50 Uhr, als sich Olivia zu Hause erschöpft auf ihren Schreibtischstuhl fallen ließ. Die unbequemen Schuhe, die eine glatte Fehlentscheidung darstellten, hatte sie gleich am Eingang abgestellt und nun die schmerzenden Füße auf den Schreibtisch gelegt. Hätte sie gewusst, wie der Abend verlaufen würde, wäre sie in Sportschuhen zur Graduierungsfeier erschienen.
Viel Zeit zum Schlafen blieb ihr nicht, denn sie hatte mit Moritz verabredet, dass sie ihn gegen 8 Uhr abholen würde. Ein Seufzer entrang sich ihr. Nach einem langen Arbeitstag hatte sie sich eigentlich auf der Absolventenfeier entspannen und früh nach Hause gehen wollen. Aber nun war alles anders gekommen.
Jetzt, wo sie etwas Ruhe hatte, stand ihr erneut der Anblick des Toten vor Augen. Wie leichtfertig mit dem Leben umgegangen wird, seufzte Olivia. Tausende Ärzte auf dieser Welt hatten wahrscheinlich in derselben Sekunde einem Menschen das Leben zu retten versucht, in der Reinhardt Schönburg das Leben genommen worden war. Mitfühlen, aber nicht mitleiden. Das hatte sie sich bereits während ihrer Ausbildung fest vorgenommen, und an

diesen Satz hatte sie sich immer wieder geklammert, in ihrer Zeit in Berlin und in ihrer Zeit hier, aber es war nicht immer einfach.
Olivia kannte sich. Wenn sie sich trotz ihrer Müdigkeit nun hinlegen würde, bekäme sie wahrscheinlich kein Auge zu. Sie brauchte noch etwas Ablenkung. Also setzte sie sich in ihren großen gemütlichen Sessel und nahm ihr Tablet zur Hand. Auf ein E-Book hatte sie keine Lust, daher startete sie zunächst ihren Twitter-Kanal.
„WTF!? War an der Uni und bin mitten in meinem zweiten Fall", war alles, was ihr einfiel. Sie überlegte, ob sie diesen Tweet losschicken sollte, entschied sich dafür und öffnete schließlich ihre Facebook-App. Vielleicht war noch jemand online, mit dem sie über etwas ganz anderes chatten konnte. Insgeheim hoffte sie auf ihre Berliner Freunde, mit denen sie schon lange nicht mehr gesprochen hatte. Oder ihre Mannheimer Freundin Vanessa. Mit ihr war sie eigentlich für das Wochenende verabredet. Wahrscheinlich würde sie absagen müssen, weil die Ermittlungen das ganze Wochenende dauern konnten.
Als sie die App gestartet hatte, war eine neue Freundschaftsanfrage da. Dennis Güth, Moritz' Cousin! Sie akzeptierte seine Anfrage und konnte sehen, dass er ebenfalls noch online war.
„Noch auf?", schrieb sie ihm.
Es dauerte nicht lange, dann antwortete er.
„Bin eine Nachteule. Und du?"
Olivia kam der Gedanke, dass er auf sie gewartet haben könnte. Ihr gefiel diese Idee. Sie fühlte sich geschmeichelt.

„Bin keine Nachteule, kann aber noch nicht schlafen ...“
„Ja, war ein heftiger Abend. Wir wollten eigentlich alle noch gemeinsam ins Palms, sind aber alle heim.“
Dennis Worte bewirkten genau das Gegenteil von dem, was sich Olivia erhofft hatte. Sie wollte den Fall ja gerade aus dem Kopf bekommen, doch nun war sie gedanklich wieder mittendrin. Ihr fehlten die Worte, und sie tippte erst einmal nichts in den Chat.
„Noch da?“, fragte Dennis nach einer Weile.
„Ja, noch da.“
Olivia zögerte ein wenig, dann entschied sie sich, weitere Informationen von Dennis zu erfragen.
„Kannst du mir etwas über den einen Studenten erzählen, den Jahrgangsbesten?“
„Du meinst Christian Wiese?“
Sie notierte sich den Namen.
„Ja, den meine ich.“
„Kenn ihn nicht gut. Ehrgeizig, verschlossen, höflich-distanziert“, fasste Dennis kurz zusammen.
„Hat er eine Verbindung zu Schönburg?“
„Bin ich mitten in einem Verhör?“, entgegnete Dennis.
„Leider ja.“
„Warum leider?“
Olivia zögerte wieder einen Moment, bevor sie antwortete: „Weil ich lieber mitten in einem Flirt wäre, aber nicht anders kann.“
Als sie die Nachricht abgeschickt hatte, war sie über ihren offensiven Ton selbst überrascht. Irgendwie ließ Dennis sie nicht los. Da sie die Zeilen nicht mehr löschen konnte, schickte sie zumindest schnell ein Emoticon hin-

terher: ;-), ein Augenzwinkern, das den Satz relativieren sollte.
„Ich hätte nichts gegen einen Flirt, Olivia“, antwortete Dennis wie aus der Pistole geschossen und legte nach: „Was hast du morgen vor?“
„Den Fall lösen“, war Olivias Antwort. „Wahrscheinlich hab ich erst wieder Freiraum, wenn das alles aufgeklärt ist.“
Nun ließ sich Dennis etwas Zeit. Olivia fragte sich, ob sie ihn beleidigt hatte. Er schien ihr nicht der Typ zu sein, der sich abgewiesen fühlte, nur weil sie morgen einen Mord aufklären sollte. Doch noch bevor Olivia weiter ins Zweifeln geriet, erhielt sie von Dennis Nachricht.
„Hier der Dienstplan der Bibliotheksaufsicht. Christian arbeitet morgen früh.“
Olivia speicherte das Dokument und betrachtete den Zeitplan. Christian Wiese war für den nächsten Tag von 9 bis 12 Uhr eingetragen. Da würde sie ihm gemeinsam mit Moritz einen Besuch abstatten.
„Und lös den Fall schnell, damit wir uns sehen können“, holte Dennis sie zurück in die Gegenwart. „Ich leg mich dann mal schlafen.“
„Warte, Dennis! Weißt du irgendetwas über eine Verbindung von Christian zu Schönburg?“
„Ich kann mir keine Verbindung vorstellen. Schönburg war schon weg, als Christian hier mit der Promotion angefangen hat. Keine Ahnung, ob die sich kannten. CU!“
Damit beendete Dennis den Chat. Olivia war nun alleine mit ihren Gedanken an den Toten, an Christian Wiese, Anja Kugler und den Hausmeister. Sie hätte niemals ge-

dacht, dass das Leben an einer Universität so gefährlich sein könnte. Es war schwer, sich vorzustellen, dass es Menschen gab, die sich zwischen all den Büchern, Seminaren und der Bibliothek noch für etwas anderes als die Entdeckung eines neuen Proteins oder die Neuinterpretation von Goethes „Faust" interessierten. Die letzten Stunden hatten ihr einen anderen Einblick in das akademische Leben gewährt. Einen tödlichen Einblick.

***

Es war gegen 1.45 Uhr. Mittlerweile hatte sich Ruhe über die Bismarckstraße und die Quadrate gelegt. Anscheinend schlief die ganze Stadt. Als Andi Beck die Bismarckstraße entlanglief, hatte er das Gefühl, dass es bald schneien würde. Über der Stadt hatten sich dichte Wolken zusammengezogen, die das wenige Licht stark reflektierten. Es war heller als am Abend. Ein einziges Auto raste mit Vollgas und dröhnendem Motor an dem Hausmeister vorbei. Dann kehrte wieder Ruhe ein.

Beck war jedoch alles andere als ruhig. Innerlich war er aufgewühlt und rastlos. Seit die beiden Polizisten ihn besucht hatten, hatte er mehrere Flaschen Bier getrunken und versucht, auf diese Weise mit seinen Gedanken klarzukommen. In diesem Fall hatte er jedoch zur falschen Methode gegriffen, der Alkohol beruhigte ihn in keiner Weise, stattdessen wuchsen Angst, Verwirrung und Gier überproportional.

Schon als Kind hatte er eine heftige Abneigung der Polizei gegenüber. Das hatte ihm sein Vater beigebracht, und sein Vater hatte recht behalten: Immer, wenn die Polizei in seinem Leben auftauchte, gab es Ärger. Immer wieder. Dabei zahlte er mit seinen Steuern doch deren Gehalt! Sollten die lieber mal nach richtigen Verbrechern suchen! Nach Verbrechern in Anzug, die es sich in der feinen Gesellschaft gutgehen ließen. Stattdessen trampelten die Bullen immer auf kleinen Leuten wie ihm rum. Und das Ganze geschah angeblich auch noch im Namen der Gerechtigkeit und im Auftrag des Staates. Ein Scheißdreck sind die Bullen. Voller Verachtung spuckte er auf den Boden. Dabei fiel ihm auf, dass er endlich an seinem Ziel angekommen war. Er stand auf der anderen Straßenseite von L 6, dem Polizeipräsidium. Ja, er wollte sein Gewissen erleichtern. Bei den Bullen. Dem Scheißdreck.

„Wenn etwas Unrechtes geschieht, dann muss man zur Polizei", sagte er sich. „Ich muss zu denen, ich muss das melden! Ganz gleich, was mein Vater immer gesagt hat. Dieses Mal gibt es keinen anderen Weg".

Oder doch? Ihm kam ein anderer Gedanke. Er überlegte nur kurz. Nun wusste er, was er zu tun hatte. Nun wusste er es.

zweiter tag

Olivia gähnte hinter dem Steuer. Die Nacht war für ihre Verhältnisse viel zu kurz gewesen. Sie hatte sich aus dem Bett und unter die Dusche zwingen müssen, um halbwegs fit zu werden. Zu allem Unglück hatte sie keinen Kaffee mehr zu Hause. Die Kommissarin hoffte darauf, dass sie irgendwo an der Universität einen bekommen würde. Wenn nicht, würde sie danach hoffentlich im Casino des Polizeipräsidiums erlöst werden.

Moritz hatte ihr fest versprochen, pünktlich um 8 Uhr vor seinem Haus zu stehen. Sie werde ihn nicht vorher anrufen müssen, er werde da sein. Das kannte sie ja, sie glaubte ihm kein Wort. Als sie schließlich in seine Straße in der Neckarstadt einbog, sah sie Moritz schon von Weitem und war entsprechend verwundert. Obwohl es sehr kalt war, trug er immer noch seine heißgeliebte Lederjacke. Zum Zeichen, dass es nun bald Winter wurde, hatte er sich einen langen Schal umgewickelt. Er schien fit zu sein und winkte schon lange, bevor sie bei ihm ankam. Olivia konnte es kaum fassen. Es war das erste Mal, seit sie zusammenarbeiteten, dass ihr Kollege pünktlich war. Irgendwie war sie skeptisch. Warum war er pünktlich, und warum war er so fit? Und sie blieb skeptisch, als er die Beifahrertür öffnete, seinen Rucksack ins Auto warf und hinterhersprang.

„Moin moin!“, begrüßte Moritz sie freudestrahlend. „Pünktlich!“
„Du oder ich?“, entgegnete Olivia.
„Wir beide, Prinzessin.“
Olivia zog die Stirn kraus und wendete das Auto. Als sie sich dabei umschaute, entdeckte sie am geschlossenen Fenster von Moritz' Wohnung das blonde Mädchen von gestern. Ihre Neugierde war erneut geweckt.
„Du willst mir nicht verraten, wer das Mädchen ist, das bei dir wohnt, oder?“
„Nein, das will ich nicht!“, gab Moritz zur Antwort. „Ein paar Dinge sollten privat bleiben. Und du sagst mir ja auch nicht, was in Berlin geschehen ist und weshalb du da weg musstest. Das ist mit Sicherheit die weitaus spannendere Geschichte als eine blonde Frau an meinem Fenster.“
„Ich hab meine Gründe dafür!“
„Siehst du, ich auch“, lächelte Moritz.
Olivia schüttelte den Kopf und gab Gas. Sie fuhren in Richtung Universität.
„Schnappen wir uns diesen Elitestudenten!“, fuhr es aus Moritz heraus, während er in seinem Rucksack nach etwas suchte.
„Dein Cousin hat mir den Dienstplan der Bibliothek gegeben. Christian Wiese hat dort bis 12 Uhr Dienst. Wir sollten also keine Mühe haben, ihn zu finden.“ Olivia machte eine Pause, dann knurrte sie: „Hörst du mir überhaupt zu?“
„Ja, ja, Wiese, Bibliothek. Kein Problem.“
Er schien gefunden zu haben, nach was er gesucht hatte,

denn er hielt triumphierend die CD „The Ace of Spades“ von Motörhead in die Höhe und schob sie ins CD-Fach.
„Okay. Hast du deswegen so gute Laune?“ Weiter kam sie nicht, eine Antwort erhielt sie auch nicht. „The Ace of Spades“ ertönte und begleitete sie, bis sie an der Uni in einer Seitenstraße parkten. Sie stiegen aus und liefen über den Ehrenhof zur Bibliothek.
„Du brauchst mich mit deinem Musikgeschmack nicht überzeugen, ich kenn Motörhead. Hab ich auch mal gehört“, bemühte sich Olivia, die musikalischen Erziehungsversuche ihres Kollegen zu unterbinden. „Aber das ist lange her.“
Als sie den Hauptbau des Schlosses betraten, fiel Olivia erneut die eigenartige Mischung aus lange vergangener Pracht, den Fünfziger- und Sechzigerjahren und zeitgenössischer Architektur auf. Die Fassade des Schlosses war Barock, doch Teile des Inneren waren in ihrer jetzigen Beschaffenheit erst sehr viel später entstanden. Christian Wiese arbeitete in der Hasso-Plattner-Bibliothek, deren Renovierung der Mäzen und Namensgeber vor ein paar Jahren gestiftet hatte. Am Eingang der Bibliothek zeigten sie ihre Dienstausweise. Die Hilfskraft an der Ausgabe deutete ihnen grob die Richtung an, in der sie Christian Wiese gerade vermutete. Olivia bedankte sich und folgte Moritz durch die unzähligen Reihen voller Bücherregale. Dieser Teil der Universität war wirklich neu und bestens ausgestattet. Hier dominierten eine moderne Glas-Stahl-Konstruktion, schwarzer Stein und roter Boden. Die Bibliothek sah ein bisschen so aus, als sei sie Kulisse in einem Science-Fiction-Film. Aber auch hier ver-

folgte sie der typische Geruch von altem Papier, Leder und nasser Tinte. Die Wissenschaft hatte scheinbar nicht nur ihre eigenen Regeln, sondern auch ihr eigenes Parfüm.

Sie schauten suchend in die engen Gänge mehrerer Regalreihen, bis sie den Doktoranden schließlich entdeckten. Inmitten hoher Bücherregale saß er auf dem blutroten Teppichboden, hielt ein Buch in der Hand und starrte ins Leere. Neben ihm stand ein Stapel Bücher, den er scheinbar einsortieren sollte. Die beiden Kommissare konnte er nicht kommen sehen, weil er ihnen gerade den Rücken zuwendete.

Olivia war sich nicht sicher, ob er sich bewusst cool im Hipster-Look kleidete oder ob er alte Klamotten trug, die zufälligerweise gerade „in" waren. Auf jeden Fall wollte sie ihn nicht unnötig erschrecken und räusperte sich daher künstlich.

„Entschuldigung, Herr Wiese?", begann sie, „Kripo Mannheim, dürfen wir Sie für einen kurzen Moment sprechen?"

Wiese warf einen Blick über seine linke Schulter, sprang blitzschnell vom Boden auf, machte eine Drehung um 180° und ging einen Schritt auf die beiden Kommissare zu. Olivia wurde erst jetzt bewusst, wie groß und schlaksig er war. In diesem Augenblick schlug er das Buch zu, das er gerade gelesen hatte, und schob es ohne dabei hinzuschauen ins Regal.

„Sie kommen wegen des Todesfalls?", fragte er, und Olivia entdeckte ein leichtes Zittern an seinem linken Augenlid.

„Ja, wir sind hier, weil wir ein paar Fragen haben."
Die beiden Kommissare hielten ihm ihre Dienstmarken hin.
„Selbstverständlich", antwortete Wiese in wohlerzogenem Ton. „Kommen Sie mit, wir gehen in den Arbeitsraum. Dort sind wir ungestört."
Mit seinen langen Beinen schritt Wiese voran und hielt den beiden die Glastür zu einem großen Raum auf, der vollständig von Glaswänden umgeben war. Auch hier waren Bücherregale aufgebaut. Dazu gab es mehrere Arbeitsplätze mit Anschlüssen für Computer. Die Inneneinrichtung glich der der restlichen Bibliothek bis ins kleinste Detail.
Sobald Wiese die Tür hinter sich zugezogen hatte, warf er einen schnellen Blick zwischen die Regalreihen, um zu sehen, ob sie allein waren. Dann ließ er sich auf einem der Schreibtischstühle nieder, die zwar ziemlich neu, aber offensichtlich schon so abgenutzt waren, dass sie unter seinem Gewicht wackelig wirkten. Olivia und Moritz nahmen ebenfalls Platz.
Die Kommissarin schaute sich im Zimmer um. Irgendwo musste doch eine Kaffeemaschine zu finden sein. Wiese bemerkte Olivias suchenden Blick.
„Wie kann ich Ihnen helfen?", fragte er.
„Hätten Sie vielleicht einen Kaffee für mich?", fragte Olivia zurück.
„Tut mir leid, Getränke sind in der Bibliothek verboten."
„Warum arbeiten Sie eigentlich noch in der Bibliothek? Sie sind doch spätestens seit gestern fertig mit der Promotion", unterbrach Moritz.

„Ich habe mein ganzes Studium hier als Hilfskraft gearbeitet. Das bringt viele Vorteile. Mein Vertrag erlischt nicht, nur weil ich nun promoviert bin. Aber ich werde hier aufhören, wenn ich in die USA gehe. Also sehr bald", erklärte er.

„Sie waren gestern auf der Doktorandenfeier", begann Olivia, „und wurden zum Besten des Jahrgangs ausgezeichnet."

„Das wissen Sie ja bereits. Sie waren auch anwesend?"

„Ja. Der Mordfall Schönburg ist gewissermaßen direkt vor uns aufgeschlagen", antwortete Olivia und fragte sich einen Augenblick, ob das zu respektlos geklungen hatte.

„Und nun interessieren wir uns dafür, welche Verbindung Sie zu Reinhardt Schönburg hatten", fuhr Moritz fort.

Wiese seufzte. Seine Gesichtszüge verhärteten sich.

„Welche Verbindung ich zu Reinhardt Schönburg hatte?", sagte er leise vor sich hin. Er war blass geworden und seine Stimme zittrig. Schließlich schluckte er mehrmals, und es dauerte eine Weile, bis er fortfahren konnte. „Reinhardt und ich waren seit zwei Jahren ein Paar. Wir haben uns geliebt, und gestern Nacht hat jemand diese Liebe für immer zerstört. Das ist oder war unsere Verbindung. Haben Sie ein Problem damit?"

Trotzig schaute er die Kommissare abwechselnd an. Olivia konnte erkennen, wie sich die Tränen in seinen Augen sammelten. Sie wirkten wie große Blasen, die gleich platzen würden.

Wieses Worte überraschten Olivia. Der Tote und Christian

Wiese waren ein Paar gewesen? Sie machte sofort mit ihrer nächsten Frage weiter, um sich die Überraschung nicht anmerken zu lassen.

„Haben Sie eine Ahnung, wer Reinhardt Schönburg getötet haben könnte?“, fragte sie schnell.

Wiese zuckte mit den Schultern.

„Reinhardt hatte Gegner in der akademischen Welt. Aber dass diese Gegner gestern zu seinen Mördern wurden, wage ich zu bezweifeln.“

„Eine Person wurde zu seinem Mörder. Erwiesenermaßen gestern Nacht“, konstatierte Moritz.

„Von wem sprechen Sie, wer waren Reinhardt Schönburgs akademische Gegner?“, spielte Olivia sofort den Ball zurück.

Wiese überlegte eine Weile.

„Reinhardt muss ein strenger, aber gerechter Hochschullehrer gewesen sein. Sicher hat er viele Doktoranden verprellt. Ein Teil der Studenten muss ihn geliebt haben, die anderen konnten wohl nichts mit ihm anfangen. Der ein oder andere wird denken, dass er ihm das Examen versaut hat. Ich kann Ihnen aber leider nichts Genaues sagen, denn das war alles, bevor ich ihn kennengelernt habe.“

„Gab es Gegner unter den Kollegen?“, forschte Moritz weiter.

„Nun ja, seine Rezensionen in Fachzeitschriften führten häufig zu verbalen Auseinandersetzungen oder zu wochenlangen Schriftwechseln. Er verteidigte seine Meinung immer bis zum Schluss, auch als er nicht mehr für die Uni gearbeitet hat.“

„Beschreiben Sie ihn. Was war er für ein Mensch?"
„Er war eigentlich immer höflich, freundlich und korrekt ... und er hörte sich gerne selbst reden. Er war jemand, mit dem man gut bei einem Bier zusammensitzen konnte."
„Wo waren Sie gestern Abend, als Schönburg getötet wurde?", fragte Moritz.
Wiese war erstaunt, dass Moritz ihn dies überhaupt fragte. Er schluckte zweimal, dann antwortete er.
„Ich war auf dem Sektempfang. Dann sind alle nach draußen gelaufen. Als ich ihn da auf dem Boden erkannt habe, bin ich vor Schreck einfach weggerannt. Quer durch die Quadrate und dann nach Hause."
Olivia überlegte, nach einer Weile fiel ihr der Name des Professors ein, von dem der Artikel in Schönburgs Wohnung handelte.
„Sagt Ihnen der Name Professor Dieter Meerstadt etwas?", wollte sie wissen.
„Natürlich sagt mir der Name etwas. Er hat ein ähnliches Forschungsinteresse wie Reinhardt, lehrt hier in Mannheim. Halten Sie ihn für den Mörder?", entgegnete Christian nach einer kurzen Gedankenpause.
„Nein. Ich hab mich nur gefragt, wie die beiden zueinander stehen."
„Ich weiß darüber nicht viel. Sie waren Kollegen, vielleicht Konkurrenten. Wie das an der Uni so ist", erklärte Wiese.
„Können Sie sich erklären, warum Reinhardt Schönburg aus dem Fenster von Anja Kuglers Büro gestürzt ist?", fuhr Moritz fort.

„Anja Kuglers Büro?“
Wiese wurde verlegen.
„Anja Kugler … Na ja, er sprach nicht gerade in hohen Tönen von ihr. Immerhin hat sie den Lehrstuhl erhalten, auf den er seine ganze Karriere lang geschielt hatte. Aber was er in ihrem Zimmer zu suchen hatte, weiß ich nicht.“
Olivia überlegte eine Weile. Wiese konnte ihnen über Schönburgs Vergangenheit nicht allzu viel berichten, weil er ihn noch nicht lange genug gekannt hatte. Aber vielleicht wusste er etwas über seine Gegenwart. Olivia drängte sich die Frage auf, was Schönburg gearbeitet hatte, seit er seine Universitätskarriere hatte beenden müssen.
„War Schönburg reich, sodass er nicht mehr arbeiten musste? Oder was hat er getan, seit er die Universität verlassen hat? Scheinbar hat er eine weitaus bessere Karriere gefunden, wenn er sich eine Villa in Feudenheim leisten konnte?“
„Er hatte die Villa schon, als wir uns kennenlernten. Ich glaube, er stammte aus einem reichen Elternhaus. Aber auch darüber hat er nie gesprochen.“

***

Akina Sakamoto hatte lange Zeit für diese Reise gespart. Schon immer war es ihr Traum gewesen, Deutschland zu sehen. Vor allem Heidelberg stand ganz oben auf der Liste der Städte, die sie auf ihrer Europareise besuchen wollte. Gemeinsam mit ihrem Mann und Kollegen aus seiner Firma hatte sie endlich eine siebentägige Reise gebucht.

Morgen stand Heidelberg auf dem Programm, heute besuchte sie mit ihrer japanischen Reisegruppe Mannheim. Am frühen Vormittag hatten sie sich vor dem Mannheimer Schloss getroffen, wo sie an einer Führung teilnehmen wollten. Als sie das Schloss zum ersten Mal erblickte, war Akina enttäuscht. Von Bildern kannte sie lediglich das Heidelberger Schloss und Neuschwanstein und hatte sich ein ähnlich imposantes Bauwerk erhofft, das mit Türmchen und Zinnen versehen war und oben auf einem Berg lag. Das Mannheimer Schloss war ihr nicht verspielt genug, es gefiel ihr nicht. Herrschaftlich war das Gebäude in jedem Fall, nur das erhoffte Märchenschloss mit einer romantisch-verträumten Fassade war es eben nicht. Es passte nicht zu den Bildern von deutschen Schlössern, die sie in japanischen Reisekatalogen gesehen hatte. Höflich, wie sie es gewohnt war, machte sie dennoch ein eifrig interessiertes Gesicht, als sie gemeinsam mit ihrer Reisegruppe durch die Gänge geführt wurde. Noch etwas anderes fand Akina sehr befremdlich. Sie konnte nicht verstehen, warum die Universität im Schloss untergebracht war. Das hatte zur Folge, dass überall Jugendliche herumliefen und vor den Eingängen rauchten. Zu einem Schloss passte das ihrer Meinung nach gar nicht.

Während sie sich weiterhin über die Studierenden wunderte, stieg sie gemeinsam mit ihrem Mann die Treppe zum Rittersaal hinauf. Durch eine doppelflügelige Tür gelangten sie in den prächtigen Raum. Ihre Touristenführerin erklärte, dass der Saal im Zweiten Weltkrieg während der Bombardierung Mannheims völlig zerstört

worden war, aber bereits 1947 mit der Rekonstruktion begonnen worden sei.
Akina blickte an die Decke des monumentalen Raumes und betrachtete das riesige Bild, das eine Göttertafel zu Ehren der Hochzeit von Peleus mit der Göttin Thetis zeigte. Wer diese Personen waren, wusste sie nicht, das Gemälde fand sie jedoch sehr beeindruckend. Generell mochte sie monumentale Bilder, und sie machte schnell ein Foto für ihr Facebook-Profil.
Die Gruppe ging weiter und verließ das Hauptgebäude. Sie liefen quer über den Ehrenhof zum Westflügel. Dort, so hatte die Touristenführerin angekündigt, befinde sich die alte Schlosskapelle, die letzte Station und der heimliche Höhepunkt ihres Rundgangs.
Die japanische Reisegruppe hatte sich vor der Kapelle versammelt und wartete, während die Touristenführerin zunächst nach ihrem Schlüssel kramte, plötzlich aber feststellte, dass die Eingangstür bereits offen war. Verwundert blickte sie in die Runde. Die Kapelle wurde zwar von der Altkatholischen Gemeinde noch genutzt, allerdings befand sich um diese Zeit eigentlich nie jemand dort. Vorsichtig spähte sie hinein. Tatsächlich, die Kirche war leer. Sie winkte der Reisegruppe, die nun nach ihr die Kapelle betrat und sich gleich hinter ihr wieder versammelte.
Akina blickte sich um. Sie verstand nicht sonderlich viel von europäischer Kirchengeschichte und von Kirchenarchitektur, die Schlosskirche aber gefiel ihr. Sie war weiß und strahlend, und auch sie besaß ein mächtiges Deckengemälde. Fasziniert starrte sie nach oben und lief als Ein-

zige in die Kirche hinein, ohne auf die erklärenden Worte der Touristenführerin zu hören. Deren Ausführungen standen ohnehin in dem Reiseführer, den sie auf dem Flug nach Europa durchgearbeitet hatte.

In der Mitte des Gemäldes war ein Kreuz vor einem strahlenden Hintergrund abgebildet, um es herum schwebten Engel. Ein Drache spie Feuer, wurde jedoch von der Kraft des Kreuzes zurückgedrängt. Die Japanerin war sich sicher, dass es sich bei dem Gemälde um den triumphalen Sieg der christlichen Kirche über das Böse handelte. Sie bekam Gänsehaut.

Dann senkte Akina den Blick und sah sich die Kirchenbänke an. Plötzlich entdeckte sie in einer der Reihen etwas, was sie zunächst nicht ganz verstand, was ihr aber einen fürchterlichen Schreck einjagte. Angst überkam sie. Noch immer konnte sie die Stimmen der Gruppe und der Führerin am Eingang hören, doch sie schienen weit, weit weg zu sein. Allmählich wurde ihr bewusst, was da vor ihr lag, und es ließ ihr das Blut in den Adern gefrieren. Sie sah dem Mann vorsichtig ins blutige Gesicht und schrie so laut, wie sie noch nie in ihrem Leben geschrien hatte.

***

Es war 9.58 Uhr als Olivia und Moritz endlich das Polizeipräsidium in L 6 betraten. Sie kamen gerade noch rechtzeitig, um an der Dienstbesprechung teilzunehmen, die Dr. Klose für 10 Uhr einberufen hatte.

Olivia bat Moritz, schon einmal in Kloses Büro zu gehen

und ihn in ein Gespräch zu verwickeln, damit sie genügend Zeit hatte, sich endlich einen Kaffee zu besorgen. Zum Glück war im Casino niemand, sie musste nicht warten, und der Kaffee war schnell gebrüht.
Als sie zum Büro ihres Chefs kam, hörte sie schon von Weitem Moritz protestieren. Dann entfuhr es Klose: „Ich habe keinen Scheiß für diese Zeit!"
Olivia musste prusten. Was hatte ihr Chef da gerade gesagt? Das war unglaublich! Und mit welcher Geschichte hatte Moritz ihn bequatscht, um ihr noch Zeit zu verschaffen?
Vor lauter Lachen schüttete sie sich etwas heißen Kaffee über die Hand. Der Schmerz ließ sie zur rechten Zeit wieder ernst werden, denn Dr. Klose stand in der Tür und sah sie mit zusammengezogenen Augenbrauen an.
„Sie sind knapp zu spät, meine Liebe!", belehrte er sie.
„Tut mir sehr leid", antwortete Olivia und sah Moritz fragend an. Zu gern hätte sie gewusst, was er Klose erzählt hatte, das ihn zu dieser Reaktion veranlasste.
„Später", hauchte Moritz.
Die beiden nahmen auf Dr. Kloses Couch Platz und nickten schnell Fatih zu, der ebenfalls anwesend war. Der Kriminaldirektor selbst setzte sich auf die Kante seines alten Schreibtischs und verschränkte die Arme vor der Brust.
„Jetzt, da wir nun endlich alle versammelt sind, beginne ich mit der Zusammenfassung des Falls." Er räusperte sich. „Gestern Abend wurde der 46-jährige Dr. Reinhardt Schönburg, ehemaliger Privatdozent der Universität Mannheim, aus einem Fenster des vierten Stocks gestoßen. Er starb an Genickbruch infolge des Aufpralls. Das

Fenster, aus dem er geworfen wurde, war geschlossen und gehört zu dem Büro von Prof. Anja Kugler. Bevor Schönburg durchs Fenster flog, war er scheinbar in einen Kampf verwickelt gewesen, in dessen Ablauf er einen mit Goldfarbe überzogenen Gegenstand an den Schädel gedonnert bekam. Das Blut im Büro stammt eindeutig ausschließlich von dieser Wunde."

Dr. Klose blickte in die Runde, nahm einen Schluck Wasser und fuhr fort.

„Den Gegenstand haben wir noch nicht gefunden. Darüber hinaus wissen wir, dass es für dieses Büro zwei Schlüssel gibt. Einmal den von Prof. Kugler selbst und einmal den Generalschlüssel für dieses Stockwerk von Hausmeister Andreas Beck. Beide hatten demnach Zugang zum Tatort, und Prof. Kugler stand in Konflikt zu dem Toten. Eine eindeutige Motivation für Mord lässt sich jedoch nicht so leicht rekonstruieren, dafür gibt es zu viele ungeklärte Fragen. Totschlag im Affekt aus persönlichen Konflikten heraus wäre denkbar. Über Andreas Beck werde ich hoffentlich von Ihnen gleich mehr erfahren."

Dr. Klose stand auf, ging um den Schreibtisch herum und setzte sich.

„Gibt es also mittlerweile weitere Neuigkeiten zu diesem Ermittlungsstand?", fragte er und verschränkte die Arme hinter dem Kopf. „Herr Martin, Frau von Sassen?"

„Ja, die gibt es", antwortete Moritz trocken.

„Wir waren gestern Nacht noch in Schönburgs Wohnung in Feudenheim und heute früh in der Universitätsbibliothek. Unsere Ermittlungen haben ergeben, dass der Privatdozent einen Liebhaber hatte. Christian Wiese, einer jener Doktoranden, die auf der Abschlussfeier gestern Abend geehrt wurden. Wir haben mit Wiese gesprochen. Er macht einen traurigen und dennoch gefassten Eindruck."

Der Kaffee war nun endlich kühl genug. Olivia nahm einen großen Schluck und fühlte ihre Lebensgeister zurückkehren.

„In Schönburgs Wohnung wurde eingebrochen. Wahrscheinlich war der Täter schneller und hat die Festplatte seines Computers entwendet."

„Ja, war er. So viel kann ich bereits berichten: Die Festplatte des Computers fehlt", erklärte Fatih.

Olivia zog die Stirn kraus, dann fuhr sie fort: „Zudem haben wir in Schönburgs Wohnung ein Päckchen mit Büchern gefunden."

„Aha. Und?" Klose blickte fragend hinter seiner Brille hervor.

„Den Büchern war eine Karte beigelegt. Schönburg hatte heute Abend eine Verabredung im Murphy's Law am Hauptbahnhof. Das ist ein Irish Pub."

„Ich übernehme den Termin", fiel ihr Moritz schnell ins Wort, „da ist heute Pubquiz, und ich kenne da jemanden an der Bar."

„Gut, Moritz, dann gehen Sie heute Abend dahin und überprüfen, ob das Treffen für unseren Fall relevant ist."

„Was ist mit Anja Kugler, Chef?", fragte Olivia.

„Die sitzt in Untersuchungshaft. Sie reagiert merkwürdig, und ich habe das Gefühl, dass sie etwas verschweigt. Hinzu kommt ihre aufmüpfige, impulsive Art. Ein astreines Tatmotiv hat sie jedoch nicht. Dazu wissen wir noch zu wenig. Allerdings waren sie und Schönburg Konkurrenten um den Lehrstuhl, den sie jetzt innehat. Ihre Karriere bedeutete das Aus für Schönburgs Karriere. Zwischen den beiden gab es mit Sicherheit Konkurrenzdenken, wenn nicht sogar Rachegedanken seitens des Verlierers."

„Und es ist noch immer unklar, warum der Tote zu diesem Zeitpunkt in ihrem Büro war. Was hatte er dort zu suchen? Wollte er etwas stehlen? War er dort verabredet, während alle anderen auf der Graduierungsfeier waren? Wir müssen uns jedes Detail genau anschauen, sonst übersehen wir etwas", mahnte Moritz.

„Als Nächstes sollte das Konto von Schönburg überprüft werden. Mich wundert nämlich, woher er das Geld zum Leben und für die Villa hatte, wenn er nicht mehr gearbeitet hat. Und an das Märchen vom reichen Daddy glaube ich nicht", warf Olivia in die Runde.

„Gut, ich werde das veranlassen", nickte Klose.

Dann fuhr er fort: „Was haben Ihre Nachforschungen beim Hausmeister ergeben?"

„Er und wahrscheinlich seine ganze Familie hatten wohl grundsätzlich ein Problem mit Schönburg. Der Privatdozent scheint daran beteiligt gewesen zu sein, dass das Leben von Andreas Becks Vater zerstört wurde. Auch der alte Beck war Hausmeister an der Uni gewesen. Schönburg hat dafür gesorgt, dass er entlassen wurde. Danach kam er auf die schiefe Bahn, Suff, Scheidung und so weiter. Auch sein Junior litt darunter. Letztlich hat die Uni-Leitung ihm vor ein paar Jahren eine Stellung als

Hausmeister angeboten, als Wiedergutmachung, nachdem sich herausgestellt hatte, dass der alte Beck zu Unrecht entlassen wurde", erzählte Olivia.

„Sehr interessant. Andreas Beck wurde nämlich von unseren Kameras heute Nacht vor dem Polizeipräsidium gefilmt."

Klose drehte sein Laptop zu den drei anderen hin und zeigte ihnen die Bilder, die die Überwachungskamera geschossen hatte.

„Was wollte er?", wunderte sich Olivia.

„Vielleicht ein Geständnis ablegen", mutmaßte Moritz sofort.

„Sie beide sollten ihm gleich nach unserem Meeting einen Besuch abstatten", schlug Klose vor. „Mir erscheint dies nämlich sehr merkwürdig."

In diesem Augenblick klingelte Kloses Telefon. Er meldete sich wie gewohnt, wurde gleich darauf blass und sagte nichts weiter.

Olivia, Moritz und Fatih, die zunächst nicht zugehört hatten, bemerkten, dass etwas nicht in Ordnung war. Eine düstere Stimmung schwebte plötzlich im Raum. Sie hingen an Dr. Kloses Lippen und wollten wissen, welche Neuigkeiten es gab. Als dieser endlich auflegte, starrte er durch sein Team hindurch.

„Was ist los, Chef?", wollte Moritz als Erster wissen.

„Sagen Sie schon!", bekräftigte Olivia.

„Wir haben eine zweite Leiche", kam es Klose über die Lippen, „wieder an der Uni."

***

Schon lange war Olivia nicht mehr auf dem Rücksitz eines Autos gesessen. Für gewöhnlich fuhr sie selbst, doch in der Eile hatten Klose, Moritz und sie nach dem Eingang des Notrufs Platz in einem Streifenwagen genommen, der sie mit Blaulicht die wenigen Quadrate zum Schloss fuhr. Die Tatsache, dass es innerhalb von wenigen Stunden einen zweiten Mord an der Universität gegeben hatte, ließ ihr Böses schwanen. Möglicherweise handelte es sich um einen Serientäter. Sie schaute aus dem Fenster auf die Passanten, die friedlich die Bismarckstraße entlangliefen. In ihrer unmittelbaren Nähe hatte es in den letzten 24 Stunden zwei Morde gegeben. Allmählich würde das auch die Bevölkerung erfahren. Wie die Menschen in der Stadt sich wohl fühlen mochten? Sie mussten den Fall oder vielmehr die zwei Fälle schnell aufklären.

Olivia konzentrierte sich auf die vor ihr liegende Aufgabe und fragte sich, was es mit den beiden Toten auf sich haben könnte. Sie glaubte nicht an einen Zufall, nicht daran, dass es sich um zwei unabhängige Fälle handelte. Doch was steckte hinter alldem? Was war so wichtig, dass zwei Menschen ihr Leben dafür lassen mussten? In Gedanken ging sie alle Zusammenhänge und Konstellationen durch, die sie während ihrer Ausbildung im Fall von miteinander verbundenen Mordfällen gelernt hatte. Jemanden aus dem Fenster zu schmeißen, wirkte auf sie nicht wie ein geplanter Mord. Wenn die gleiche Person nun noch einen zweiten Mord verübt hatte, warf das jedoch ein anderes Licht auf den ersten.

Oder doch nicht?

Zumindest wollte sie nicht an einen Serienmörder glauben.
Vor dem Schloss hielt ein Kollege den Verkehr an, sodass der Einsatzwagen bequem links abbiegen konnte. Die Einfahrsperren vor dem Ehrenhof waren bereits entfernt, sie wurden direkt zum Tatort gebracht. Gemeinsam stiegen sie aus dem Wagen aus.
Olivia schaute sich zunächst ein wenig um, bevor sie hineinging. Der Tag war kalt und grau. Über Mannheim hatte sich ein dichtes Wolkenfeld zusammengezogen. Irgendwie passte dies zu Olivias Stimmung. Die Kirche war großräumig abgesperrt, mehrere Streifenpolizisten sorgten dafür, dass niemand an den Tatort heran konnte. Innerhalb des abgesperrten Kreises stand eine asiatische Reisegruppe. Die entsetzten Gesichter der Einzelnen verrieten, dass sie allesamt unter Schock standen. Olivia wollte sich gleich um sie kümmern.
Zunächst aber beobachtete sie die Gruppe der Studenten und Universitätsmitarbeiter, die sich um die Absperrung drängte. War unter ihnen jemand, den sie auch am gestrigen Abend auf der Feier gesehen hatte? Kam ihr das ein oder andere Gesicht bekannt vor? Sie hatte insgeheim gehofft, Dennis hier zu treffen, der vielleicht etwas wusste. Er war nicht da, und weil ihr an den Anwesenden nichts Besonderes auffiel, zeigte sie dem Kollegen an der Absperrung ihren Dienstausweis und ging auf die Gruppe Touristen zu.
„Ist alles nur Show, wir drehen hier einen Film. Hollywood!“, hörte sie Moritz sagen, der ebenfalls bei der Gruppe stehen geblieben war.

Olivia wandte sich an die einzige Person der Gruppe, die nicht asiatisch aussah: die Touristenführerin.
„Hallo, ich bin Olivia von Sassen, Kriminalpolizei Mannheim, können Sie mir erklären, was diese Reisegruppe am Tatort sucht?"
„Julia Rang, hallo!", antwortete diese, „Ich habe die Reisegruppe durchs Schloss geführt. Als wir die Kirche besuchten, hat eine Frau aus der Gruppe, die Leiche entdeckt. Ich glaube, sie steht unter Schock."
Julia Rang deutete nach links, wo eine japanische Touristin von zwei Polizisten versorgt wurde.
„Sie heißt Akina Sakamoto."
„Danke", rief Olivia ihr zu und ging zu der Frau. Julia Rang lief Olivia hinterher.
„Sie werden mich für die Übersetzung brauchen."
Olivia stellte sich der Japanerin höflich vor, merkte jedoch gleich, dass diese tatsächlich unter Schock stand und sich erholen musste. Trotzdem versuchte sie es mit der Frage nach dem, was sie gesehen habe. Frau Rang übersetzte.
Akina Sakamoto zitterte, als sie sich noch einmal den Moment ins Gedächtnis rufen musste. Viel zur Aufklärung konnte sie nicht beitragen, sie sprach von Blut, einem Loch im Kopf der Leiche, wie diese zwischen den Bänken gelegen habe und wie sehr sie sich erschrocken habe. Dann ließ Olivia sie in Ruhe und bat den Streifenpolizisten, der sich um die Touristin kümmerte, ihre Kontaktdaten aufzuschreiben. In jedem Fall würde sie in wenigen Stunden an einem anderen Ort in Europa sein – Schock hin oder her.
Nun atmete Olivia tief durch. Es gab kein Ausweichen,

sie musste zur Leiche, was ihr für gewöhnlich am schwersten fiel. Eine weitere Leiche in nur wenigen Stunden. Das war ein schrecklicher Rekord für sie. Sie bahnte sich ihren Weg vorbei an den Spurensicherern und weiterem Polizeipersonal. Als sie in der Kirche stand, konnte sie erkennen, dass Moritz bereits vor dem Körper stand und die nähere Umgebung mit den Augen absuchte.

Sie bewunderte ihn. So direkt wie er konnte sie sich nie nähern. Obwohl sie durch ihren Beruf immer wieder mit Leichen zu tun hatte, fiel es ihr jedes einzelne Mal schwer, sie zu betrachten. Sie sah niemals nur einen toten Körper vor sich, sondern malte sich immer das Leben hinter dem Toten aus. Seine Familie, seine Freunde, seine Gefühle, Trauer, Schmerz, Freude und Erinnerungen, all das, was ihn zu einem lebendigen Menschen gemacht hatte.

Normalerweise überblickte sie erst die Umgebung, bevor sie sich zögernd zu dem Körper begab. Sie versuchte sich vorzustellen, wie alles ausgesehen hatte, als der Mord geschehen war, warum sich Mörder und Leiche genau an dieser Stelle getroffen hatten. Als Moritz sie bemerkt hatte, drehte er sich zu ihr um.

„Prinzessin, du glaubst es nicht. Schau dir die Leiche an!"

Olivia verstand seinen Hinweis nicht. Noch nicht. Jedoch bemerkte sie, dass nun nahezu jeder Kollege am Tatort sich zu ihr umgedreht hatte und sie beobachtete. Sie riss sich zusammen, nahm Haltung an und lief geradewegs den Mittelgang der Kirche auf den Fundort der Leiche zu. Ihre Schritte hallten im Raum, obwohl sie dieses Mal weiß Gott keine High Heels anhatte. Zunächst sah sie gar nichts, weil ihr alle die Sicht verstellten, dann traten einige Spurensicherer zur Seite, schließlich machten Klose und Moritz Platz. Olivias Blickfeld war frei. Sie starrte direkt auf das Gesicht der Leiche. Nein, sie glaubte es wirklich nicht. Moritz lag richtig, damit hatte sie nicht gerechnet. Es durchzuckte sie und lief ihr eiskalt über den Rücken. Nicht die Spuren des Einschusses entsetzten sie, sondern die Tatsache, dass sie den Toten kannte. Noch nie zuvor hatte sie eine Leiche, mit der sie beruflich konfrontiert war, gekannt, und sei es auch nur für kurze Zeit. Es war ihr erstes Mal. Vor ihr lag der tote Körper von Andreas Beck. In seiner rechten Hand hielt er eine Pistole. Selbstmord, legte sich Klose schnell fest.

***

Es gehörte zu Moritz' Gewohnheiten, durch die Quadrate zu laufen, wenn er über einen Fall nachdenken wollte. Sie waren noch eine Weile am Tatort geblieben, dann hatte er Olivia weggezogen. Er wollte mit ihr in Ruhe über den Fall nachdenken und, sobald die Spurensicherer so weit waren, noch in Becks Wohnung vorbeischauen. Die beiden überquerten die Bismarckstraße und gingen in die Quadrate hinein, geradewegs auf den Paradeplatz zu.

„Warum sollte sich der Hausmeister selbst töten? Und noch dazu in der Schlosskapelle?", überlegte Moritz laut.

„Gute Frage. Es muss eine Verbindung zwischen ihm und der Kapelle bestehen."

„Aber besonders christlich schaute er mir nicht aus."

„Zumal Selbstmord doch eine Todsünde ist", bemerkte Olivia trocken.

„Vielleicht wurde er in die Kirche gelegt, nachdem er schon tot war“, mutmaßte Moritz.
„Dann war es kein Selbstmord. Und wenn es kein Selbstmord war, ist es nicht unlogisch, dass ein Mörder die Leiche vom Tatort wegbewegt, wenn der Tatort ihn verraten würde. Demnach wäre er an anderer Stelle erschossen worden, vermutlich aber in der Uni. Ich behaupte jetzt mal ganz kühn, im Büro eines Professors oder so.“
„Prinzessin, Sekunde, ich muss mir schnell was zu essen kaufen. Bin gleich wieder da“, unterbrach Moritz sie.
Er lief schnell zu einem der typischen Mannheimer Bretzelstände, um sich eine Butterbretzel zu kaufen, und Olivia setzte sich in der Zwischenzeit auf eine Bank, um auf ihn zu warten. Mit leerem Magen konnte Moritz nicht ermitteln, das kannte sie. Sie war tief in Gedanken und grübelte über Andreas Becks vermeintlichen Selbstmord nach, als sie von einer älteren Frau angesprochen wurde.
„Entschuldigung, sind Sie aus Mannheim?“, fragte die Dame.
„Äh, ja, warum?“
Die Dame zückte ihren Stadtplan.
„Ich suche das Quadrat P 2. Und hier ist erst D 1.“
Die Dame zeigte auf das gegenüberliegende Gebäude und fuchtelte wild mit dem Stadtplan herum. Olivia stand auf, half ihr mit dem Plan und faltete ihn geradewegs wieder zusammen.
„Das ist ganz einfach. Das Quadrat da drüben, D 1, ist völlig egal. Die Kurpfalzstraße hier, die durch den Paradeplatz verläuft, teilt die Quadrate in A bis –“
Sie musste kurz überlegen.

„Bis K. Und dann von L bis U. Sie brauchen sich quasi nicht an diesem Gebäude orientieren. Der Paradeplatz ist das Quadrat O 1. P 2 ist dann dort schräg gegenüber. Ganz einfach!“

„Ganz einfach?“ Die Frau runzelte die Stirn.

Olivia zeigte auf das entsprechende Quadrat.

„Ah, haben Sie vielen Dank. Immer gut, wenn man jemand Einheimisches trifft.“ Mit diesem Satz ließ sie Olivia stehen, die sich wieder auf die Bank fallen ließ.

Da war sie eben doch tatsächlich als Einheimische bezeichnet worden. So schnell kann es gehen. Sie schüttelte lachend den Kopf und freute sich darüber. Im Grunde hatte ihr Mannheim von Anfang an gefallen, auch wenn ihr Einstieg hier nicht leicht gewesen war, weil sie sofort in einen Mordfall geraten war. Sie hatte sich von dem Fall, den neuen Kollegen und der neuen Stadt überrollt gefühlt, Olivia konnte jedoch nicht behaupten, dass sie Mannheim jemals gehasst hätte. Sie mochte es. Mannheim war für sie eine ehrliche Haut. Die Menschen waren herzlich und stolz auf ihre Stadt, das kannte sie sonst nur von wenigen Städten in Deutschland. Und Mannheim war vor allem eins: unprätentiös. Genau das machte ihr das Leben hier so leicht. Dass sie nun für einen Teil dieser Stadt gehalten wurde, freute sie. In Mannheim war also nicht nur Platz für Hunderte verschiedene Kulturen und Sprachen, sondern auch für eine Polizistin aus Berlin. In diesem Moment kam Moritz zurück.

„Was ist?“, wollte er zwischen zwei Bissen in seine Bretzel wissen.

„Ich habe gerade jemandem die Quadrate erklärt“, kam es

Olivia über die Lippen. Sie war von sich selbst überwältigt, verblüfft und stolz zugleich.
„Nicht schlecht. Ein halbes Jahr und du bist bereits Monnemerin. Das hat bei einigen anderen länger gedauert."
Moritz wollte sich neben Olivia setzen und schaute dabei nicht auf den Boden. Er kam einem kleinen Hund zu nahe und trat ihm auf den Schwanz, worauf dieser ihn aus Leibeskräften ankläffte. Sein Herrchen warf dem Kommissar einen vorwurfsvollen Blick zu. Während sich Moritz entschuldigte, kam Olivia ein Gedanke.
„Was macht jemand, der sich selbst umbringt mit seinem Hund?"
„Du meinst Beck?", fragte Moritz und war sofort bei der Sache. Hündchen und Herrchen waren vergessen, Beck und Schäferhund waren angesagt.
„Los, iss deine Bretzel unterwegs, wir müssen seine Wohnung untersuchen."
Sie liefen so schnell sie konnten vom Paradeplatz zum Haus B 2, 19, das sie ja bereits vom gestrigen Abend kannten. Moritz klingelte in diversen Wohnungen und ließ sich von einem der Nachbarn die Haustür öffnen. Dann machte er sich an Becks Eingangstür zu schaffen, was den Hund alarmierte.
„Brutus ist noch da", stellte Olivia fest.
Sie lauschten eine Weile und überzeugten sich, dass sich der Hund nicht direkt hinter der Tür befand.
„Vielleicht ist er im selben Zimmer eingeschlossen, wie gestern Abend", mutmaßte Moritz. „Und ich glaube, du hast recht. Der hätte sich nicht erschossen, ohne seinen Hund zu versorgen. Mal sehen."

Moritz kramte in seinem Geldbeutel, zog eine alte Scheckkarte hervor und versuchte mit ihr die Tür zu öffnen. Er rüttelte mehrere Male am Knauf, bis die Scheckkarte endlich die Verriegelung wegschob und die Tür aufsprang.

„Das hast du nicht zum ersten Mal gemacht", stellte Olivia fest.

„Nein, aber am häufigsten an meiner eigenen Wohnungstür erprobt."

Olivia schaute ihn fragend an.

„Ich hab früher dauernd meine Schlüssel vergessen", gab er zu.

Vorsichtig betraten sie die Wohnung. Brutus kam nicht auf sie zugestürzt, dafür hörten sie ihn aus dem Nebenzimmer bellen.

„Schließt ein Selbstmörder nicht ab?", wunderte sich Olivia.

„Warum sollte er das tun? Wie auch immer, ich glaube eher, dass er die Wohnung in großer Hektik verlassen und deshalb nicht abgeschlossen hat."

Sie gingen durch den Flur in die Küche, wo es muffelte. Olivia zog ihren Schal vors Gesicht.

„Mein Gott, was ist denn das?"

„Hundefutter."

Auf der Anrichte stand eine große Büchse Hundefutter, die geöffnet, aber nicht geleert war.

Olivia blickte sich weiter um. Auf dem Tisch lag ein Stapel mit Post, den sie schnell durchsah.

„Werbung, Werbung, Werbung, Kontoauszug –" Sie konnte ihre Aufzählung nicht zu Ende bringen, denn Moritz zog ihr bereits den Brief von der Bank aus der Hand.

Sie schaute die Post weiter durch und fand schließlich den Brief eines Reisebüros. Überraschenderweise enthielt dieser keine Werbung, sondern die Buchungsbestätigung für eine Reise nach Lanzarote über Silvester.

„Hast du in den Kontoauszügen etwas Interessantes gefunden?", fragte Olivia.

„Weiß noch nicht. Warte, hier. Eine Buchung. Vom Reisebüro –"

„Reisebüro Engelhardt. Lanzarote. Über Silvester", kam ihm Olivia zuvor. Sie hielt Moritz das Schreiben unter die Nase. „Also, wenn du mich fragst, handelt es sich um keinen Selbstmord."

„Bin ganz deiner Meinung, Prinzessin. Die Wohnung sieht nicht danach aus, wahrscheinlich wollte er Brutus gerade füttern, als er überstürzt los ist. Und niemand bucht, wenige Tage bevor er sich umbringt, eine Reise", bestätigte Moritz die Vermutung von Olivia.

„Außerdem fehlt ein Abschiedsbrief."

„Stimmt."

Moritz wählte die Nummer von Fatihs Handy.

„Wir sind in B 2, 19 bei Beck. Wenn du an der Uni fertig bist, schick ein Team hier rüber. Olivia und ich glauben übrigens nicht mehr an Selbstmord."

Er wollte auflegen, dann fiel ihm noch etwas ein:

„Ach ja, seid vorsichtig, Beck hatte einen riesigen Schäferhund. Brutus. Und ich glaube, der hat Hunger."

***

Dr. Klose hatte seine beiden Ermittler gleich nach ihrer Rückkehr von Becks Wohnung zur Seite genommen. Er wirkte angespannter als sonst und wollte etwas Abstand zum Tatort und der Leiche bekommen, daher liefen sie durch den Schlosspark hinunter zur Rheinpromenade. Am Flussufer blieb Dr. Klose stehen und blickte über den Rhein. Er atmete zwei Mal tief durch. Mittlerweile war es in Mannheim so kalt geworden, dass sein Hauch deutlich zu sehen war. Der Kriminaldirektor sammelte sich und drehte sich schließlich zu seinen beiden Ermittlern um.
„Was glauben Sie beide, was hier gerade vor sich geht?", fragte er sie.
Moritz starrte gedankenverloren vor sich auf den Boden. Olivia hatte ein Transportschiff beobachtet, das wie viele andere den Rhein hinauf und wieder hinunter fuhr.
„Die beiden Morde hängen auf jeden Fall zusammen", stellte Olivia fest. „Das ist kein Zufall. Davon bin ich überzeugt."
„Regel Nummer eins beim Auftragsmord: Töte den Mörder", spekulierte Moritz.
„Das würde bedeuten, dass Beck den Mord an Schönburg verübt hat", nickte Klose. „Es würde passen. Aber wer hätte Beck beauftragt, Schönburg zu töten, und ihn danach selbst beseitigt?"
„Vielleicht stellte Beck Forderungen und wollte mehr Geld von seinem Auftraggeber?", überlegte Moritz weiter.
„Mir sieht das nicht nach Auftragsmord aus. Vielmehr nach Totschlag im Affekt. Und überhaupt: Was wollte Beck dann gestern Abend vor dem Polizeipräsidium?", gab Olivia zu Bedenken.

„Richtig!“, entfuhr es Klose, „Was wollte er da?“
„Sich stellen und den Mörder anzeigen. Aber das passt nicht, dann hätte er den Auftrag zum Mord gleich ablehnen können“, argumentierte Olivia weiter.
„Was unterm Strich heißt, dass Beck nicht der Mörder sein kann. Und Kugler kann es auch nicht gewesen sein, falls es sich bei beiden Morden um ein und denselben Täter handelt. Sie sitzt ja noch immer in Untersuchungshaft“, schlussfolgerte Klose.
„Vielleicht hat Kugler beide Morde in Auftrag gegeben“, warf Moritz in die Runde. „Und vielleicht hat sie darauf spekuliert, dass sie in U-Haft sitzt, während der zweite Mord geschieht.“
„Sie hat für den zweiten Mord kein Motiv. Wir sind uns noch nicht einmal sicher, ob sie Beck überhaupt kennt. Sobald ich im Polizeipräsidium bin, werde ich sie übrigens freilassen“, sagte Klose.
Die drei gingen einige Schritte weiter am Rhein entlang. Der kalte Wind blies ihnen entgegen. Olivia wickelte ihren Schal erneut fest um ihren Hals, Dr. Klose stellte den Kragen seines Mantels nach oben, nur Moritz schien die Kälte nichts auszumachen.
„Sie frieren nicht, Moritz?“, fragte Klose.
„Nie“, bestätigte der Kommissar.
„Vielleicht hat Beck den Mord an Schönburg beobachtet und war der einzige Zeuge. Wenn es so gewesen ist, hätte er gestern Nacht wahrscheinlich die Polizei informieren wollen“, überlegte Olivia.
„Keine schlechte Idee, aber warum hat er uns dann nichts gesagt, als wir bei ihm waren?“, wunderte sich Moritz.

„Er traut der Polizei nicht. Das habe ich von Anfang an gespürt. Er muss sich erst spät in der Nacht zu diesem Schritt durchgerungen haben. Dann lief er zum Präsidium und –“

„Und hat sich anders entschieden“, vollendete Klose Olivias Satz.

„Das klingt plausibel.“ Moritz nickte.

Ein Skateboardfahrer drängte sich an den Kommissaren vorbei. Olivia und Moritz reagierten schnell und sprangen zur Seite, doch Dr. Klose war zu überrascht, um zu reagieren. Er stieß mit dem Fahrer zusammen und taumelte. Während er sich gerade noch mit den Händen abstützen konnte und nicht ganz zu Boden ging, hatte sich der Skateboardfahrer sofort gefangen und war schon einige Meter entfernt.

Klose schrie hinterher: „Was glaubst du, wer du bist?! Wir sind doch nicht bei den Spastelruther Katzen!!!“

Olivia glaubte nicht, dass er sich dieses Mal versprochen hatte. Das klang nach Absicht. Sie war von dem Satz so fasziniert, dass sie ihn bei nächster Gelegenheit gleich twittern musste.

„Wir checken als Nächstes Becks Kabäuschen an der Uni“, schlug Moritz vor.

Sein Chef nickte.

***

Als die drei vom Rhein zurückkamen, lief ihnen Fatih bereits eilig entgegen.

„Wir sind hier fertig und gehen nun nach B 2.“

„Irgendwelche Neuigkeiten?“, fragte Moritz.
„Nun ja, der Schuss wurde aus kurzer Distanz in die rechte Schläfe gefeuert. Dafür spricht die sternenförmige Hautaufplatzung an dieser Stelle. Er war sofort tot, was aber heißt, dass ihm die Waffe aus der Hand gefallen wäre. Er hielt sie jedoch, so gut es mit der Leichenstarre ging, in seiner rechten Hand, als er gefunden wurde. Wir haben zudem an keiner der beiden Hände Schmauchspuren feststellen können. Wenn ihr mich fragt, wollte hier jemand einen Selbstmord vortäuschen.“
„So weit sind wir auch, Fatih“, warf Olivia ein.
Wie könnt ihr so weit sein, ohne das Ergebnis der Kriminaltechnischen Untersuchung zu kennen? Wir liefern doch die Fakten!“, erregte sich Fatih, der wie immer davon überzeugt war, dass nur seine Abteilung die entscheidenden Ergebnisse liefern konnte.
„Wenn du weiterhin so langsam machst, brauchen wir dich gar nicht mehr. Irgendwelche richtigen Neuigkeiten?“, frotzelte Moritz.
Fatih überhörte den ersten Teil des Satzes und überlegte.
„Ach ja, wir haben sein Handy untersucht. Er hatte am Vormittag um 9 Uhr einen Termin mit einem Prof. Meerstadt hier an der Uni.“
„Passt das mit der Todeszeit?“, fragte Moritz.
„Den genauen Zeitpunkt des Todes haben wir noch nicht rekonstruieren können. Aber selbst wenn wir das Ergebnis haben, gibt es so viele Abweichungsmöglichkeiten, dass der Termin durchaus mit dem Zeitpunkt des Mordes zusammenfallen könnte, aber nicht zwangsweise muss.“
„Also alles und nichts“, resignierte Moritz.

Olivia dagegen war alarmiert, den Namen Meerstadt hörte sie in Zusammenhang mit diesem Fall immerhin nicht zum ersten Mal.

„Meerstadt? Dem statten wir doch sofort einen Besuch ab!“

Sie zog Moritz am Ärmel weg von den Kollegen.

„Bei Schönburg habe ich einen Artikel über Meerstadts Forschung gefunden. Ich möchte wissen, wie die beiden Männer zueinander standen“, erklärte sie ihrem Kollegen.

***

Der Schatten stand an einem Fenster des Mannheimer Schlosses und beobachtete das Geschehen vor der Universität. Gerade kamen die Kommissare zurück zum Tatort und unterhielten sich dort unten. Er konnte die Kommissarin und den Kommissar sehen, die bereits gestern an Schönburgs Leiche gestanden waren und die er auch in Feudenheim gesehen hatte. Der Ältere war wahrscheinlich der Chef, und hinzu kam nun ein vierter, der die drei mit Informationen zu versorgen schien. Wahrscheinlich war er nur ein Handlanger.

Sein Blickt schweifte ab. Er blickte den Gang entlang, auf dem er gerade stand, und stellte fest, dass er nicht alleine war. Rings um ihn herum hatten sich Schaulustige an die Fenster gestellt und gafften in den Hof. Ob sie verstanden, dass sie den Aufklärungsarbeiten eines zweiten Mordes zusahen? Da sich gerade erst herumgesprochen hatte, dass es gestern Abend einen Toten gegeben hatte, brach-

ten viele den Einsatz wahrscheinlich in Verbindung damit. Es gab auch eine Verbindung. Das wusste nur die Schattengestalt, nur sie. Die Studenten und Dozenten um sie herum konnten das unmöglich wissen.
Einer der Studenten zückte sein Handy und filmte das Geschehen. Wie widerlich sensationslüstern die Menschen doch waren. Am liebsten hätte sie ihm das Handy aus der Hand geschlagen. Doch sie musste sich unauffällig verhalten, bis sie in Sicherheit war.
Der Schatten sah wieder hinab in den Hof. Sein Blick fiel auf die Polizistin, die er instinktiv für seine Gegenspielerin hielt.
„Sie ist also diejenige, die mich kriegen soll?“ Er lächelte in sich hinein. „Tut mir leid, das wird nicht gelingen.“ Jemand wie sie konnte ihm nicht das Wasser reichen. Er fürchtete sie nicht.
Sein Blick haftete an Olivia. Sie war ihm sympathisch. Er bedauerte es, dass sie in diesem Spiel Gegner waren. Aber für solche Gefühle war kein Platz mehr in seinem Leben. Er hatte nur einen Auftrag. Er musste sein Geheimnis gut verteidigen. Notfalls gegen sie, die Kommissarin. Ein lautes Seufzen entfuhr ihm. Die Menschen um ihn herum wussten nicht, warum er seufzte, aber er wusste es genau. Denn er hatte sein Geheimnis gestern und heute zweimal verteidigt, sogar verteidigen müssen, und notfalls würde er es auch ein drittes Mal tun.
Wie schade und wie unnötig die Tode doch waren. Schönburg hätte sich sicher gewünscht, anders aus dem Leben zu scheiden. Warum hatte er nicht hören wollen? Er hatte ihn geradezu gezwungen zu handeln. Die Schattengestalt

schüttelte innerlich den Kopf. Was hatte sich Schönburg nur eingebildet? Ihm hätte doch klar sein müssen, dass sie niemals ihr Geheimnis offenbaren würde. Und auch dem nassforschen Hausmeister hatte sie die Grenzen aufzeigen müssen. Welche Verschwendung von Leben.
Eine Studentin, die neben ihr stand, lächelte sie an. „Was ist da passiert?"
Die Gestalt zuckte mit den Schultern. Wollte sie wirklich wissen, was da passiert war oder galt ihr Interesse ihrer Person und sie nutzte die Situation im Ehrenhof nur als Vorwand? Die Studentin sah nicht schlecht aus. Sie sah sogar sehr gut aus! Und sie gefiel ihr so sehr, wie ihr jemand gefallen konnte.
Eigentlich interessierte den Schatten weder das eigene noch das andere Geschlecht. Häufig hatte er schon versucht herauszufinden, woran das lag. Mit 16 hatte er sich gefragt, ob ihn nur das eigene Geschlecht anziehe, und es ausprobiert. Ihm war es zwar gelungen, eine Beziehung zu führen, doch letztlich scheiterte diese an seinem Desinteresse. Sexualität war einfach nichts für ihn. Er konnte nicht verstehen, wie sich Menschen dadurch voneinander abhängig machten. Mit Erstaunen beobachtete er andere, die wütend oder traurig wurden, wenn man sie verließ. Ebenso konnte er das Glück in Menschen erkennen, wenn sie sich frisch ineinander verliebt hatten. Doch er, er kannte nichts dergleichen. Weder war er jemals wirklich verliebt gewesen, noch fühlte er Schmerz, wenn eine Beziehung zerbrach. Nächtelang grübelte er über sich. Er empfand auch dabei keinen Schmerz. Er begriff nur einfach, dass ihm zwischenmenschliche Beziehungen

nichts bedeuteten. Die Studentin ließ nicht von ihm ab.
„Hey, was ist da im Hof passiert?“
Noch ehe die Gestalt antworten konnte, war sie wieder in ihren Gedanken gefangen. Sie erinnerte sich daran, wie sie zum ersten Mal ihren Körper eingesetzt hatte, um an wichtige Informationen zu kommen. Das war ein fairer Deal gewesen. Sie hatte ihre Absicht von vornherein beständig kommuniziert. Als es schließlich so weit gewesen war und sie bekommen hatte, was sie gewollt hatte, war es ihr unmöglich gewesen zu verstehen, dass sie offenbar jemanden verletzt hatte. Heute war ihr das bewusst, sie konnte menschliche Emotionen vom Kopf her verstehen, auch wenn sie sie nicht nachempfinden konnte.
„Sicher nur eine Feuerwehrprobe“, murmelte sie zur Studentin, weil ihr gerade nichts Besseres einfiel. Diese blickte sie trotzdem weiterhin fragend an, und der Schatten überlegte sich, ob er auf sie eingehen sollte oder nicht. Irgendwann würde sie verletzt sein und diesen Moment verfluchen. Also ließ er es. Er drehte sich von ihr weg und blickte wieder in den Ehrenhof. Die Studentin sollte froh über diese Reaktion sein, dem schien aber nicht so zu sein.
„Höflichkeit ist eine Zierde!“, warf sie ihm zu, bevor sie ging.
„Ich schütze dich nur. Das ist viel höflicher, als dein kleines Hirn gerade erkennen kann“, dachte sich der Schatten, und dessen war er sich sicher. Sie war unter seinem Niveau – und sie würde leiden, sobald er von ihr ablassen würde.
Ein letzter Blick in den Hof sagte ihm, dass die Kommis-

sare auf dem Weg in das Universitätsgebäude waren. Er musste los.

***

Olivia hatte Meerstadts Büro schnell ausfindig gemacht. Nun schritt sie gemeinsam mit Moritz die endlos wirkenden Gänge des Schlosses entlang, um dem Professor auf den Zahn zu fühlen.

Sie war sich nicht sicher, ob er etwas mit diesem Fall zu tun hatte, doch es war auffällig, dass sich beide Opfer in irgendeiner Weise mit ihm befasst hatten. Auch wenn sie bislang kein Motiv finden konnte, so würde die Theorie passen, dass Beck ihn beim Mord beobachtet haben könnte und deswegen aus dem Weg geräumt werden musste.

Sie gingen in den ersten Stock, bogen einmal um die Ecke und standen schließlich vor dem Büro des Professors. Moritz klopfte, wartete das obligatorische „Herein“ nicht ab und betrat gleich den Raum. Olivia folgte ihm. Allerdings standen sie nicht in Meerstadts Büro, sondern in einem Vorzimmer, in dem eine Sekretärin saß. Sie erschrak.

„Kriminalpolizei Mannheim, keine Sorge, wir sind die Guten“, versuchte Moritz sie zu beruhigen.

„Olivia von Sassen, Moritz Martin. Hallo! Wir möchten zu Herrn Professor Meerstadt“, versuchte es Olivia auf die freundliche Art.

Die Sekretärin hatte sich von ihrem Schreck erholt und war über Moritz' Verhalten empört.

„Auch die Polizei sollte sich an Anstandsregeln halten!“

„Nein, wir schreiben unsere eigenen Gesetze. Ist der Professor hier drin?“ Er deutete an, in das Nebenzimmer gehen zu wollen, das man nur durch das Sekretariat erreichen konnte.
„Der Professor möchte nicht gestört werden“, verteidigte die Sekretärin das Zimmer ihres Chefs. Sie stürmte um den Tisch herum und wollte sich Moritz in den Weg stellen, doch dieser war schneller. Er machte zwei Schritte auf die Tür zu und griff zur Klinke.
„Wir gehen da jetzt rein!“, reizte Moritz die Sekretärin weiter.
Diese wandte sich an Olivia.
„Bitte sagen Sie ihm nicht, dass ich Sie reingelassen habe. Ich bekomme sonst höllischen Ärger. Sie wissen doch, wie manche Professoren sind.“
Olivia nickte. „Machen Sie sich keine Sorgen.“
Mit einem kurzen Klopfzeichen drückte Moritz die Klinke nach unten und betrat das Büro.
Der Professor saß in einem Chesterfieldsessel, der Olivia unweigerlich an die Bondfilme der Sechzigerjahre erinnerte. Nur war sie weder Bond noch Moneypenny, sondern in den Augen des Professors unerwünscht. Er blickte noch nicht einmal von seinen Texten hoch, die er gerade durchging und an deren Seite er etwas mit einem Füller notierte.
„Ich habe Sie bereits vernommen. Sie stören mich bei der Arbeit, das finde ich unerhört. Aber da Sie sich nun einmal aufdrängen und dem Staate dienen, verweise ich Sie nicht des Raumes.“
Olivia fühlte sich wie eine Grundschülerin. Sie stand

neben Moritz und fand sich restlos fehl am Platz. Moritz' Vorgehen war zwar unhöflich gewesen, doch Meerstadt, das spürte sie deutlich, war darauf aus, eine Machtposition ihnen gegenüber aufzubauen und die mit allen Mitteln auszukosten.

„Danke, dann nehm ich mal Platz!", hörte sie ihren Kollegen sagen, der sich im selben Augenblick auf das Sofa fallen ließ, das ebenfalls im Chesterfield-Stil gehalten war. Der Professor schaute nur kurz auf. Wahrscheinlich war auf diesem Sofa noch nie zuvor jemand gesessen.

„Anstand und gute Manieren sind offenbar nicht Ihre Stärke, Herr –?"

„Martin, Moritz Martin. Das ist meine Kollegin Olivia von Sassen."

Olivia nickte ihm zu und setzte sich langsam neben Moritz.

„Wir haben ein paar Fragen an Sie, Herr Meerstadt", begann Olivia. Sie ließ ganz bewusst das „Professor" weg, nicht weil sie ihn weiter provozieren, sondern weil sie ihm auf gleicher Ebene begegnen wollte. Ob er einen hohen akademischen Rang innehatte oder nicht, spielte weder für ihre Ermittlungen noch für ihre Vorstellung davon, wie Menschen miteinander umgehen sollten, irgendeine Rolle.

Meerstadt seufzte. Er machte noch ein paar Notizen an den Rand des Textes, den er gerade las, was aber auf Olivia so wirkte, als würde er dies nur tun, um beschäftigt zu wirken. Irgendwie traute sie ihm nicht. Endlich legte er Papier und Stift beiseite und wandte sich den beiden Eindringlingen in seinem Revier zu.

„Was kann ich für Sie tun?" Er blickte Olivia scharf in die Augen und versuchte Moritz, so gut es ging, zu ignorieren.
„Wie Sie wahrscheinlich wissen, gibt es zwei Todesfälle an der Universität, in beiden Ermittlungen sind wir auf Ihren Namen gestoßen."
„So, sind Sie das?", war alles, was er trocken zu bemerken hatte.
„Ja, sind wir", bekräftigte Moritz Olivias Aussage, „Können Sie uns erzählen, wie Sie zu Reinhardt Schönburg standen?"
„Deswegen sind Sie hier?" Er lachte Moritz geradezu aus. „Sie wollen wissen, wie ich zu ihm stand? Ich würde es Ihnen wohl kaum sagen, falls ich ihn gehasst und aus irgendeinem Grund umgebracht hätte, oder? So naiv können Sie nicht sein. Und ich werde Ihnen genauso wenig irgendwelche Belanglosigkeiten daherplappern, wie etwa: wir waren Kollegen oder wir hatten ähnliche Forschungsfelder. Das wäre eine Zeitverschwendung meinerseits, die ich nicht bereit bin einzugehen. Solche Banalitäten können Sie von jedem zweiten Mitarbeiter dieser Universität erhalten, aber nicht von einem Ordinarius wie mir."
Moritz fehlte die richtige Antwort. Olivia spürte, dass er sich von dieser Abfuhr angegriffen fühlte, wollte jedoch vermeiden, dass er sich auf einen verbalen Schlagabtausch einließ, und versuchte deshalb, dem Gespräch eine andere Richtung zu geben.
„Sie hatten heute Vormittag einen Termin mit Andreas Beck, einem der Hausmeister der Universität."

„In der Tat hatte ich diesen Termin. Doch Herr Beck ist nicht zur vereinbarten Zeit hier bei mir erschienen. Man sollte von einem Universitätsangestellten, auch wenn er nur von niedrigem Rang ist, etwas mehr Disziplin erwarten."

„Kann Ihre Sekretärin das bestätigen?", forschte Olivia nach.

„Nein, das kann sie nicht. Sie fängt erst später an."

„Weshalb wollten Sie sich mit ihm treffen?", fragte Moritz von der Seite.

Meerstadt ignorierte ihn weiterhin und antwortete, in dem er nur Olivia ansah: „Ich wollte, dass er sich meine Heizung anschaut, sie heizt nicht richtig, obwohl das ihre einzige und noch dazu eine wichtige Aufgabe ist."

„Eine letzte Frage noch, Herr Meerstadt, dann lassen wir Sie in Ruhe. Wo waren Sie vor 9 Uhr an diesem Morgen?"

„Sie verdächtigen mich, gnädige Frau?" Er schüttelte den Kopf. „Ich war mit meinem Auto unterwegs von Heidelberg, wo ich wohne, wie sie vielleicht wissen, hierher an die Mannheimer Universität. Und jetzt muss ich Sie bitten, einen ungescholtenen und schwer beschäftigten Mann in Ruhe zu lassen. Ich muss gleich den Zug nach München nehmen. Dort habe ich heute nämlich noch einen Vortrag zu halten. Wenn Sie weitere Fragen haben, wenden Sie sich an meine Sekretärin, die soll Ihnen einen Termin geben. Ich kehre erst morgen Vormittag von meiner Reise zurück. Auf Wiedersehen."

Mit einer kurzen Geste deutete er in Richtung Tür, dann nahm er seinen Füller und das Manuskript wieder zur Hand und ignorierte die beiden Kommissare, während diese hinausgingen. Olivia verabschiedete sich noch, doch schienen ihre Worte irgendwo im Nichts zu verhallen. Meerstadt war sofort in seinen Text vertieft oder tat zumindest so, als wäre er es.

An der Sekretärin vorbei gingen die beiden Kommissare hinaus auf den Gang. Als sie außer Hörweite waren, fluchte Moritz.

„Was ein Typ!", dann äffte er ihn nach, „Die Heizung heizt nicht richtig, obwohl das ihre einzige und noch dazu eine wichtige Aufgabe ist. Er soll sich bloß nie dort blicken lassen, wo ich herkomme. Da würde man ihm dieses arrogante Getue schon austreiben!"

„Du hast dich auch nicht gerade benommen, wie Knigge es empfiehlt."

„Verteidigst du ihn jetzt? Was soll das?"

„Nein, Moritz, ich verteidige ihn nicht. Ich glaube eher, dass er etwas zu verbergen hat. Und allein deshalb würde ich mich auf sein Spiel erstmal einlassen."

„Bin ich froh, dass ich gleich im Murphy's ermitteln darf. Das ist eher meine Welt", seufzte Moritz.

Olivia fiel ein, dass Moritz am Vormittag deutlich gemacht hatte, dort allein hingehen zu wollen. Nur allzu gern hätte sie gewusst, warum er das vorhatte. Wenn er auf die Bedienung stand, brauchte er keine Ermittlung, um dorthin zu gehen. Er konnte jeden Abend ins Murphy's. Irgendwie hatte sie nicht übel Lust, ihm die Tour zu vermasseln. Andererseits wollte sie gerne noch mit Meerstadts Sekretärin sprechen, und dabei war Moritz vielleicht eher hinderlich. Außerdem fiel ihr Dennis ein. Wenn er sich an der Uni befand, hatte sie eine Chance, ihn

zu sehen, und musste nicht warten, bis sie den Fall gelöst hatte. Vielleicht wusste er ja etwas über Meerstadt, was ihr weiterhelfen konnte.
Während Moritz noch immer vor sich hinfluchte, zückte Olivia ihr Smartphone und schaute nach, ob Dennis übers Netz zu erreichen war. Tatsächlich war er online.
„Was weißt du über Professor Meerstadt?", schrieb sie ihm.
„Das sag ich dir bei einem Kaffee. 18.30 Uhr Cafeteria?", antwortete er prompt.
„Okay."
Sie steckte ihr Smartphone wieder ein und folgte ihrem Kollegen nach draußen. Im Freien blickte sie sich um und entschloss sich endgültig, an der Universität zu bleiben.
„Moritz, du wolltest doch alleine ins Murphy's, stimmt's? Geh ruhig, ich schau mich hier noch ein wenig um."
„Okay", lautete Moritz' Antwort kurz und knapp.
„Wenn es etwas gibt, meldest du dich, ja? Ich versuche noch etwas mehr über Meerstadt herauszufinden."
„Ehrensache, Prinzessin", grinste Moritz und verschwand.
Olivia drehte sich um und ging noch einmal zurück zu Meerstadts Sekretärin. Gerade als sie um die Ecke eilte und in den langen Gang einbog, in dem der Professor sein Büro hatte, sah sie, wie er zum Bahnhof aufbrach. Sie wartete eine Weile, bis er verschwunden war, und betrat schließlich das Sekretariat.
„Sie schon wieder!", stöhnte die Sekretärin. „Haben Sie eine Ahnung, was mir Professor Meerstadt gerade noch gedrückt hat, bevor er zum Bahnhof ging?"

„Tut mir leid, dies lag nicht in meiner Absicht, Frau –"
„Müller, Carmen Müller."
„Sie sind die Sekretärin von Professor Meerstadt?"
„Na ja, wie man es nimmt. Ich erledige zusammen mit einer Kollegin die Aufgaben, die im Sekretariat anfallen. Als Sekretärin bin ich allerdings nicht eingestellt."
„Das heißt, eine Sekretärin gibt es im Grunde nicht?"
„Nein, eine solche Stelle könnte man zwar durchaus schaffen, und sie ist auch im Budget vorgesehen."
Olivia war neugierig. „Und wieso macht man das dann nicht?"
„Für den Lehrstuhl ist es besser, zwei Hilfskräfte anzustellen, mich und meine Kollegin. Besser und günstiger und auch legitim. So sind wir beispielsweise jederzeit kündbar."
„Das passiert?"
„Das passiert sogar häufig. Da kriegen wir Hilfskräfte einfach so gesagt, dass man uns ab dem nächsten Monat nicht mehr braucht. Danach können wir dann schauen, wie wir unseren Lebensunterhalt sicherstellen. Einer Freundin von mir erging es so. Die wird jetzt von ihrem Freund unterstützt. Reine Willkür ist das bei manchen. Manche – nicht alle – Professoren nutzen ihre Machtposition schamlos aus. Sobald man bei ihnen eine Bachelor-, Master- oder Doktorarbeit anfertigt, ist man ihren Machtspielchen ausgeliefert. Man macht schweigend lieber die ein oder andere Überstunde mehr, verzichtet auf einen gescheiten Arbeitsvertrag mit Sozialversicherung und Rente, um bei der Abschlussprüfung nicht unangenehm aufzufallen oder als Rebell zu gelten, weil man die Unge-

rechtigkeiten nicht mehr aushalten kann." Carmen Müller sah Olivia lange an.

„Aber warum erzähl ich Ihnen das? Das interessiert Sie doch ohnehin nicht."

„Oh, mich interessiert das sehr. Immerhin muss ich in diesem Umfeld ermitteln und daher auch verstehen, was hier vor sich geht", erklärte Olivia. „Und Ihr Chef ist auch so einer, der die finanzielle Lage der Studenten zu seinen Zwecken ausnutzt?"

„Meerstadt ist nicht so einer. Er mag arrogant und anstrengend sein, dennoch halte ich ihn für fair und gerecht, wenn man nach seinen Regeln spielt. Das sagte sogar seine Exfrau vor zwei Jahren nach der Scheidung."

Olivia fragte sich sogleich, ob Meerstadt aus Gerechtigkeit einen Totschlag verüben hätte können, wenn man nicht nach seinen Regeln spielte.

„Können Sie mir sagen, wann er morgen aus München zurück ist?", fragte Olivia zum Schluss.

„Er hat eine Sitzplatzreservierung für den ICE, der um 10.30 Uhr am Hauptbahnhof ankommt.

***

Moritz hatte das Päckchen, das Olivia bei Schönburg gefunden hatte, unter den Arm geklemmt. Als er das Murphy's Law betrat, atmete er tief durch. Er mochte den Geruch von Kneipen und verband diesen immer mit Freizeit, Entspannung und einer gemütlichen Runde in vertrautem Kreis. Wenn ihm die Arbeit dazu Zeit ließ, ging er gern mit seinen Freunden ins Murphy's. Der Pub lag in

der Nähe vom Hauptbahnhof. Während des Sommers hatte Moritz viele Abende draußen auf den Bänken verbracht, diese Zeit war nun jedoch vorbei. Dafür war es im Inneren des Murphy's umso voller. Die meisten Gäste hatten sich für das Pubquiz am heutigen Abend einen Platz gesichert.
Moritz sah sich zunächst etwas um. Niemand sprang auf und rief, dass er die Person sei, auf die er oder sie warte, daher suchte er sich einen der wenigen freien Stühle in der Nähe der Fenster aus. Diese Plätze lagen etwas erhöht, sodass er einen guten Überblick über das Geschehen hatte. Seine Lederjacke behielt er an. Wenn diese Dorothee sich heute hier mit Schönburg treffen wollte, spielte sie wahrscheinlich nicht beim Pubquiz mit, sondern wartete auf ihre Verabredung. Er musste also beobachten, wer an dem Quiz teilnahm und wer nicht.
Moritz bestellte ein Pint und schaute sich um. Allerdings drehten sich seine Gedanken weniger um die Gäste des Pubs als vielmehr um Olivia und vor allem um seinen Cousin Dennis. Es passte ihm überhaupt nicht, dass die beiden sich so gut verstanden. Seine Welten hatten sich berührt und ließen ihn einmal mehr außen vor. Er mochte seinen Cousin, war er doch einer der wenigen Verwandten, die er noch hatte. Außer ihm blieben ihm nicht viele, da waren nur noch seine Großmutter mütterlicherseits sowie die Schwester seiner Mutter, Dennis' Mutter. Seinen eigenen Vater und dessen Familie kannte er nicht. Die Gedanken an seine Mutter verdrängte er lieber ganz schnell. Das Polizeipräsidium war eine Art Ersatzheimat für ihn. Er ging gerne hin und verbrachte mehr Zeit bei der Arbeit

als nötig, weil er sich dort geborgen fühlte. Seit Olivia in Mannheim war, fühlte er sich sogar noch wohler dort. Sie ersetzte seinen alten Partner Fritz Such, mit dem ihn eine Art Vater-Sohn-Verhältnis verbunden hatte, und sie passte einfach wunderbar in sein Leben. Mit ihr konnte er lachen, herumstreiten und gemeinsam Fälle lösen. Überall traten sie als Team auf – und es beruhigte ihn, sie an seiner Seite zu wissen. Er schätzte es, dass sie so unterschiedlich waren. Ja, irgendwie provozierte er ständig Situationen, in denen sich ihre verschiedenen Ansichten zeigten, um Olivia ein wenig herauszufordern. Sie und er gehörten auf gewisse Weise zusammen. Er wollte sie nicht teilen. Erst recht nicht mit seinem Cousin. Das kam für ihn nicht in Frage.
Die Bedienung brachte sein Pint, und er nahm einen großen Schluck. Wenn dieser Fall gelöst war, musste er mit Olivia sprechen. Oder lieber doch nicht. Er verwarf den Gedanken sofort. Was sollte er denn sagen? Das wäre töricht. Er durfte seine Karten keinesfalls offen auf den Tisch legen, das wäre zu verdächtig. Vielmehr musste er einen Weg finden, Olivia und Dennis voneinander fernzuhalten. Vielleicht würde Letzterer ja nach seiner Promotion wegziehen und irgendwo eine Stelle annehmen. Das wäre die beste Variante, denn dann könnte sich nur schwer etwas zwischen den beiden entwickeln. Und wenn er nicht wegziehen würde? Tja, dann musste er sich unbedingt etwas einfallen lassen, um Olivia an sich zu binden und sie von Dennis fernzuhalten.
In diesem Augenblick kam die Mitarbeiterin des Pubs, die für gewöhnlich das Quiz durchführte, an seinen Tisch.

Moritz verwarf seine Gedanken und konzentrierte sich auf die Gegenwart. Wie immer lächelte sie ihn an, und wie immer lächelte er freundlich zurück.
„Heute alleine? Wo ist der Rest?“, fragte sie ihn und meinte damit seine Freunde, mit denen er hier bisweilen mitmachte. Mit einem Lächeln legte sie ihm den Bogen, den er für das Quiz ausfüllen musste, wie selbstverständlich auf den Tisch.
„Ist ein eher spontaner Besuch heute“, antwortete er und fügte in Gedanken hinzu: „und ein dienstlicher.“
Sie nickte, kaute auf ihrem Kaugummi und ging zum nächsten Tisch. Moritz bewunderte ihre amerikanische Lässigkeit, obwohl er nicht einmal wusste, ob sie Amerikanerin war. Aber das wusste man in Mannheim und der Region ohnehin nur schwer, weil sehr viele amerikanische Familien mit der US Army gekommen waren, sich hier niedergelassen hatten und über die Jahrzehnte zu einem festen Bestandteil der Gesellschaft geworden waren. Mehrfach hatte er schon darüber nachgedacht, ob er nicht etwas unternehmen sollte, um diese Frau näher kennenzulernen, doch er hatte sich dagegen entschlossen. Ihm gefiel es, dass sie ihn erkannte, wenn er im Murphy's war, das reichte ihm. Er blickte ihr hinterher, bis sie schließlich alle Gäste mit dem Quizbogen versorgt hatte. Vorsichtig achtete er darauf, ob es jemanden gab, der ablehnte und nicht am Spiel teilnehmen wollte, doch er konnte niemanden ausmachen.
Schließlich begann das Quiz. Das erste Set an Fragen beschäftigte sich mit den Themenbereichen „Geographie“ und „Natur“. Vor allem in „Natur“ war Moritz nicht

sonderlich stark. Er schaute auf die Uhr. Es war genau 18 Uhr. Dorothee musste also bereits irgendwo in diesem Raum sein.

„Der größte Vulkan auf dem europäischen Festland ist der Vesuv", flüsterte ihm ein älterer Mann zu, der ihm am Tisch gegenübersaß. Er hatte einen starken englischen Akzent, doch Moritz konnte nicht ausmachen, ob er Ire, Schotte, Engländer oder Amerikaner war.

„Thank you", entfuhr es Moritz.

Der Mann lächelte. Moritz nickte ihm freundlich zu, doch dann stellte er fest, dass das Lächeln des Mannes plötzlich schräg wirkte. Offenbar konnte er einen seiner Mundwinkel nicht nach oben ziehen. Fasziniert beobachtete er den Mann weiterhin und bemerkte, wie dessen Kopf rot anlief und danach blass wurde, als hätte jemand einen Schalter umgelegt.

„Wie heißt die kleinste der Kanarischen Inseln?", hörte er die Frau fragen, als der Mann ihm gegenüber aufstand. Er lief einen Schritt, dann fiel er die kleinen Stufen, die die Plätze an den Fenstern vom Rest des Raumes trennten, hinunter und blieb mit dem Gesicht am Boden einfach liegen. Einige der Gäste an den Nebentischen sprangen auf, andere ignorierten ihn. Wahrscheinlich vermuteten sie, dass er zu viel getrunken hatte. Und für einen Alki hatten sie kein Mitleid übrig. Moritz hingegen war sofort alarmiert. Er sprang auf, schob mehrere Stühle zur Seite, um den Mann umzudrehen. Erst jetzt begriffen einige Gäste, dass es ernst war.

„Krankenwagen!", brüllte Moritz einem Gast zu, der gerade ein Handy in der Hand hielt und sofort reagierte.

Dann schaute er zur Bar und rief: „Wir haben einen Notfall! Ist ein Arzt anwesend?" Dort verstanden sie zwar sofort, konnten aber nicht weiterhelfen.
Nachdem sich niemand meldete, konzentrierte Moritz sich wieder auf den Mann. Er fühlte seinen Puls und war zunächst erleichtert. Trotzdem musste der Notarzt schnell kommen, da der Mann sein Bewusstsein verloren hatte. Moritz vermutete einen Schlaganfall, lockerte seine Kleidung und brachte ihn in die stabile Seitenlage. Langsam bildete sich ein Kreis um ihn und den Herrn am Boden. Die Frau hatte das Mikrophon zur Seite gelegt, stellte keine weiteren Quizfragen und kam herbeigeeilt.
„Mein Gott, was ist passiert?", fragte sie entsetzt.
„Ich weiß es nicht genau, hoffentlich nur der Kreislauf und nichts Schlimmeres", antwortete Moritz laut und deutlich, um die Gäste zu beruhigen. Er sah den Gast fragend an, der den Krankenwagen verständigen sollte. Dieser nickte.
„Notarzt und Krankenwagen sind unterwegs", erklärte er der Frau, während er sich hinabbeugte, um erneut Atmung und Puls zu kontrollieren.
„Vielen Dank für deine Hilfe", zwinkerte sie ihm zu.
Wenig später stand der Rettungsdienst neben ihm und versorgte den Erkrankten. Das Blaulicht blinkte geräuschlos vor dem Murphy's und hüllte den gesamten Bahnhofsvorplatz in Diskolicht.
Nachdem ihn der Notarzt versorgt hatte, war der Mann wieder zu Bewusstsein gekommen. Er hing nun an einer Infusion und wurde von den Sanitätern auf einer Trage zum Einsatzwagen geschoben. So schnell wie der Spuk

begonnen hatte, war er auch schon wieder vorbei. Moritz setzte sich an seinen Platz zurück. Was für ein Tag! In diesem Moment stellte jemand schwungvoll ein randvolles, frisch gezapftes Guinness vor ihn hin. Moritz' Blick wanderte am Bier entlang, über die Hand und den Arm nach oben. Es war die Quizfrau.

„Hier, das ist für dich. Hast du dir verdient."

„Danke sehr."

Sie setzte sich zu ihm.

„Ich heiße Mimi", stellte sie sich vor.

„Moritz Martin, hallo."

„Schrecklich, oder? Der arme Mann."

„Ja", seufzte Moritz, „schrecklich. Ich hoffe, es ist nichts Ernstes."

„Ich kenne ihn, er kommt häufig zum Pubquiz. Hoffentlich ist er bald wieder da."

Sie winkte einer der Bedienungen und ließ sich ebenfalls ein Bier bringen. Dann erhob sie ihr Glas.

„Auf seinen Retter, den Helden des Abends!"

Moritz wurde verlegen. Dennoch schmeichelte es ihm, der Held des Abends zu sein. Sie stießen an.

„Kennst du viele der Gäste?", wollte er wissen. Immerhin hatte er nicht vergessen, dass er rein dienstlich im Pub war.

„Einige schon, wenige mit Namen", antwortete Mimi.

„Kennst du jemanden, der Dorothee heißt und hier im Raum ist?"

Mimi blickte sich um, dann zuckte sie mit den Schultern.

„Das sagt mir jetzt gar nichts. Warum suchst du sie?"

Moritz deutete auf das Päckchen mit den Büchern.

„Ich soll ihr etwas vorbeibringen, kenne sie aber nicht."
„Soll ich sie ausrufen lassen?"
„Besser nicht, sonst haut sie noch ab, das kann ich nicht riskieren."
„O-k-a-y", antwortete Mimi unsicher, weil sie nicht verstand, was Moritz im Schilde führte und warum er Angst hatte, dass diese Dorothee abhauen könnte.
Einer der Männer hinter der Bar gab Mimi ein Zeichen, damit sie weitermachte. Sie nickte ihm zu.
„Moritz Martin, hau nicht ab, bevor ich wieder da bin. Ich hab eine Idee."
Sie schnappte sich ihr Bier und ging zurück zu ihrem Mikrophon. Dann startete sie das zweite und dritte Set an Fragen, die sich mit Film und Unterhaltung sowie mit Sport und Musik befassten. Moritz spielte nicht weiter mit. Er trank gemütlich sein Guinness und genoss die Zeit, bis Mimi mit dem Quiz fertig war. Immerhin waren dies seine ersten ruhigen Minuten an diesem Tag.
Nach einer Weile sammelte Mimi die Quizbögen wieder ein und kam mit dem Stapel Blätter an seinen Tisch.
„Wenn du mir hilfst, sie zu korrigieren, findest du vielleicht auch einen Bogen, der von deiner Dorothee ausgefüllt wurde", schlug sie ihm mit einem Augenzwinkern vor.
„Keine schlechte Idee, Mimi."
Während sie die ersten Zettel korrigierte, schaute Moritz die Namen der Teilnehmer durch, und tatsächlich wurde er fündig. Dorothee Haber, Tisch 27. Mimi deutete ihm unauffällig an, welcher Tisch die Nummer 27 hatte. Dort saß nur eine Frau, und sie gehörte scheinbar nicht zu der

Gruppe aus drei Studenten, die ebenfalls am Tisch saß. Er schnappte sich das Päckchen mit den Büchern und ging auf Dorothee Haber zu. Jetzt musste er nur noch herausfinden, was sie mit Schönburg zu tun hatte.

***

Olivia war in der verbleibenden Zeit einfach durch die Universität geschlendert. Sie wollte die Atmosphäre aufnehmen und hoffte, irgendeinen Hinweis zu erhalten, der für ihre Ermittlungen nützlich sein konnte. Als es schließlich kurz vor halb sieben war, ging sie zur Cafeteria im Ostflügel und wartete davor auf Dennis. Dieser kam auf die Minute pünktlich und lief über den Hof genau auf sie zu.

„Du hast den Fall aber noch nicht gelöst, oder? Wir wollten uns ja erst danach wiedersehen“, begrüßte er sie.

Olivia war das sogleich peinlich. Eigentlich hatte sie ihm gesagt, dass sie keine Zeit hatte, und jetzt brauchte sie seine Informationen für ihre Ermittlungen und hatte plötzlich doch Zeit für ihn. Sie hoffte, dass er sich nicht ausgenutzt fühlte.

„Hallo Dennis!“ Aus ihrem schlechten Gewissen heraus klang sie fast zu überschwänglich freundlich. „Kaffee?“

„Ja, Kaffee“, grinste er und ging voran in die Cafeteria. „Solange ich noch als Student eingeschrieben bin, krieg ich hier günstige Preise.“

Dennis bestellte zwei Tassen Kaffee und kam mit einem Tablett an den Tisch, den Olivia in der Zwischenzeit gewählt hatte. Sie mochte Dennis wirklich. Obwohl sie ihn erst am Tag zuvor kennengelernt hatte, überkam sie gerade das Gefühl, Moritz' Cousin bereits eine Ewigkeit zu kennen. Vielleicht lag es daran, dass er Moritz ein wenig ähnlich sah oder seine tiefe Stimme ihr Vertrauen weckte.

„Danke für den Kaffee und danke, dass du so spontan Zeit finden konntest."

„Keine Ursache. So muss ich wenigstens nicht warten, bis du alle Verbrecher Mannheims geschnappt hast und kann dir ein bisschen bei den Ermittlungen helfen."

„Du weißt, dass ich dir über den aktuellen Stand der Ermittlungen nichts sagen darf?"

Dennis nickte. „Ich hab ja einen Kriminalbeamten zum Cousin, da lernt man so etwas." Er grinste.

Olivia lächelte zurück, wollte sich jetzt aber nicht beirren lassen.

„Gut. Trotzdem muss ich irgendwie mehr über Professor Meerstadt herausfinden. Weißt du etwas über ihn?"

Dennis trank gerade seinen Kaffee und verschluckte sich dabei. Er hustete und brauchte eine Weile, bis er wieder richtig sprechen konnte.

„Meerstadt? Er ist der Mörder?", kam es aus ihm heraus.

Olivia verdrehte die Augen.

„Nein. Ist auch egal. Ich darf dir ja eh nichts sagen. Erzähl einfach mal!"

Dennis nickte abermals.

„Also gut. Meerstadt", er suchte kurz nach den richtigen Worten, „ist ein angesehener, strenger Professor. Gilt als konservativ. Vor allem weil er sich immer wieder öffentlich gegen all die Neuerungen der letzten Jahre ausgesprochen hat."

„Du meinst solche, wie zum Beispiel die Einführung von Bachelor und Master?"
„Ja, und auch gegen die Juniorprofessuren, Einwerbung von Drittmitteln und Stiftungsprofessuren. Er sieht darin den Ausverkauf der Wissenschaft. Gerade bei den Drittmitteln und Stiftungsprofessuren bemängelt er, dass sich die Wissenschaft abhängig von der Wirtschaft machen würde."
„Steht er in irgendeiner Verbindung zu Schönburg?"
„Zu Schönburg? Die beiden kannten sich sicherlich, weil beide schon lange in Mannheim sind. Ähnliche Forschungsgebiete haben sie auch – gehabt."
„Könnten sie in irgendeiner Form Konkurrenten gewesen sein?"
„Schwer zu sagen. Wenn mir ein Konkurrent zu Meerstadt einfällt, dann eher Anja Kugler mit ihrer neuen Graduiertenschule und Doktoranden wie mir."
„Aha, wieso?"
„Na ja, erstens hat sie viele Gelder aus der Wirtschaft eingeworben, um diese Graduiertenschule auf die Beine zu stellen. Dann hatten viele von uns ein Stipendium, sodass wir entweder nur kleine Jobs annehmen mussten oder gar keine und uns voll und ganz auf die Promotion konzentrieren konnten. Zudem hat sie eine internationale Werbekampagne gestartet, um Studenten aus aller Herren Länder anzuwerben. Und Werbung und Wissenschaft passen für Meerstadt gar nicht zusammen. Aber deswegen bringt man doch niemanden um, oder? Und schon gar nicht Schönburg, dessen Karriere längst zu Ende war."

„Es geht nicht nur darum, ob er der Mörder war. Wenn Meerstadt wirklich etwas mit dem Fall zu tun hat, bliebe ja auch noch die Frage, warum er Schönburg ausgerechnet aus dem Bürofenster von Kugler geworfen hätte."
„Immerhin war Kuglers Büro irgendwann einmal Schönburgs Zimmer", gab Dennis zu bedenken.

***

Dorothee Haber war klein und zierlich. Sie hatte braune, halblange Haare, eine modische Hornbrille und im Sommer wohl Sommersprossen, zumindest stellte sich Moritz das so vor. Er hielt ihren Quizbogen in der Hand und legte ihn ihr auf den Tisch. Verwundert blickte sie ihn an.
„Leider nicht gewonnen", kommentierte Moritz, ohne dass er das Ergebnis überhaupt kannte.
„Entschuldigung, bitte was?", krächzte Dorothee, die eine sehr hohe und dünne Stimme hatte.
„Leider nicht gewonnen", wiederholte Moritz und legte ihr dafür das Päckchen mit den Büchern auf den Tisch.
„Die soll ich Ihnen von Dr. Schönburg vorbeibringen."
Dorothee Haber blickte ihn erstaunt an. Sie nahm das Päckchen an sich, betrachtete es genau und öffnete es schließlich. Verwundert sah sie die drei Bücher an.
„Die sollen Sie mir bringen? Die hab ich ihm gerade gestern zurückgebracht!", protestierte sie.
„Sie haben sich gestern mit ihm getroffen?"
„Moment mal. Wer sind Sie überhaupt, und warum möchten Sie das wissen?", empörte sie sich nun.
„Moritz Martin. Kriminalpolizei Mannheim."

Dorothee Haber wollte die Flucht ergreifen, doch Moritz packte sie am Ärmel.
„Es bringt nichts, abzuhauen. Glauben Sie mir das. Das Einzige, was Ihnen und mir hilft, ist die Wahrheit."
Sie setzte sich wieder. Unsicher blickte sie Moritz an.
„Haben Sie von den Todesfällen an der Universität gehört?", forschte er nach.
„Ich weiß nur vage, dass da etwas vorgefallen ist. Ich hab im Moment andere Probleme", antwortete Dorothee trotzig.
„Gestern Nacht wurde Dr. Reinhardt Schönburg ermordet. Heute früh kam es zu einem weiteren Mord!"
Dorothee stand der Schreck ins Gesicht geschrieben.
„Schönburg ist tot? Das wusste ich nicht. Ich hab nur gehört, dass ein Professor aus dem Fenster gefallen sein soll."
„Schönburg ist tot. Genau. Und er hat sich scheinbar gestern mit Ihnen getroffen und hatte heute schon wieder einen Termin mit Ihnen. Warum?"
Dorothee Haber begann zu zittern. Ihre Augen wurden so schnell glasig, als wäre sie gerade beim Zwiebelschälen.
„Das –", sie schluckte und fuhr stotternd fort. „das kann ich Ihnen nicht sagen."
„Okay, dann kommen Sie jetzt mit auf die Wache."
Moritz packte sie rigoros am Arm und zog sie in Richtung Ausgang. Beim Verlassen des Pubs traf sein Blick noch einmal den von Mimi. Er nickte und hoffte, dass sie sein Zeichen verstehen würde, denn er hatte vor, sie bald wiederzusehen.
Vor der Tür fuhr er Dorothee an: „Zwei Menschen haben

bislang ihr Leben lassen müssen. Das was Sie wissen, hilft uns vielleicht, den Täter zu finden. Und es hilft uns vielleicht, einen dritten Mord zu verhindern. Da spielt es keine Rolle, ob Sie uns etwas sagen können oder nicht. Ganz gleich, warum Sie nichts sagen wollen, Sie müssen es uns sagen, und zwar alles!"
Dann ließ er seinen Griff locker und schaute Dorothee fordernd an. Sie atmete tief durch, ihr Atemhauch war deutlich zu sehen.
„Ich habe Schönburg gestern am Spätnachmittag kurz am Paradeplatz getroffen. Dort habe ich ihm sein Honorar bezahlt. 10.000 Euro. Wie besprochen", kam es ihr langsam über die Lippen.
„10.000 Euro?" Moritz war überrascht. „Für was nimmt der denn 10.000 Euro?"
Als sie nicht gleich antwortete, bat er sie mit freundlicher Stimme: „Erzählen Sie weiter", und begann in Richtung Wasserturm zu laufen. Dorothee Haber schloss sich seinem Schritt an.
„Schönburg wurde mir von einem Bekannten empfohlen, der die gleichen Schwierigkeiten mit seiner Promotion hatte wie ich. Er sagte, Schönburg sei der Beste in seinem Fach. Jetzt, nachdem Schönburg sein Geld hatte, wollte er sich heute mit mir treffen, um mir meine Datei zu bringen. Das ist alles, was ich weiß."
„Welche Datei?", forschte Moritz nach.
„Das wissen Sie nicht?"
„Nein. Welche Datei also?"
„Meine Doktorarbeit."
Diese Aussage traf Moritz wie ein Schlag in die Magen-

grube. Er war vollkommen überrascht und zugleich erschlossen sich ihm in Sekundenschnelle die Zusammenhänge.

„Schönburg schrieb Doktorarbeiten für andere?", hakte er nach, um seine Vermutung zu bestätigen.

Dorothee nickte. „Er war ein Ghostwriter und steckte hinter vielen Forschungsarbeiten. Studenten und Doktoranden gingen zu ihm, wenn sie Hilfe brauchten. Vom Korrekturlesen bis zum Anfertigen einer ganzen Arbeit hat er alles angeboten. Sein Rat und seine Betreuung waren viel besser als die mancher Professoren."

„Er hatte wahrscheinlich auch mehr Zeit als die meisten Professoren, zumindest seit er nicht mehr an der Uni gearbeitet hat."

Nun begann Dorothee Haber zu schluchzen.

„Bitte erzählen Sie der Universität nichts von meinem Fall. Meine Promotion wäre erledigt."

„Aber ihre Promotion ist doch sowieso erledigt, wenn Sie sie noch nicht einmal selber schreiben können", antwortete Moritz.

„Wenn ich die Doktorarbeit nicht nächste Woche abgebe, war alles umsonst. Dann habe ich keinen Studienabschluss, weil ich noch auf grundständige Promotion eingeschrieben bin. Ich bin zu Schönburg, weil mir die Zeit durch die Finger rannte. Was meinen Abgabetermin betrifft, ließ mein Doktorvater aber nicht mit sich verhandeln."

„Hm." Mehr sagte Moritz nicht. Sie liefen schweigend ein paar Schritte weiter, bis sie die Unterführung zur Borelli-Grotte erreicht hatten, angeblich Mannheims gefährlichste Quadratmeter. Sie gingen hinunter, durchkreuzten die Unterführung, die mit ihren Geschäften und Kiosken wie eine Krake unter dem Bahnhofsvorplatz und der anschließenden Verkehrskreuzung lag, und kamen auf der anderen Seite wieder an die Oberfläche.

„Warum konnten Sie Ihre Arbeit nicht selbst fertigstellen?"

„Ich hab nie ein Stipendium bekommen, sondern musste von Beginn an am Lehrstuhl arbeiten. Auf einer halben Stelle."

„Das ist doch gut, dann bekamen sie wenigstens Berufserfahrung", kommentierte Moritz.

„Berufserfahrung? Ja, das schon, aber an der Universität wird man für eine halbe Stelle angestellt und arbeitet trotzdem voll, wenn nicht sogar noch mehr als voll. Überstunden abschreiben gibt es nicht. Wenn Sie abends nach Hause kommen und zehn Stunden malocht haben, ist Ihnen nur sehr selten danach, sich hinzusetzen und an einer Doktorarbeit zu schreiben. Dazu kommt die ganze Gremienarbeit, das Korrigieren von Klausuren und Hausarbeiten, nebenbei soll man auch noch unterrichten – und das alles für einen Witz an Gehalt. Ich hab gemerkt, wie mir mehr und mehr die Zeit davonrannte, und wollte dieser Lebenssituation einfach ein Ende bereiten. Raus aus dem Druck. Raus aus der Situation, in der man mich und meine Arbeitskraft für einen Hungerlohn ausquetschte." Sie blickte Moritz mit großen, feuchten Augen an, bevor sie fortfuhr: „Das war mir das Honorar für Schönburg wert. 10.000 Euro für meine Freiheit."

„Schönburg hat Ihnen Ihre Arbeit aber nie gegeben?"

„Nein, das wollte er heute Abend tun."

„Da muss ich Sie leider enttäuschen, denn die Festplatte seines Computers ist verschwunden - und damit auch Ihre Arbeit. Haben Sie eine Idee, wer sich diese Festplatte einverleibt haben könnte?"

Dorothee Haber war stehen geblieben. Zunächst stand sie einfach nur da, blass und verloren, nach einer Weile schüttelte sie den Kopf. Sie wusste es nicht, das war Moritz nun klar.

„Bei wem promovieren Sie?", war Moritz letzte Frage.

„Professor Meerstadt", antwortete die Doktorandin.

***

Olivia und Dennis hatten die Cafeteria verlassen.

„Musst du gleich wieder zu einem Einsatz oder ist noch ein Glühwein auf dem Weihnachtsmarkt am Wasserturm drin?"

Er lächelte sie an.

„Ein Glühwein ist noch drin." Sie zwinkerte zurück.

„Mein Auto steht im Hof. Wir fahren zum Wasserturm, danach bring ich dich heim und halte dich nicht länger von deinem Fall ab."

Olivia stimmte dem Plan zu. Sie liefen zur Rückseite des Schlosses, wo einige Parkmöglichkeiten geschaffen worden waren. Dennis drückte auf seinen Türöffner und ein eleganter schwarzer Wagen begrüßte die beiden mit blinkenden Scheinwerfern. Er ging um den Wagen herum und öffnete die Beifahrertür.

Olivia stellte sich neben ihn, um einzusteigen, und als er

sich ihr zuwandte, trafen sich ihre Blicke. Sie spürte, dass sie dieser Situation schnell ausweichen sollte, und wollte sich einfach auf den Beifahrersitz des Wagens fallen lassen, doch irgendetwas faszinierte sie an Dennis. Sie blieb unsicher stehen, schweigend sahen sie sich in die Augen. Olivias Gedanken überschlugen sich. Sie sagte sich, dass sie noch nicht bereit sei für eine neue Beziehung. Aber war sie das tatsächlich nicht? Gab es überhaupt den richtigen Zeitpunkt, an dem man eine Beziehung beginnen konnte, oder sollte man nicht vielmehr die Gelegenheiten nutzen, die einem das Leben boten? Ihre letzte Beziehung lag noch nicht lang zurück. Sie war vor etwas mehr als einem halben Jahr in Berlin zu Ende gegangen. Auch damals hatte sie sich tief innerlich gegen diese Beziehung gewehrt. In die denkbar ungünstigste Person hatte sie sich verliebt, und ausgerechnet diese Person hatte ihre Liebe erwidert. So war sie in eine für sie höchst gefährliche Situation geschleudert worden, aus der sie nur schwer wieder herausgekommen war. Damals hatte sie sich geschworen, sich mit einer erneuten Beziehung Zeit zu lassen. Nichts musste sofort geschehen, und wenn der Zeitpunkt ungelegen war, dann war er dies eben. Man muss nicht jede Gelegenheit dieser Welt nutzen, und frau erst recht nicht!

„Du machst dir zu viele Gedanken." Dennis holte sie mit dieser Bemerkung in die Gegenwart zurück. Sein Blick schien tief in ihr Inneres einzudringen, woher sonst hätte er ahnen können, was in ihr vorging? Olivia erwiderte seinen Blick, doch wohin sollte das führen? Sie kannte ihn doch kaum. Dennis' Kopf bewegte sich langsam auf sie zu. Noch einmal überlegte sie, sich einfach auf den Beifahrersitz fallen zu lassen, schaffte es aber nicht. Dennis faszinierte sie.

Plötzlich klingelte ihr Handy, ihr Diensthandy. Sie musste den Anruf entgegennehmen. Es war Moritz' Nummer.

„Hallo?“, meldete sich Olivia kurz und knapp.

„Pass auf, was ich herausgefunden hab.“ Moritz' Begeisterung war nur schwer zu überhören. „Schönburg muss 10.000 Euro bei sich getragen haben, als er gestorben ist. Die sind verschwunden.“

„Okay.“ Olivia hatte Mühe, sich zu sammeln und auf das Gespräch zu konzentrieren. „Ja, und? Hältst du den Mord jetzt für Raubmord, oder was?“

„Wie? Nein. Schönburg hat das Geld erhalten, weil er im Auftrag von anderen Doktorarbeiten und sonstige Forschungsarbeiten gefälscht hat!“, platzte es aus Moritz heraus.

„Was?“, Olivia war so erstaunt, dass sie sich nun doch auf den Beifahrersitz fallen ließ. Dennis lief sichtlich enttäuscht um das Auto herum und setzte sich auf die Fahrerseite. Er versuchte seinen Arm um sie zu legen, doch Olivia war mit den Gedanken bereits woanders. Sie war so aufgeregt, dass sie sogleich wieder vom Sitz aufsprang und ausstieg. Dennis folgte ihr erneut.

„Wie hast du das herausgefunden?“, wollte sie wissen.

„Das Päckchen mit den Büchern stammte von einer Doktorandin, die Schönburg beauftragt hatte, ihre Arbeit zu Ende zu schreiben. Sie hat ihm gestern Nachtmittag sein Honorar von 10.000 Euro zugesteckt.“

„Wahnsinn!"
„Ja, Wahnsinn", bekräftigte Moritz, „Wo bist du?"
„Ähm, ich bin zu Hause", log Olivia schnell, weil sie nichts von Dennis erzählen wollte.
„Ich komm vorbei", sagte Moritz und beendete das Gespräch.
„Mist!"
Olivia setzte sich wieder in Dennis' Auto.
„Wir müssen schnell zu mir. Das mit dem Weihnachtsmarkt holen wir nach."
Dennis seufzte, lächelte dann aber. „Versprochen?"
„Ja, versprochen. Mach schnell, bitte!"
Dennis gab ordentlich Gas und lenkte den Wagen in Richtung Schwetzingerstadt zu Olivias Wohnung.

***

Olivia wollte auf keinen Fall, dass Moritz sie mit seinem Cousin sah, weil sie befürchtete, dass ihr Kollege sauer werden und ihr gutes Verhältnis zueinander deutlichen Schaden nehmen würde. Sie ließ sich von Dennis an der Straßenecke zur Mollstraße absetzen und rannte die letzten Meter zu ihrem Haus. All der Stress war umsonst. Moritz wartete bereits ungeduldig vor der Tür. Er zog gerade sein Handy aus der Tasche. Außer Atem kam sie bei ihm an.
„Hi."
Moritz war verwirrt.
„Ich dachte, du wärst schon zu Hause."
Olivia haderte mit sich selbst. Schließlich entschied sie

sich, Moritz reinen Wein einzuschenken. Sie wollte ihn weder anlügen, noch zwischen die Fronten geraten. Moritz war schließlich erwachsen und musste mit dieser Situation wie ein Erwachsener zurechtkommen.
„Ich war noch mit Dennis einen Kaffee trinken. Dachte mir, er könnte mir Informationen über Meerstadt geben."
„Mit Dennis, so?"
Sie konnte Moritz ansehen, dass ihm diese Information mehr als unrecht war. Er wandte seinen Blick ab und schaute an ihr vorbei in die Ferne.
„Bist du jetzt sauer?"
„Gibt es einen Grund dafür?", raunzte er sie an.
Sein Ton war scharf und hart. Vielleicht hätte sie ihm die Wahrheit doch besser verschweigen sollen. Aber wünschte man sich denn nicht Leute um sich, die immer geradeheraus waren? Oder waren die kleinen Notlügen des Alltags wesentlicher Bestandteil eines Lebens, in dem sich Menschen miteinander verstanden? Olivia war sich da nicht mehr so sicher. Wenn sie es vom beruflichen Standpunkt aus betrachtete, hätte sie ihn wohl anlügen sollen, weil sie sich dadurch besser auf den Fall hätten konzentrieren können.
„Komm schon, Moritz! Da ist nichts dabei."
„Natürlich nicht", hörte sie ihn in einem Ton sagen, der alles andere bedeutete als das, was er tatsächlich von sich gab. Sie schwiegen einen Moment, dann begann Moritz mit einer Stimme, die so gefühlvoll klang wie der Schlag auf einen Granitfelsen: „Und?"
„Und was?", fragte Olivia.
„Und, konnte dir Dennis etwas über Meerstadt erzählen?"

„Ja, er hat mir seinen Charakter beschrieben. Meerstadt ist eher konservativ und gegen den Ausverkauf der Wissenschaft. Ganz gleich, ob der stattfindet oder nicht."

„Wow, richtig ergiebige Ermittlungsarbeit", bemerkte Moritz zynisch.

„Dafür warst du ja offenbar erfolgreicher."

„Ja, und ob."

Olivia hoffte, Moritz von dem Thema Dennis ablenken zu können und gleichzeitig Neues in den Fällen Schönburg und Beck zu erfahren.

„Erzähl mal genau. Hast du eine Theorie?", forschte sie weiter.

„Klar habe ich eine. Also, Schönburg arbeitet unter anderem als Ghostwriter für Meerstadts Doktoranden. Erinnerst du dich an den Zeitungsartikel über dessen Forschungsleistungen, den du bei Schönburg gefunden hast?"

Olivia nickte.

Moritz fuhr fort: „Meerstadt setzt die Doktoranden, die bei ihm als Hiwis angestellt sind, so unter Druck und lädt sie so voll mit Arbeit, dass sie irgendwann nicht mehr weiterwissen und ihre Dissertation nicht fertig schreiben können. Letzter Ausweg ist für viele ein Ghostwriter. Irgendwie erhalten sie den Hinweis, dass es zufälligerweise einen solchen in ihrem Fachbereich gibt, nämlich Schönburg, und holen sich Hilfe bei ihm."

„Meinst du, dass die beiden unter einer Decke stecken und gemeinsame Sache machen?", vergewisserte sich Olivia.

„Das könnte ich mir sehr gut vorstellen. Der eine schafft

die Doktoranden an, der andere nimmt sie gewissermaßen aus. Und alle schweigen aus Angst."
„Keine schlechte Theorie, Herr Kollege! Aber warum ist Schönburg nun tot?"
„Vielleicht wollte er aus irgendeinem Grund alles auffliegen lassen? Vielleicht wollte er aussteigen? Angenommen es kommt zum Zwist zwischen den beiden. Schönburg fordert mehr Geld, oder Meerstadt will den Ghostwriter mundtot machen. Irgendetwas. Es kommt zum Streit, Schönburg fällt aus dem vierten Stock."
„Aus dem Büro von Anja Kugler? Das passt irgendwie nicht", warf Olivia ein.
„Doch es passt. Meerstadt hat Schönburg in Kuglers Büro gelockt, um ihr hinterher den Mord in die Schuhe zu schieben. Hierfür hat er den Schlüssel des Hausmeisters geklaut und –"
„Und Andreas Beck hat es beobachtet. Um den Mord an Schönburg zu decken, musste der Hausmeister sterben."
„Genau!", bestätigte Moritz.
„Und wie überführen wir ihn?"
Moritz überlegte.
„Im Moment ist er in München und hält einen Vortrag", überlegte er.
„Richtig."
„Ich hoffe, er ist morgen wirklich wieder zurück, wie er gesagt hat, und setzt sich nicht irgendwo ins Ausland ab."
„Das würde den Verdacht doch nur bestätigen. Meerstadt ist viel klüger", entgegnete Olivia.
Für Moritz lag die Lösung auf der Hand.

„Wir fahren zu ihm nach Hause und kopieren die Festplatte in der Hoffnung, dass wir weitere Hinweise finden. Die Festplatte können wir nach gefälschten Dissertationen oder nach dem E-Mail-Verkehr zwischen ihm und Schönburg analysieren. Mit etwas Glück finden wir einen handfesten Beweis für meine Theorie. Auf nach Heidelberg! Wir brechen bei Meerstadt ein!"

„Spinnst du, Moritz? Wenn das rauskommt!"

„Das kommt nicht raus. Aber überleg doch mal, einen Durchsuchungsbefehl kriegen wir bei der Beweislage nicht. Und falls doch, wird es sehr lange dauern. Wenn wir heute Nacht auch nur einen Beweis für einen der Morde finden, können wir Meerstadt quasi direkt am Bahnhof verhaften", argumentierte er.

„Du schlägst einen Einbruch vor, Moritz? In welcher Polizeischule hast du das denn gelernt?"

„In der Schule des Lebens. Außergewöhnliche Situationen erfordern außergewöhnliche Maßnahmen", bemerkte Moritz, der von seiner Idee begeistert war. Olivia kannte diese Begeisterungsfähigkeit mittlerweile. Sie trat bevorzugt dann auf, wenn Moritz das Gesetz brechen wollte, sich aber im Recht fühlte oder sich zumindest für jemanden damit einsetzen konnte, der im Unrecht war.

Moritz bemerkte Olivias Zögern.

„Bist du dabei?"

Sie schaute ihn zweifelnd an, doch dann fiel ihr ein, wie Moritz bei ihrem ersten gemeinsamen Fall ebenfalls die Regeln von Dr. Klose gebrochen hatte, um ihr zu helfen. Er hatte die Ermittlungen aufgenommen, obwohl es weder eine Leiche noch einen Mörder, sondern nur Oli-

vias Aussage gegeben hatte, dass sie einen Mord beobachtet habe, was niemand hatte glauben wollen.
Sie nickte. „Dabei."
Nun überkamen Moritz Zweifel. „Weißt du, ob er verheiratet ist und Familie hat?"
„Er wohnt alleine. Ist geschieden", beruhigte ihn Olivia und verfluchte sich sogleich. Was um alles in der Welt tat sie? Sie sollte Moritz entmutigen und nicht ermutigen! Egal, es mussten zwei Morde aufgeklärt werden.
Wenige Minuten später saßen beide in ihrem Dienstwagen und brausten nach Heidelberg. Olivia hatte Moritz fahren lassen, was sich schnell rächte. Auf der Autobahn zwischen Mannheim und Heidelberg waren gerade einmal 120 Stundenkilometer erlaubt, Moritz brachte es auf 190. Er fuhr nicht gern im Stadtverkehr, das wusste Olivia, das war ihm zu langsam, er raste einfach gerne. Die Geschwindigkeit gab ihm einen Kick wie sonst kaum etwas.
„Was ist, wenn du geblitzt wirst, Moritz?", wagte Olivia kurz seine euphorische Stimmung zu unterbrechen.
„Ich kenn die Leute von der Strafzettelabteilung. Auch die in Heidelberg. Kein Problem. Das wird intern geregelt", antwortete er, während er gerade einen Porsche alt aussehen ließ.
„Ich glaube nicht, dass sich Polizisten so etwas herausnehmen sollten", beschwerte sich Olivia, aber es war umsonst.
Unweigerlich musste sie an den Strafzettel denken, den sie am Tag zuvor erhalten hatte. Sie öffnete das Handschuhfach und sah ihn noch immer dort liegen. Morgen

würde sie das Geld überweisen. Auf Moritz' Methode wollte sie nicht zurückgreifen.
Kurz vor Heidelberg gab es einen Blitzer. Das wusste Olivia. Allerdings warnte sie Moritz nicht, sondern blickte stattdessen gespannt nach vorne und wartete, ob er abbremsen würde. Natürlich tat er es – im letzten Augenblick. Olivia wäre auch zu überrascht gewesen, wenn er das Gerät nicht gekannt hätte. Er lenkte den Dienstwagen durch das nächtliche Heidelberg die Bergheimer Straße entlang in Richtung Altstadt, wo der Professor wohnte. Moritz kannte die Adresse, doch kurvte er auf der Suche nach einem Parkplatz mehrere Male vergebens rund um die Altstadt.
„Früher hab ich ein paar Mal direkt vor der Universitätsbibliothek geparkt. Bis ich Nachahmer gefunden hatte und die Sache überhandnahm. Heute haben sie da so einen hässlichen Fahrradabstellplatz draus gebaut", plauderte Moritz aus dem Nähkästchen.
„Und du hast nie einen Strafzettel bekommen?"
„Doch, aber nur selten. Und wenn, dann hab ich den Kollegen Bescheid gesagt. Die haben sich drum gekümmert", antwortete Moritz und bog kurz vor dem Geißbergtunnel in die Altstadt ab.
„Hier war es."
Er zeigte auf den Fahrradabstellplatz. Olivia zog die Stirn kraus, besonders schön war der Abstellplatz in der Tat nicht. Er ruinierte den Blick auf die Bibliothek, die mit ihren zahllosen Türmchen und ihrem roten Sandstein wundervoll aussah.
„Ach, weißt du was?"

Moritz erwartete keine Antwort auf seine rhetorische Frage, und Olivia reagierte erst gar nicht, ihr war klar, dass er entschieden hatte, wo er parken wollte. Er steuerte das Auto an der Universität und einem Taxistand vorbei, auf den Universitätsplatz zu, wo gerade der Heidelberger Weihnachtsmarkt aufgebaut worden war. Ohne Scham stellte er das Auto einfach neben einer der Buden ab.

„So, da wären wir", sagte er sichtlich zufrieden und öffnete die Tür.

„Moritz, wir stehen hier wie auf dem Präsentierteller", maulte Olivia, die überhaupt kein Verständnis dafür hatte, wie Moritz parkte.

„Was soll schon passieren, Prinzessin. Es ist Nacht. Selbst die Heidelberger Kollegen verteilen jetzt keine Tickets mehr. Und wenn schon. Taxi passt auch durch. Das stört keinen, außerdem sind wir gleich wieder zurück."

Er stieg aus. Olivia seufzte, stieg ebenfalls aus und betrachtete sich die Szene von außen. Moritz öffnete den Kofferraum und kramte einen alten, blauschwarzen Hoodie heraus, der ihm gehörte.

„Hier, zieh den an. Ist besser so!"

Er warf Olivia den Pulli zu, sie schlüpfte hinein und schlug die Ärmel um. Ihre Lockenpracht verbarg sie unter der Kapuze, die sie vorne zusammenzog.

„Also gut, gehen wir."

Meerstadt wohnte tief in der Heidelberger Altstadt, in der Ingrimstraße, die parallel zur langgezogenen Hauptstraße verlief. Im Gegensatz zu Letzterer hatte man aus ihr keine Fußgängerzone gemacht, allerdings war sie

genau wie die anliegenden Straßen und Gassen so eng und verwinkelt, dass sich nur waghalsige Autofahrer hineintrauten, und die waren zumeist Anwohner.
Feuchtigkeit lag in der Luft, Olivias und Moritz' Atemhauch war deutlich zu sehen, auch wenn es finstere Nacht war. Olivia kannte die Heidelberger Altstadt nur von verschiedenen Einkaufsbummeln, die sie hin und wieder in den letzten Monaten unternommen hatte. Dabei war die Altstadt voller Menschen gewesen, Studenten, Touristen und Anwohner, doch nun war sie wie leergefegt. Die letzten Kneipen wurden gerade geschlossen. Auf der Hauptstraße tummelten sich noch ein paar Nachtschwärmer, doch abseits davon war es erschreckend ruhig. Einzig ein angetrunkener Student lief ihnen torkelnd über den Weg, sonst sahen sie keine Menschenseele.
Moritz prüfte die Hausnummern, bis er endlich vor einem Torbogen stand, der durch eine Holztür verschlossen war, die allerdings nur bis zur Rundung reichte.
„Hier im Hinterhof müsste es sein."

***

Moritz drückte die Klinke der Holztür nach unten. Sie war abgeschlossen. Im Grunde hatte er dies nicht anders erwartet und ließ sich nicht aus der Ruhe bringen, während Olivia starke Zweifel überkamen. Ihre Hände wurden feucht und ihr Puls raste.
„Lass uns wieder gehen, Moritz. Ist abgesperrt."
Moritz reagierte nicht auf ihre Aufforderung, sondern be-

trachtete das Tor. Die Holztür reichte nur bis zum Beginn des Bogens, über ihr war etwa ein halber Meter Platz.
„Los, komm, Moritz“, lautete Olivias letzter Versuch.
Moritz schien sie überhaupt nicht mehr wahrzunehmen. Er stieg auf die Klinke und zog sich oben am Tor in die Höhe. Dann schwang er eines seiner Beine darüber, zog das zweite nach und ließ sich auf der anderen Seite zu Boden. Sosehr er sich Mühe gab, leise zu sein, misslang ihm dies jedoch. Tagsüber hätte niemand seine Landung hören können, doch in der stillen Nachtruhe, klang sie wie ein lauter Schritt. Er wartete einen Moment und lauschte, ob sich irgendwo in der Nachbarschaft etwas rührte. Glücklicherweise passierte nichts.
„Bin durch!“, flüsterte er Olivia zu.
Sie warf noch einmal einen forschenden Blick in beide Richtungen der Straße. Niemand war zu sehen.
„Also gut!“
Jetzt folgte sie Moritz, stieg ebenfalls auf die Klinke und erreichte schließlich die andere Seite. Dabei wurde sie das dumpfe Gefühl nicht los, dass sie beobachtet wurde.
Auf der anderen Seite des Tores befand sich ein kleiner, überwiegend gepflasterter Innenhof, der von Wohnhäusern umschlossen war. Wahrscheinlich sah er nur selten Licht. In der Mitte befanden sich, soweit Olivia sehen konnte, mehrere Bäume und eine Bank. Gemeinsam schlichen sie in Richtung des Hauses, in dem Meerstadt wohnte, es stand in der linken Ecke. Obwohl es weder regnete noch schneite, nahm die Luftfeuchtigkeit stark zu, was zur Folge hatte, dass die einzelnen Pflastersteine rutschig waren. Moritz legte es beinahe hin. Olivia trat

vorsichtiger auf, brauchte dafür aber etwas länger, bis sie bei Moritz und damit an Meerstadts Haus angekommen war.

Der Stil des Hauses gefiel ihr, wahrscheinlich war es vor über hundert Jahren einmal ein Stall oder etwas Ähnliches gewesen. Einzelne Holzbalken waren noch in der renovierten und sehr modern gehaltenen Architektur zu erkennen.

Moritz zückte seine altbewährte Scheckkarte, doch musste er schnell feststellen, dass die Tür mehrfach abgeschlossen war.

„Er ist verreist. Da schließt man schon mal die Türen ab", belehrte ihn Olivia.

Notgedrungen prüfte Moritz vorsichtig jedes Fenster im Erdgeschoss. Auch sie waren alle verschlossen.

„Du schlägst aber keines ein!", ermahnte ihn Olivia.

„Nein, nein."

Während sich Moritz die Fenster genauer ansah, schlich Olivia an der Hausfront entlang. Etwas weiter vom Eingang entfernt gab es zwei Gitterschächte, unter denen sich eine Aussparung sowie Kellerfenster befanden. Vorsichtig griff sie in eines der leicht vermoosten Gitter und konnte es anheben. Nahezu lautlos legte sie es beiseite und glitt in den freien Raum vor einem der Kellerfenster hinab. Das Fenster selbst war schräggestellt, wahrscheinlich sollte dadurch dem Keller genügend Luft gegeben werden, um Schimmelbildung zu vermeiden, vermutete Olivia. Sie schaffte es, mit ihrer Hand um den Rahmen des Fensters zu greifen und den Griff waagerecht zu stellen. Nun ließ es sich vollständig öffnen.

„Moritz“, flüsterte sie leise, aber bestimmt. Als keine Reaktion kam, wiederholte sie ihr Flüstern. Aber ihr Kollege hörte sie nicht. Vorsichtig zog sie das Fenster wieder zu und ging zurück zur Frontseite des Hauses, wo Moritz gerade seine Hand in den Briefkastenschlitz der Haustür gesteckt hatte.
„Wir sind drin, Moritz, komm!“
„Ah, gut!“, hauchte Moritz zurück. Scheinbar hatte er einige Probleme mit seiner Hand im Briefkasten, nur mit Mühe konnte er sich befreien. Schließlich folgte er Olivia, die bereits dabei war, durch den Keller in das Haus einzusteigen.
Obwohl es auch draußen dunkel gewesen war, dauerte es eine Weile, bis sich Olivias Augen an die massive Finsternis im Keller gewöhnt hatten. Offenbar waren sie in Meerstadts Weinkeller gelandet. Die Wände schienen von oben bis unten von Flaschenregalen eingenommen zu werden. Vorsichtig öffneten sie die Tür zum Nebenraum. Dort befand sich die riesige Anlage einer elektrischen Eisenbahn.
„Wenn der Herr Professor Wein trinkt, lässt er danach noch die E-Lok raus“, lästerte Moritz.
An der Anlage vorbei schlichen sie die Kellertreppe nach oben ins Erdgeschoss. Vorsichtig durchsuchten sie in der Dunkelheit die Räumlichkeiten, doch sie wurden nicht fündig. Küche, kleines Bad, Wohnzimmer. In keinem davon stand ein Computer. Sie mussten ein Stockwerk weiter nach oben, bis sie schließlich Meerstadts Arbeitszimmer fanden. Vorsichtshalber durchsuchten sie noch die anderen Räume und stellten erleichtert fest, dass sie

definitiv allein im Haus waren. Soweit Olivia im Dunkeln sehen konnte, war das Arbeitszimmer ähnlich ausgestattet wie das Büro an der Universität. Neben der Sitzecke aus Chesterfieldmöbeln fiel ihr in der Dunkelheit sofort der riesige Holzschreibtisch auf. Auf ihm stand ein vorsintflutlicher Monitor, unter ihm ein klappriger PC.

„Das hatte ich vermutet, der steht nicht so auf Computer", kommentierte Moritz die veraltete technische Ausstattung.

„Genau wie du", gab Olivia zurück.

Moritz kramte aus seiner Jacke eine externe Festplatte hervor, während Olivia zum Schreibtisch eilte, um den Computer einzuschalten. Kaum hatte der Rechner gestartet, begann er auch schon laut zu surren. Beide Kommissare erschraken. Sie hielten kurz die Luft an.

„Den müsste man mal entstauben oder ihm einen neuen Ventilator einbauen", bemerkte Olivia fachmännisch.

Der Computer surrte derart laut, dass er alles dominierte. Hätten sie noch andere Geräusche wahrnehmen wollen, hätten diese richtig auffällig sein müssen. Wieder beschlich Olivia ein ungutes Gefühl und das schlechte Gewissen, weil sie einfach so in dieses Haus eingedrungen waren. Ungeduldig wartete sie, bis der Rechner endlich hochgefahren war.

„Wir müssen schnell machen, ich hab Bauchweh dabei."

Moritz nickte. Sobald der Rechner lief, drückte er Olivia die Festplatte in die Hand.

„Du machst das besser."

Sie schloss die Platte an und kopierte alle Daten vom Rechner darauf, ohne eine Vorauswahl zu treffen, was

viel zu zeitaufwendig gewesen wäre. Ohnehin zeigte der Fortschrittsbalken an, dass es 15 Minuten dauern würde, bis alle Dateien kopiert sein würden. Olivia und Moritz hockten nebeneinander am Boden und warteten.
„Wo bin ich da nur hineingeraten", fragte sich Olivia im Stillen. Die 15 Minuten waren ihr viel zu lang. Sie wurde immer unruhiger.
„Wir hätten das nicht tun sollen, Moritz", versuchte sie ihrem Unmut laut Luft zu machen.
„Zu spät", entgegnete er kurz und knapp.
Eine Weile saßen sie schweigend nebeneinander. Als der Kopiervorgang nur noch fünf Minuten dauerte, wurde Moritz umtriebig.
„Ich schau mich schnell mal um", warf er Olivia zu und verschwand aus dem Zimmer, ohne ihre Antwort abzuwarten.
Jetzt war sie richtig angefressen, und zwar nicht nur, weil Moritz sie in diese Situation gebracht hatte und nun auch noch alleine ließ, sondern vor allem, weil sie der Aktion nicht hatte widerstehen können. Die letzten 60 Sekunden erschienen ihr besonders lang. Der Forschrittsbalken zählte langsam auf 0. Olivia hatte das Gefühl, dass dabei noch einmal eine Ewigkeit verging. Wo blieb außerdem Moritz? Wo steckte er?
So lange konnte es doch nicht dauern, einen Blick in die anderen Zimmer zu werfen.
Als sie alle Dateien auf der externen Festplatte hatte, meldete sie diese ab, zog das Kabel heraus und fuhr den krächzenden Computer herunter. Endlich war es wieder mucksmäuschenstill.

Vorsichtig erhob sich Olivia und verstaute die Festplatte in der Bauchtasche ihres Hoodies. Sie verließ Meerstadts Büro und warf einen Blick in die anderen Räume des Stockwerks.
„Moritz? Bist du da?“, flüsterte sie, doch nichts rührte sich. Was für ein Idiot! Warum musste ihr Herr Kollege ausgerechnet jetzt verschwinden, wo die Mission fast glücklich über die Bühne war? Sie hatten die Daten von Meerstadt auf ihrer Festplatte und mussten nur noch verschwinden. Wo war Moritz? Fast befürchtete sie, dass er sich im Weinkeller aufhielt, doch verwarf sie diesen Gedanken schnell wieder. So dreist würde selbst er sich nicht verhalten. Sie suchte das obere Stockwerk genau ab. Als sie ihn nicht fand, ging sie vorsichtig die Holztreppe nach unten. Eine Stufe knarrte leicht, als sie darauftrat. Olivia erschrak über ihr eigenes Geräusch. Unten angekommen, bog sie in die Küche ab – und schaute in den Lauf einer Pistole.
„Stehen geblieben!“
Das Licht zweier Taschenlampen leuchtete ihr direkt in die Augen und blendete sie.

***

Nach einem langen Tag saß Fatih Üstbas noch immer über dem Datenmaterial, das seine Spurensicherer gesammelt hatten. Er hatte inzwischen die Obduktion an der zweiten Leiche durchgeführt, doch keine neuen Erkenntnisse erhalten. Nach wie vor war er nicht davon überzeugt, dass es sich um Selbstmord handelte. Nach der

Obduktion war er schnell einkaufen gewesen, weil seine Frau die Kinder versorgen musste. Sein jüngster und sein mittlerer Sohn hatten die Windpocken. Ausgerechnet an so arbeitsintensiven Tagen wurden die Kleinen immer krank. Vor allem deshalb wollte er sich so wenig wie möglich zu Hause aufhalten.

Im Büro hatte er sich alle Fotos durchgesehen, die die japanischen Touristen von der Leiche des Hausmeisters geschossen hatten: Auf keinem davon konnte er einen Hinweis erkennen, der ihm weitergeholfen hätte. Anschließend ging er die Fotos und Handy-Videos durch, die die Kollegen von der Graduierungsfeier gespeichert hatten. Vielleicht ließ sich ja feststellen, ob eine Person die Veranstaltung vorzeitig verlassen hatte.

Fatih betrachtete die Bilder. Es waren immer wieder dieselben Gesichter darauf zu sehen. Die Doktoranden grinsten um die Wette und nutzten die Gelegenheit, einmal in ihrem Leben in Talaren abgelichtet zu werden. Er klickte die Dateien durch. Schließlich landete er bei den Handy-Filmen. Gleich der erste Film zeigte den Einzug der Doktoranden und wie sie vorne in den ersten Stuhlreihen Platz nahmen. Fatih war restlos fasziniert. Die Veranstaltung war wirklich durchritualisiert. Jeder wusste genau, was er zu tun hatte, jeder kannte seinen Platz. Auf den ordnungsliebenden Deutsch-Türken machte das großen Eindruck. Den Studenten folgten die Professoren, die sich hinter ihnen niederließen. Nur Professor Anja Kugler, die Initiatorin und Sprecherin der Graduiertenschule, ging nach vorne ans Pult, um ihre Begrüßungsworte zu sprechen.

Fatih hielt den Film kurz an. Was fummelte die Professorin an ihrem Talar herum? Er war irritiert, bislang hatte alles würdig und sehr geordnet auf ihn gewirkt, doch das passte nicht ins Schema. Er spielte die Stelle noch einmal ab und vergrößerte den Ausschnitt auf seinem Monitor. Es sah so aus, als hätte sie einen Gegenstand unter ihrem Talar verborgen gehabt, den sie nun in das Fach unter dem Pult legte.
Der Leiter der Kriminaltechnischen Untersuchung erinnerte sich an seine Ausbilder, vor allem an seinen alten Mentor, der ihm immer wieder eingetrichtert hatte, dass er das Unmögliche denken und annehmen solle, um hinter die Geheimnisse seiner Fälle zu kommen. Er grübelte. Was wäre, wenn Anja Kugler hier den Gegenstand versteckte, nach dem er die ganze Zeit suchen ließ. Den goldüberzogenen Gegenstand, mit dem Schönburg schwer verwundet worden war. Er war überzeugt, dass sie ihn damit verletzt und anschließend den Gegenstand eingesteckt und ihn im Pult deponiert hatte.

***

Olivia wusste nicht, wie ihr geschah. Noch während sie in den Pistolenlauf schaute, kam ein Mann auf sie zu, drückte sie gegen die Wand und legte ihr Handschellen an. Sie versuchte sich zu wehren, hatte jedoch keine Chance.
„Kriminalpolizei Mannheim! Bitte lassen Sie mich los!“, schrie sie den Mann an.
Der lachte nur.

„Ja, und wir sind von der Kriminalpolizei Heidelberg!"
Olivia wusste nicht, ob es sich hierbei um einen Scherz handelte oder wirklich um die Kollegen aus der Nachbarstadt. Erst als der Mann sie in Richtung Tür führte und etwas Licht auf sie und ihn fiel, erkannte sie seine Uniform.
„Kommt schon! Wir sind Kollegen. Kriminalhauptkommissarin Olivia von Sassen aus Mannheim. Wir haben hier in einem Fall ermittelt!", beschwerte sie sich.
„Das kann jeder behaupten. Haben Sie eine Dienstmarke? Nein? Also."
„Sehr witzig!", ärgerte sich Olivia, deren Hände hinter ihrem Rücken überkreuzt waren. Sie kam unmöglich an ihren Dienstausweis.
„Hawwe Sie de Oibrescher?", fragte auf einmal eine Stimme, die sie vorher noch nicht gehört hatte.
„Ja, wir haben sie. Dank wachsamen Menschen wie Ihnen!"
„Ich bin keine Einbrecherin. Wenn Sie mir bitte die Handschellen abnehmen würden, könnte ich mich ausweisen."
Doch dem Heidelberger Kollegen war das egal. Er und sein Begleiter mit der Pistole bedankten sich bei dem älteren Herrn, der offensichtlich als eine Art Concierge auf die Häuser des Hofes aufpasste. Sie gaben ihm den Generalschlüssel für das Haus zurück und schoben Olivia in Richtung Tor, vor dem ein Einsatzwagen stand.
Wahrscheinlich haben sie Moritz auch erwischt. Oder hat er sich irgendwo im Haus versteckt? Der Einsatzwagen versperrte die gesamte Ingrimstraße. Zum Glück war niemand unterwegs, sonst hätte der Einsatz wahrscheinlich

ein Verkehrschaos in der Altstadt und gewaltige Aufmerksamkeit ausgelöst. Einer der Polizisten schob Olivia an den Wagen, öffnete die Tür und setzte sie hinein. Zu ihrer Überraschung fand sie Moritz in bester Laune auf dem Rücksitz vor.

„Olivia!“, rief er aus. Scheinbar war es ihm peinlich, sie vor den Heidelberger Kollegen „Prinzessin“ zu nennen, obwohl ihm das sonst nie peinlich war.

„Moritz!“, entgegnete sie im gleichen Tonfall, weil sie nicht wusste, was sein Aufruf zu bedeuten hatte. Die beiden Polizisten stiegen vorne ein. Neben Moritz saß ein weiterer Beamter.

„Das ist meine Kollegin“, sagte er zu diesem und fuchtelte dabei mit den Händen herum. Ihm waren die Handschellen entweder erst gar nicht angelegt oder schon wieder abgenommen worden.

„Kannst du dir vorstellen, dass das der alte Partner meines alten Partners Fritz Such ist? Wenn ich Euch bekanntmachen darf: Günther Stachowski, Olivia von Sassen.“

„Ihr seid tatsächlich keine Einbrecher?“, bemerkte der Polizist auf dem Beifahrersitz.

„Nein, das ist Moritz Martin aus Mannheim. Die beiden ermitteln hier undercover in einem Mordfall“, erklärte Stachowski.

„Verstehe“, gab der Beifahrer zu.

„Schön für Euch. Jetzt wo wir das geklärt haben, könnte mir vielleicht jemand die Handschellen abnehmen?“

„Selbstverständlich!“

Stachowski griff über Moritz hinweg zu Olivia, die den

beiden den Rücken zudrehte, damit der Heidelberger Kollege gut an die Handschellen herankommen konnte. Schließlich war sie befreit.

„Danke!"

„Keine Ursache!"

Sie atmete tief durch und blickte aus dem Fenster. Welche Folgen die Aktion zeitigen würde, war ihr völlig schleierhaft. Immerhin waren sie im Besitz von Meerstadts Daten und konnten diese nach Spuren abgleichen. Gleichzeitig hatten sie gegen mehrere Gesetze verstoßen, an die sich auch die Kriminalpolizei halten musste und das machte Olivia ein bisschen nervös.

„Stachowski, ich muss dich noch um einen Gefallen bitten."

„Schieß los, Kumpel!"

Olivia befürchtete, dass Moritz ihn nun überreden wollte, den Vorfall zu verschweigen. Es wäre typisch für ihn. Doch auch wenn sie sich wünschte, dass keiner von diesem Einbruch erfahren würde, verlangte sie ihren Moralvorstellungen entsprechend, dass man für Vergehen, die man begangen hatte, auch bestraft wurde. Das galt für Moritz genauso, wie es für sie selbst und für jeden anderen galt.

„Stachowski", fing Moritz an, „du weißt doch wie die Sachlage ist. Wir haben unsere Information, die wir dringend benötigten. Das war genau genommen kein Einbruch. Wir haben auch nichts zerstört."

„Du willst, dass wir den Vorfall unter den Teppich kehren?"

„Du sagst es."

Günther Stachowski schaute nach vorn, um festzustellen, ob seine beiden Kollegen irgendetwas sagen wollten.
„Wir hören nichts, Stachowski, der Motor ist so laut. Is was?“, bemerkte der Fahrer.
Ihr Kollege nickte zufrieden.
„Ich trag dann Fehlalarm ein“, sagte er zu Moritz.
Olivia konnte es nicht fassen. Da regten sich alle über die Korruption in Griechenland und anderen Ländern auf, dabei war es hier in ihrem eigenen Revier auch nicht viel anders.
„Wir sollten das nicht tun!“, beschwerte sie sich bei Stachowski und Moritz.
Die Antwort der beiden kam wie aus einem Mund: „Wir hören nichts, der Motor ist so laut. Is was?“
Olivia wandte sich an den Fahrer.
„Bitte, so können wir das nicht machen!“
Doch auch der Fahrer schien seine Meinung nicht ändern zu wollen.
„Motor ... laut ... Was?“, brüllte er, „Wo darf ich die Mannheimer Kollegen rauslassen?“
„Nähe Uniplatz“, schoss Moritz heraus.
Olivia gab auf. Sie war zu müde und zu angestrengt, als dass sie noch etwas gegen die vier Kollegen erwidern konnte. Vielleicht war die Vertuschung der Aktion tatsächlich besser. Wenn herauskommen würde, dass zwei Mannheimer Polizisten in Heidelberg einen Einbruch verübt hatten, würde sicher ein Disziplinarverfahren gegen sie eingeleitet werden. Sie würden das Verfahren verlieren und wahrscheinlich auch ihre Position, der Aufklärung der Uni-Morde würde es extrem schaden. Wer weiß,

was dort noch alles passierte, wenn sie nicht zügig weiterermitteln konnten. Also schwieg sie schweren Herzens und schaute aus dem Fenster.

Der Fahrer lenkte den Wagen über den Oberen Faulen Pelz, wo sich auch das Heidelberger Gefängnis befand. Komisch, mitten in der Stadt gefangen zu sein, wo all die Touristen hinströmten und sich Studenten und Kneipengänger die Nächte um die Ohren schlugen. Plötzlich fiel ihr der alte Mann wieder ein.

„Und was machen wir mit dem alten Mann, der Euch verständigt hat?"

Günther Stachowski drehte ihr langsam sein Gesicht zu. „Das kriegen wir schon hin. Ich erzähl ihm morgen etwas von einem Ermittlungsfehler in geheimer Mission und absolutem Stillschweigen oder so. Irgendetwas fällt uns schon ein."

„Aha", war alles, was Olivia über die Lippen kam.

Der Fahrer stoppte an der Bushaltestelle Peterskirche und ließ die Mannheimer Kollegen aussteigen.

„Danke, Männer!", verabschiedete sich Moritz. „Wenn Ihr mal in der großen, bösen Stadt Probleme habt, sagt Bescheid!"

„Wo?", fragte Stachowski augenzwinkernd.

„In Monnem."

Sie lachten und fuhren grüßend davon.

Olivia hatte nicht übel Lust, mit Moritz zu streiten. Er hatte sie in diese ganze Sache hineingeritten. Und sie? Sie war so blöd gewesen, ihm einfach zu folgen. Das wollte sie sich für das nächste Mal merken. Nein, es sollte kein nächstes Mal mit einer solchen Aktion geben!

Schweigend liefen sie zum Auto. Beide waren tief in Gedanken versunken. Erst als sie den Dienstwagen erreichten, unterbrach Olivia die Stille.
„Schau mal, Moritz, du hast einen Strafzettel!"
Entsetzt rannte er um das Auto herum und griff nach dem Ticket.
„30 Euro? Die Heidelberger haben sie doch nicht alle."
Olivia lächelte. Wenigstens bekam Moritz eine kleine Strafe ab. Sie beschloss noch etwas Öl ins Feuer zu gießen.
„Ähm, Moritz? Ich glaube, dass die Heidelberger das Ticket nicht einfach so verschwinden lassen können. Die haben dir bereits einen großen Gefallen getan, einen zweiten werden sie dir nicht gönnen."

***

Es war spät in der Nacht, als Olivia und Moritz nach Mannheim zurückkehrten. Sie waren kaputt und müde. Moritz hatte das Steuer des Wagens wieder Olivia überlassen. Sie hatte die Maxi-Version von Kraftwerks „Fahrn, fahrn, fahrn auf der Autobahn aufgelegt" und genoss die Ruhe um sich herum. Moritz schien zu schlafen, auf der Autobahn war kein Verkehr. Sie hielt sich mit Gedanken an den Fall wach. Mit der einen Hand fasste sie an die Bauchtasche des Hoodie. Die Festplatte war noch da und wartete auf die Auswertung.
„Wir gehen zu mir!", beschloss sie laut, als sie auf der Höhe des Planetariums am Ende der Autobahn und am Anfang der Stadt angelangt waren. Moritz wurde wach.

„Was? Das ist aber mal eine äußerst direkte Anmache!“, kommentierte er. „Früher wurde man immerhin noch gefragt, ob man einen Kaffee trinken möchte.“

„Du Idiot! Wir müssen die Festplatte auswerten!“

„Lass uns das lieber morgen früh machen. Treffen wir uns gegen 8 Uhr im Polizeipräsidium, dann können wir Klose die Ergebnisse um 9 Uhr präsentieren, wenn er ins Büro kommt.“

„Wenn wir uns um 8 Uhr verabreden, erscheinst du um 8.55 Uhr. Nein, wir machen das jetzt!“

Von der Augustaanlage bog sie links in die Schwetzingerstadt ab, wo ihre Wohnung lag. Sie parkte den Dienstwagen und achtete darauf, dass sie nicht wieder auf einem Privatparkplatz stand. Dann ging sie mit Moritz in ihre Wohnung. Als wäre die Festplatte der Heilige Gral, stellte Olivia sie vorsichtig auf ihren Schreibtisch und schloss sie an ihren Rechner an.

„Ich mach uns beiden Kaffee, während der Rechner hochfährt. Wenn er schneller ist als die Kaffeemaschine, durchsuch schon einmal die Dateien“, bat sie Moritz, der gerade seine Lederjacke vorsichtig über den Schreibtischstuhl legte. Olivia verschwand in die Küche.

Nach fünf Minuten kehrte sie mit zwei Tassen Kaffee zurück und musste feststellen, dass Moritz schlief. Er hatte sich auf ihre alte Couch gelegt und zur Seite gedreht. Sein gleichmäßiges Atmen verriet Olivia, dass er schon tief in Morpheus’ Armen ruhte. Sie nahm eine Decke und legte sie über ihn.

Tja, dann musste sie eben den Kaffee ganz allein trinken. Sie stellte die beiden Tassen auf den Schreibtisch und begann die Dateien durchzuschauen. Nach einer Weile beschloss sie, es sich lieber mit dem Notebook im Bett bequem zu machen und dort weiterzusuchen, immerhin war sie verdammt lange auf den Beinen gewesen. Sobald sie sich in die weichen Kissen sinken ließ, fiel die ganze Last des schweren Tages von ihr ab und sie begann allmählich, sich zu entspannen. Obwohl sie merkte, dass ihr Körper schlafen wollte, zwang sie sich, die Dateien weiter zu durchsuchen. Es war ein mechanisches Suchen, eigentlich nahm sie schon gar nicht mehr richtig wahr, was da auf dem Bildschirm auftauchte. Als sie tatsächlich irgendwann auf einen Dateiordner stieß, der „Schönburg" hieß, war sie froh, hatte aber keine Kraft mehr weiterzumachen und schlief tief und fest ein.

***

Auch der Schatten war noch wach. Er grübelte, ob es notwendig sein würde, noch einen dritten Menschen zu töten, um sein Geheimnis zu bewahren. Unruhig war er deshalb den ganzen Abend auf und ab gegangen. Schließlich fasste er den Entschluss, zu warten und herauszufinden, was dieser dritte Mensch wusste. Wenn er sein Geheimnis nicht kannte, würde er ihn am Leben lassen. Nicht, weil er Angst vor dem Töten hatte oder jemanden verschonen wollte, er mochte nur keinen Fehler machen, der die Polizistin und ihren Kollegen auf seine Spur brachte.

Die Schattengestalt leerte den Rest ihres Weinglases in einem Zug. Als sie schließlich so müde war, dass sie sich hinlegen musste, ging sie zu Bett und schlief sofort ein. Doch auch im Traum beschäftigte sie sich mit den Ereignissen der letzten Tage. Ihr kamen immer wieder die Bilder der vergangenen Stunden hoch. Sie sah, wie hilflos Schönburg vor ihr gelegen und wie er ihr in die Augen geschaut hatte, als sie ihn aus dem vierten Stock stieß. Dann sah sie den gierigen Hausmeister neben sich auf der Kirchenbank sitzen. Er wollte Geld vom ihr. 10.000 Euro. Das war zwar viel Geld, aber es war keine Summe, für die man sein Leben riskieren sollte. Der Hausmeister tat es trotzdem. Und er verlor nicht nur das Geld, sondern auch sein Leben. Wie töricht von ihm.

Der Hausmeister hatte wohl keine Ahnung, auf wen und was er gestoßen war. Er hatte auch keine Ahnung, wie entschlossen sie war, sein Geheimnis auch vor ihm zu verteidigen. Die Gier hatte den Hausmeister blind gemacht. Erst als sie deutlich machte, dass sie ihm keinesfalls das Geld geben werde und es ihr todernst damit war, ihr Geheimnis zu hüten, hatte Beck scheinbar gemerkt, auf welches Spiel er sich eingelassen hatte. Er hatte sich ganz gewaltig verspekuliert.

Seinem Blick nach zu urteilen, waren die zwei Sekunden vor seinem Tod die zwei klarsten Sekunden im Leben des Hausmeisters gewesen. Beck musste schließlich erkannt haben, mit wem er sich angelegt hatte. Er musste gewusst haben, was der Schatten tun würde und dass ihm keine Zeit mehr blieb, sich dagegen zu wehren. Er hatte sich dem Schatten und seinem eigenen Schicksal hingegeben.

Die Schattengestalt wachte wieder auf und lag eine Weile wach. Nein, es war noch nicht zu spät, sie konnte noch herausfinden, ob ihr Geheimnis der dritten Person bekannt war.

dritter tag

Am nächsten Morgen stand Olivia wie gewohnt um 7 Uhr auf und duschte. Danach leerte sie die beiden noch fast vollen Kaffeetassen der letzten Nacht ins Spülbecken und setzte neuen auf. Ohne Kaffee ging für sie um diese Uhrzeit überhaupt nichts, denn im Grunde war sie keine Frühaufsteherin, sie hatte sich über die Jahre nur dem allseits üblichen Arbeitsrhythmus angepasst. Während sie in der Küche hantierte, rief sie mehrmals nach Moritz, der ihr zwar immer antwortete, dass er gleich aufstehe, so wie sie ihn aber einschätzte, es nicht tun würde. Ein Blick in ihr Wohnzimmer zeigte ihr, dass sie recht hatte. Er rührte sich kein Stück. Als sie in der Küche fertig war, versuchte sie es mit drastischeren Mitteln. Zuerst schüttelte sie ihn kräftig, dann zog sie ihm die Decke weg. Doch als auch das nichts brachte, machte sie ihre Hände nass und spritzte ihm einige Tropfen ins Gesicht. Er schreckte auf.

„Was? Was los?", waren seine ersten Worte. Er blinzelte und brauchte eine Weile, um festzustellen, dass er bei Olivia übernachtet hatte.

„Wieso bin ich hier?", fragte er erstaunt.

„Unser Einsatz in Heidelberg letzte Nacht?"

„Der Einbruch ...", murmelte er vor sich hin und erinnerte sich nun scheinbar an die letzte Nacht.

Olivia stellte ihm seinen Kaffee direkt unter die Nase.
„Hier, trink den, der macht dich wach. Duschzeugs hab ich dir hingelegt."
„Welcome to the Hotel Olivia. Hier übernachte ich öfter", grinste Moritz müde und nahm einen großen Schluck.
„Untersteh dich", antwortete diese und fragte sich, warum sie seine Wohnung noch nie gesehen hatte. Vielleicht wegen des blonden Mädchens? Moritz hütete ein Geheimnis, dessen war sie sich sicher, denn bei bestimmten Themen baute er eine Festung um sich. Nur gemach, sie würde das schon noch herausfinden.
Während Moritz vorsichtig ins Bad schlich, setzte sich Olivia wieder an ihr Notebook und verdrängte die Gedanken an ihren Kollegen. Es gab Wichtigeres zu tun. Sie klappte den Deckel ihres Rechners auf und sah das, was sie gestern Nacht mit letzter Kraft entdeckt hatte, bevor sie eingeschlafen war: den Ordner Schönburg.
Die restliche Erschöpfung, die sie zuvor noch im Körper gespürt hatte, war augenblicklich verschwunden. Ihre Neugierde war geweckt. Der Einbruch schien sich gelohnt zu haben. Nervös und aufgeregt, klickte sie auf den Ordner, um ihn zu öffnen. Nun bot sich ihr ein Blick in das Chaos von Meerstadts Dateien. War er sonst offensichtlich ordentlich, legte er seine Daten vollkommen wirr ab und benannte sie zudem nicht sonderlich griffig. Olivia ging der Reihe nach von oben nach unten durch, während sie das Plätschern der Dusche aus dem Bad hörte. Die erste Datei war eine Masterarbeit, die bei Meerstadt angefertigt worden war. Das besagte das Titelblatt. Meerstadt hatte mit „Änderungen sichtbar machen"

ganze Paragraphen rot markiert und allerlei Bemerkungen an die Seite geschrieben. Sie klickte zwei weitere Dateien an, die im Grunde ähnlich waren. Ihr sagte das alles nichts. Zumindest half es ihr für den Moment nicht weiter. Die Dateien konnten korrigierte Abschlussarbeiten sein oder auch Fälschungen von ihm oder Schönburg, der Unterschied war für sie nicht zu erkennen. Die Kriminaltechnische Untersuchung würde sich im Laufe des Vormittags damit beschäftigen müssen. Trotzdem wühlte sie weiter und stieß schließlich auf eine Datei, die den Namen „Dorothee Haber" trug. Das war doch die Doktorandin, mit der sich Moritz gestern getroffen hatte. Neugierig öffnete Olivia auch diese Datei. Wie schon bei den anderen Dateien waren auch hier überall Anmerkungen eingebracht und Passagen markiert worden. Doch entweder die Datei oder der Text war unvollständig. Vielleicht hatte sie Meerstadt bislang nur einen Teil ihrer Arbeit vorgelegt?

Olivia hatte vorerst genug gesehen. Sie packte die Festplatte für die Kollegen von der Kriminaltechnischen Untersuchung ein, die ihr möglichst schnell eine Auswertung liefern sollten. Als Moritz aus dem Badezimmer kam, zog sie ihn samt nassen Haaren sofort aus der Wohnung.

„Wir müssen ins Präsidium!"

Er protestierte nicht. In schnellem Schritt rannten sie zu ihrem Dienstwagen.

„Was ist los?", fragte Moritz auf der Straße.

„Es gibt tatsächlich eine Verbindung von Meerstadt zu Schönburg. Meerstadt hat einen Ordner mit dem Namen

des Toten angelegt, in dem er etliche Dateien gesammelt hat. Wahrscheinlich sind dies alles gefälschte Arbeiten."
Sie stiegen in ihren Wagen ein.
„Und wenn Meerstadt später mit seinem Zug aus München kommt, sind wir am Bahnhof und fangen ihn ab", verkündete Moritz, „Darauf freu ich mich schon!"
Olivia antwortete ihm nicht, sondern stieg auf das Gaspedal und fuhr mit quietschenden Reifen davon.
Moritz sah seine Kollegin kopfschüttelnd und grinsend von der Seite an.

***

Anja Kugler wachte langsam auf. Sie blinzelte. Ihr Blick wanderte durch das Fenster ihres Schlafzimmers zu den Wolken über Mannheim. Schwer und tief hingen sie über der Stadt und verliehen ihr ein beengendes, bedrückendes Morgenlicht. Die Stadt war rundum eingehüllt und verpackt, so als gäbe es keinen Weg hinaus aus ihr. Anja kannte dieses Wetter nur allzu gut. Wann immer sie unter einem solchen Himmel stand, fühlte sie sich, als würde sie sich in einer Halle befinden. So künstlich wirkte das Licht, so dicht wirkten die Wolken auf sie. Manchmal liebte sie diese Empfindung, dann fühlte sie sich dem Himmel nah, doch heute drückte das Wetter auf ihre Stimmung. Am liebsten wäre sie die ganze Woche im Bett geblieben und hätte sich von den Strapazen der letzten Woche erholt. Nach den Todesfällen an der Universität wollte sie sich einfach nur zurückziehen. Unvermittelt kam ihr ein anderer Gedanke. Sie musste raus aus der

Stadt. Vielleicht sollte sie einen Ausflug nach Heidelberg machen oder in die Pfalz fahren? Oder noch weiter weg? In das Elsass oder in die Schweiz?
Das Gedankenkarussell drehte sich immer wilder und hektischer, bis sie schließlich ganz wach war. Mit der rechten Hand strich sie über die andere Seite des Bettes, doch sie griff ins Leere. Wo war er, fragte sie sich.
„Schatz?"
Es war warm und gemütlich im Bett. Deshalb beschloss sie, nicht aufzustehen und nach ihm zu suchen, sondern für wenige Momente noch einmal die Augen zu schließen und die Ruhe zu genießen. Sie dämmerte eine Weile vor sich hin, nahm dann aber Kaffeegeruch wahr, der allmählich den Raum füllte. Als sie die Augen öffnete, sah sie eine große Tasse mit frisch gebrühtem Kaffee direkt an ihrem Bett stehen.
„Danke, Schatz."
Er setzte sich zu ihr auf den Bettrand, während sie an dem heißen Getränk nippte.
„Ich rufe gleich meine Sekretärin an und sage ihr, dass ich von zu Hause aus arbeite", erklärte Anja Kugler als sie den zweiten Schluck nahm, „dann drehen wir noch eine Runde im Bett."
Sie schaute ihn verliebt an und geriet ins Schwärmen: „Oder sollen wir die Koffer packen und für das Wochenende weit weg verreisen? Weit weg von dieser Stadt. Weit weg von der Universität. Nur wir beide."
„Ein Kurzurlaub? Bei diesem stürmischen Wetter?", fragte er.
„Genau. Und nach einem langen Spaziergang ziehen wir

beide uns zurück unter die Decke und machen das, was wir heute Nacht gemacht haben. Immer und immer wieder."

„Daraus wird nichts, Anja." Er seufzte, nahm ihr die Tasse aus der Hand und trank selbst einen Schluck, bevor er fortfuhr. „Es ist Schluss, Anja. Das war unsere letzte Nacht." Christian Wiese sagte es mit kalter Stimme und gab Anja Kugler ihren Kaffee zurück.

Die Worte hallten durch den Raum, als hätte er mit einem Megaphon gesprochen.

***

„Moritz! Wie sehen Sie denn aus? Ihre Haare sind noch nass, und Sie tragen dieselbe Kleidung wie gestern! So können Sie hier nicht zum Dienst erscheinen! Was in Gottes Namen haben Sie getrieben?"

Dr. Klose war außer sich. Er stand hinter seinem Schreibtisch und blickte Olivia und Moritz wütend an.

„Ich erwarte von Ihnen Disziplin und Einsatz! Wir haben in zwei Mordfällen zu ermitteln."

„Ich kann das erklären", versuchte sich Moritz zu verteidigen, doch Dr. Klose ließ ihn nicht aussprechen.

„Hier habe ich eine Notiz von den Kollegen aus Heidelberg. Mit denen ist nicht gut Kirschen stehlen! Das wissen Sie doch."

Olivia und Moritz wechselten schnell einen Blick. Beide wurden kreidebleich. Die Heidelberger hatten sie doch gemeldet. Verdammt!

Olivia ärgerte sich, dass sie sich auf einen der sogenannten Pläne ihres Kollegen eingelassen und den Heidelberger Kollegen vertraut hatte. Sie hatten Mist gebaut und sollten eigentlich dafür geradestehen. Und wenn sie Dr. Kloses Geste richtig verstand, dann würde er ihnen gleich die Leviten lesen.

„Sie wissen alle, und eigentlich sollte ich es nicht wiederholen müssen“, begann Dr. Klose mit ernstem Ton, „dass ich von meinen Ermittlern Anstand verlange und kein Fehlverhalten dulde. Das kommt mir nicht ins Haus!“

Er schaute sie alle scharf an, und Olivia fühlte sich wie ein Kind, das den Anordnungen der Mutter nicht gefolgt war.

„Das hier ist etwas, was ich nicht dulde!“, zischte Klose und hob eine Faxkopie in die Höhe. „Dreistes Falschparken in der Heidelberger Altstadt! Mitten auf dem Universitätsplatz! Glauben Sie, ich weiß nicht, was Sie da getan haben?“

Olivia war verwirrt. War das alles? Schnell schaute sie zu Moritz, der Kloses Blick standhielt und deshalb ihren nicht erwidern konnte. Ihr Chef machte eine bewusst lange Pause, während der Olivia viele Gedanken durch den Kopf schossen. Was wusste er? Wusste er von ihrem Einbruch oder nicht? Sie begann zu schwitzen und sich unwohl zu fühlen. Schnell senkte sie ihren Blick und wagte für einen Moment lang nicht, Dr. Klose anzuschauen. Dieser schwieg jetzt.

„Sie meinen, dass ich in der Heidelberger Altstadt einen draufgemacht habe?“, fing Moritz an. „Da sind Sie aber falsch informiert!“

„Ja, genau das meine ich! Wie sonst erklären Sie sich all

das? Den Strafzettel, die Uhrzeit, Ihr Aussehen?“
Klose stand auf. Er kochte, das konnte Olivia spüren. Bei all dem, was gestern schiefgegangen und jenseits des Erlaubten gewesen war, hatten sie doch eine Menge herausgefunden, was zur Lösung des Falles beitragen konnte. Diesen Triumph wollte sie sich nicht nehmen lassen und beschloss einzuschreiten.
„Es gibt eine andere Erklärung“, unterbrach Olivia die beiden Männer. „Wir waren gestern bei einem Informanten in Heidelberg, der nicht genannt werden will. Wir hatten durchaus die Absicht gehabt, ordentlich zu parken, aber sie wissen doch, wie dort die Verkehrssituation ist.“
„Das weiß ich in der Tat“, gab Klose klein bei.
„Von diesem Informanten haben wir einige Neuigkeiten, auf die wir uns konzentrieren sollten. Herr Martin hat danach die ganze Nacht mit der Analyse eines Datensatzes zugebracht. Er war garantiert nicht zum Spaß unterwegs“, fuhr Olivia fort.
„So? War er das nicht?“
Moritz schüttelte den Kopf.
„Was haben Sie herausgefunden?“, wollte Klose nun wissen.
Olivia sah Moritz auffordernd an.
„Schönburg fälschte Dissertationen und andere wissenschaftliche Arbeiten. Dafür haben wir mehrere Beweise. Er fungierte in verschiedenen Fächern und bei unterschiedlichen Doktoranden als Ghostwriter. Professor Meerstadt stand mit ihm in irgendeiner Verbindung. Vielleicht hat er seine Studenten bewusst in die Arme des Ghostwriters getrieben, damit beide abkassieren konnten.

Wir vermuten, dass es schließlich zwischen beiden Männern zu einer Konfrontation gekommen ist, die für Schönburg tödlich endete", erklärte Moritz.
„Im Moment analysiert die Kriminaltechnische Untersuchung den Rest der Daten. Die Beweise legen wir Ihnen später in aller Ruhe vor. Nun sollten wir aber gleich zum Bahnhof, weil Meerstadt mit dem ICE um 10.30 Uhr aus München zurückkehrt", fügte Olivia hinzu.
„Das passt zu Schönburgs Kontobewegungen, die ich überprüfen ließ", merkte Dr. Klose an. „Er hat zwar nicht regelmäßig Honorare erhalten, wenn er aber Bargeld auf sein Konto einzahlte, waren es meist Summen im vier- und fünfstelligen Bereich. Ich gehe davon aus, dass dies Honorare für seine Fälschungen sein könnten." Dr. Klose kratzte sich am Kinn und ließ sich auf seinen Schreibtischstuhl fallen. „Ein Ghostwriter. Das ist ein Riesending!" Er sammelte sich wieder. „Gut, bringen Sie Meerstadt ins Polizeipräsidium. Er wird uns einige Fragen beantworten müssen."
Olivia nickte und stand auf. Moritz folgte ihr. Gerade als beide aus der Tür gehen wollten, hielt Dr. Klose Moritz für einen Augenblick zurück.
„Eines noch. Den Strafzettel müssen Sie selbst bezahlen. Den können wir nicht unter den Tisch fallenlassen oder verschweigen, Moritz."
Dieser nickte.

***

Christian blickte in Anjas verweinte Augen. Wie konnte sie so verletzt sein? Jede Beziehung geht nun einmal irgendwann zu Ende – auch die ihrige, das musste ihr doch all die Zeit über klar gewesen sein.

Für ihn begann nun ein neues Leben. Er hatte die beste Forschungsleistung des Jahres abgeliefert und dafür die Post-Doc-Stelle in den Vereinigten Staaten erhalten. Das hatte sie doch gewusst! Oder hatte sie geglaubt, dass sie mitkommen könnte? Oder dass sie die Beziehung über die Distanz aufrechterhalten würden? So naiv würde sie doch nicht sein, das kam nicht in Frage. Die Zeit in Mannheim war gut, so wie sie war, doch jetzt brach ein neuer Lebensabschnitt an. Ein Lebensabschnitt, auf den er sich seit Jahren systematisch vorbereitet hatte.

„Du verstehst das doch, Anja", begann er und streckte seine Hand nach der langen Haarsträhne aus, die ihr quer über der Stirn lag.

Doch Anja Kugler verstand nicht. Sie schlug ihm auf die Hand, sobald er ihr zu nahe kam.

„Du machst doch Witze. Hör auf damit", brach es aus ihr heraus.

„Nein, Anja, unsere Zeit ist vorbei. Ich gehe jetzt." Er stand vom Bettrand auf und warf einen schnellen Blick in den Spiegel. Gut sah er aus.

Während er noch über sich nachdachte, sprang Anja Kugler aus dem Bett. Sie lief drei riesige Schritte zur Schlafzimmertür und drückte diese mit aller Gewalt zu.

„Du willst mich im Ernst verlassen? Das kommt nicht in Frage! Du bleibst hier! Du verlässt mich nicht! Nicht nach allem, was ich für dich getan habe!"

Wiese beachtete sie kaum. Sein Abbild interessierte ihn mehr. Er blickte ihr nicht in die Augen, als er seinerseits auf die Schlafzimmertür zutrat, und stieß sie mit einer einzigen kräftigen Bewegung zur Seite. Anja taumelte, knickte um und stieß sich mit dem Kopf an der Bettkante. Schnell rappelte sie sich wieder auf.

„Du weiß es doch schon seit langer Zeit. Morgen geht das Flugzeug in die USA. Es ist vorbei. Für mich geht das Leben auf einem anderen Kontinent weiter. Tu nicht, als sei dir das nicht klar gewesen, immerhin habe ich diese Stelle dank deiner Auszeichnung als Jahrgangsbester erhalten. Goodbye! Leb wohl!"

Die Verzweiflung stand Anja ins Gesicht geschrieben. Deutlich konnte er sehen, wie ihr bewusst wurde, dass sie ihn nicht aufhalten konnte.

„Du hast mich ausgenutzt, mich manipuliert. Wenn du mich verlässt, gehe ich zur Fakultät und nehme deine Note zurück. Dann bist du erledigt!"

Wiese erstarrte für einen Augenblick. Seine rechte Hand ballte sich zu einer Faust, ein Zittern ging durch seinen Arm, als er sich langsam zu Anja herumdrehte.

„Dann bist du erledigt!", bekräftigte sie.

Er baute sich vor ihr auf.

„Das wirst du schön sein lassen."

Sie richtete sich nun ihrerseits vor ihm auf. Obwohl sie groß war, überragte er sie. Daher beugte er sich zu ihr hinab und hauchte ihr ins Ohr:

„Ich weiß, was du mit Schönburg getan hast. Gehst du zur Fakultät, gehe ich zur Polizei. Und dann bist du erledigt. Nicht ich! Hast du mich verstanden?"

Er schaute sie einen Moment lang drohend an. Dann drehte er sich auf dem Absatz um und verschwand.

***

Olivia und Moritz hatten hinter der Scheibe des Verhörraumes Platz genommen und waren nun gespannt, was das Verhör von Meerstadt bringen würde. Sie konnten das ganze Gespräch über verschiedene Monitore beobachten, sodass ihnen kein Detail entgehen würde.
„Es wäre besser, wenn Klose das Verhör führen würde", darüber waren sich beide einig, denn Meerstadt hatte äußerst gereizt reagiert, als Moritz und Olivia ihn am Bahnhof gestellt und ihn auf die Wache gebracht hatten.
„Ich bin gespannt, ob er unsere Vermutung bestätigt", sagte Moritz.
Meerstadt war Olivia vom ersten Moment an unsympathisch gewesen. Es hätte sie nicht überrascht, in ihm den Mörder zu finden, doch durfte sie ihn nicht frühzeitig verurteilen. Tief im Inneren wünschte sie sich, dass er es war, der Schönburg umgebracht hatte. Das hatte nichts mit ihrer Abneigung gegen ihn zu tun, sondern war der Tatsache geschuldet, dass sie einfach nur den Täter finden wollte, und zwar so schnell wie möglich. Die Vorstellung, dass in der Gesellschaft eine Person unbehelligt weiterleben konnte, ohne dass sie die gerechte Strafe erhielt, war für Olivia nicht akzeptabel. Sie würde sich dies selbst ankreiden. In diesem Fall hätte sie versagt. Nach den kurzen Nächten und den Einsätzen tagsüber fühlte sie ihre Nerven dünn werden und ihre Kraft schwinden.

In diesem Augenblick wurde Meerstadt in den Raum geführt, und Dr. Klose nahm ihm gegenüber Platz. Er hatte die Analyse der Festplatten bei sich. Olivia beobachtete den Professor genau. Seine weiße Haut war purpurfarben angelaufen. Er schäumte innerlich und musste sich mit Sicherheit verletzt fühlen, dass ausgerechnet einem angesehenen Professor wie ihm dies passieren konnte.
Als der Kriminaldirektor mit seinen ersten Fragen begann, wurde Olivia immer unsicherer. Meerstadt schien wirklich und ernsthaft empört, dass man ihn mit den beiden Mordfällen in Verbindung brachte. Im grellen Licht des hellen Raumes konnte man auch durch die Spiegelscheibe deutlich die Äderchen an Meerstadts Schläfe erkennen. In ihm pochte und kochte es wild, aber er behielt die Fassung. Die Krawatte saß nach wie vor an der richtigen Stelle.
„Warum haben Sie sich mit den Doktorarbeiten anderer beschäftigt?“, fragte Dr. Klose geradeheraus.
„Woher glauben Sie das zu wissen?“, entgegnete Meerstadt.
„Wir haben zahlreiche Dateien von Ihrer Festplatte analysiert.“
„Wie sind Sie an die Daten gekommen?“
„Ich stelle hier die Fragen!“, brüllte ihn Dr. Klose auf einmal an. „Sie sind hier nicht an der Universität. Verstehen Sie das?“
Meerstadt schaute ihn beleidigt an. Er war diesen Umgangston in keiner Weise gewohnt. Dr. Klose fuhr fort.
„Falls Sie es noch nicht verstanden haben. Sie werden verdächtigt, die beiden Morde begangen zu haben. Falls Sie

der Täter sind, wird es Ihnen vor Gericht helfen, wenn Sie hier kooperieren. Falls Sie nicht der Täter sind, sollten Sie in jedem Fall meine Fragen beantworten. Also, noch einmal. Warum haben Sie sich mit den Doktorarbeiten anderer beschäftigt?"

Meerstadt rang um Fassung. In diesem Ton war schon sehr lange nicht mehr mit ihm gesprochen worden. Dr. Klose musterte ihn, und Olivia sah, wie Meerstadts Blutdruck weiter anstieg. Schließlich rang er sich durch.

„Wissen Sie, es ist nicht einfach für Professoren. Das Internet, Wikipedia, Copy & Paste. Viele Forschungsarbeiten sind im Internet zu finden und warten scheinbar nur darauf, kopiert zu werden. Abschreiben war noch nie so leicht wie heute."

Er holte tief Luft.

„Ich verlange von meinen Studenten, dass sie sauber arbeiten. Ich will ihre Forschungsleistung haben und nicht die von jemand anderem. Seit einiger Zeit hege ich den Verdacht, dass einige meiner Studenten ihre Arbeiten nicht selbst verfassen. Ich habe nachgeforscht, habe mich bei Online-Plattformen registriert und bin auf Plagiatjagd gegangen. Dabei ist mir der ehemalige Kollege Schönburg ins Netz gegangen. Er arbeitet als Ghostwriter. Meine Identität als Plagiatjäger ist jedoch streng geheim. Ich würde Sie bitten, dies nicht zu kolportieren."

„Haben Sie ihn damit konfrontiert?"

„Nein. Ich sammle noch Beweise. Es geht mir auch nicht um Schönburg, sondern um meine Studenten. Dieser gescheiterte Versager kann von mir aus machen, was er will – oder wollte. Doch er soll meine Studenten nicht mit

seinem Gift verpesten. Er soll ihnen nicht die Möglichkeit eines Plagiats bieten. Bei mir wird sauber gearbeitet!"
Meerstadt hatte sein Geheimnis verraten. Seine Hautfarbe wurde wieder blasser. Das Purpur verschwand, und er wurde wieder so farblos wie zuvor.
Olivia blickte zu Moritz.
„Er war Schönburg also ebenfalls auf der Spur."
Schnell konzentrierte sie sich wieder auf das Verhör, denn Meerstadt war mit seinen Ausführungen noch nicht zu Ende.
„Wissen Sie, wo am unsaubersten gearbeitet wird? An dieser neuen Graduiertenschule. Am Lehrstuhl von Anja Kugler. Dort habe ich mehrere Leute in Verdacht."
Moritz schaute Olivia überrascht an: „Meinen Cousin?"
„Quatsch!"
Olivia schüttelte den Kopf, ohne ihre Augen von Meerstadt zu lassen. Sie glaubte nicht, dass Dennis betrügen würde. Er ging aufrecht durchs Leben. Ihr bereitete etwas ganz anderes Kopfzerbrechen. Erneut war Anja Kuglers Name gefallen. Irgendetwas hatte sie mit diesem Fall zu tun. Nur was?
„Allerdings sollten wir unbedingt noch einmal mit Anja Kugler sprechen. Wenn an ihrer neuen Graduiertenschule geschummelt wurde, dann ist sie vielleicht doch nicht so unschuldig, wie wir bislang glaubten."
Moritz nickte.
Als Dr. Klose aus dem Verhör kam, waren Moritz und Olivia längst unterwegs.

***

Nachdem Christian Wiese ihre Wohnung verlassen hatte, war die Professorin auf die Knie gesunken und einige Zeit auf dem Boden gelegen. Fassungslos hatte sie an die Decke ihres Schlafzimmers gestarrt, weil sie nicht glauben konnte, dass Christian sie gerade verlassen hatte. Natürlich war sie zehn Jahre älter als er, und natürlich waren sie ein eher unnatürliches Paar gewesen, doch sie hatte ihn geliebt. Sie wollte eine Zukunft mit ihm haben, und sie war davon überzeugt, dass ihre Liebe auch die Distanz über den Atlantik verkraftet hätte. Doch nun blickte sie auf die Scherben dieser Liebe.
Mühsam quälte sie sich in die Höhe. In der Wohnung war es kalt, sie zitterte. Mit einem Rest Selbstbeherrschung zog sie Jeans und Pulli an, schlüpfte in ihre Pantoffeln und schlürfte zur Terrassentür. Der Altbau hatte zwei Zugänge zum Garten, einen im Wohnzimmer und einen im Schlafzimmer, was ihr bei der Wohnungswahl besonders gefallen hatte. Langsam öffnete sie die Tür. Grau und trostlos sah es draußen aus. Die tief hängenden Wolken hatten mittlerweile fast die Dächer der Häuser erreicht. Von der Sonne war nichts zu sehen. Einzig einige dünnere Wolkenschichten ließen etwas mehr Sonnenkraft nach Mannheim durch. Anja sog die kalte Luft tief ein. Sie blickte auf die graue Front des Nachbarhauses. Das Wetter spiegelte ihren Gemütszustand wieder.
Gerne hätte sie sich an eine Schulter gelehnt und sich den Ärger von der Seele geredet. Doch hierfür hatte sie in den letzten vier Jahren Christian gehabt, und genau dieser war nun der Grund für den Redebedarf. Und davor? Davor war sie seit dem Studium mit dem Mann zusam-

men gewesen, den sie später geheiratet hatte und von dem sie schließlich geschieden worden war. Auf ihn war sie ihr Leben lang fixiert gewesen. Bereits im Studium hatte sie mit ihm zusammengewohnt. Er war ihr Mann, aber auch ihr bester Freund gewesen. Mit ihm hatte sie gelebt, geliebt und gelitten. Sie hatte sich so sehr auf ihn konzentriert, dass ihr damals alle anderen Menschen egal wurden. Nach und nach hatte sie den Kontakt zu ihrer besten Freundin verloren. Um ihre Eltern, zu denen sie den Kontakt ebenfalls nicht hatte halten können, hatte sich immer ihre Schwester gekümmert. Außer ihrem Beruf hatte einzig ihr Mann eine Rolle in ihrem Leben gespielt. Einige Zeit nachdem dieser sie mit einer Jüngeren betrogen hatte, war Christian in ihr Leben getreten. Auch er war jünger, was ihrem Selbstwertgefühl guttat. Sie konnte das gleiche tun, was ihr Mann auch getan hatte. Sie war keinesfalls schwächer als er.

Die Erinnerung an den Scheidungskrieg holte sie ein, und erneut spürte sie den Schlag, den ihr Stolz abbekommen hatte. Sie durchlebte den Schmerz, ihr Magen zog sich zusammen. Unvermittelt stieg blanke Wut in ihr hoch. Sie spürte, wie hilflos sie sich damals gefühlt hatte, wie minderwertig, wie weggeworfen. Vielleicht hatte sie sich gerade deshalb überstürzt in Christian verliebt. Es kochte in ihr. Heißer und heißer. Wie von Furien gehetzt schaut sie sich um. Ihr Gesicht verzog sich zu einer Fratze, und sie nahm ein paar Kleidungsstücke, die herumlagen, und schleuderte sie an die Wand. Dann ergriff sie die schwere Kerze, die noch vor wenigen Stunden ihr Schlafzimmer in ein sinnliches Licht getaucht hatte, riss sie vom Nachttisch und warf sie hinterher. Das reichte alles noch nicht. In ihr brannte so heftiger Zorn, dass sie den Rahmen der Terrassentür ergriff und sie mit aller Kraft und Wut zuknallte. Die Scheibe der alten Holztür sprang heraus. Anja Kugler war wie in Trance. Wie in Zeitlupe nahm sie die Glasscheibe wahr, die zu Boden fiel und dort mit lautem Knall in ihre Einzelteile zerbarst. Die Splitter flogen wie Funken durch den Raum und brachten sie zu sich.

Sie lief in die Küche, um einen Handfeger zu holen und Ordnung zu schaffen. Die körperliche Tätigkeit entspannte sie ein wenig, und der Schmerz in ihrer Seele ließ etwas nach. Ihre Gedanken wanderten aus der Vergangenheit zurück in die Gegenwart.

Christian ...

Auch er hatte sie nun verlassen. Sie wollte sich diesem Schmerz nicht hingegeben, wollte nicht noch einmal derart wütend werden. Zu sehr war sie über ihren Wutanfall erschrocken. Beruhige dich, Anja, sagte sie zu sich.

In diesem Moment klingelte es.

War das Christian, der wie ein Schoßhund zurückgekrochen kam? Zu Beginn ihrer Beziehung hatte Anja gedacht, dass sie die stärkere Person sei, doch er hatte sich schrittweise verändert. Vom verschüchterten Doktoranden war er zu einem selbstbewussten, aktiven Wissenschaftler geworden. Er müsste eigentlich zu ihr zurückgekrochen kommen, denn er verdankte ihr vieles.

Es klingelte erneut.

Anja Kugler ließ die Kehrschaufel liegen und warf die Schlafzimmertür ins Schloss. Sie rannte zur Wohnungs-

tür und riss sie schwungvoll auf. Es war nicht Christian. Es war die Kriminalpolizei. Schon wieder.
„Hallo Frau Kugler, dürfen wir kurz reinkommen?", fragte die Polizistin.
Der Bruchteil einer Sekunde verging, und Anja Kugler fand, dass sie zu lange zögerte. Schnell fasste sie sich.
„Selbstverständlich Frau von Sassen."
Kaum waren diese Worte verklungen, machte sich Anja Gedanken, weil der Satz möglicherweise unnatürlich geklungen hatte. Sie führte die beiden Kommissare in ihr Wohnzimmer und setzte sich in einen großen Sessel. Olivia und Moritz nahmen ihr gegenüber Platz.
„Frau Kugler", begann Moritz, „wir ermitteln weiter im Mordfall Schönburg/Beck."
„Haben Sie mittlerweile eine heiße Spur?", fragte sie.
„Darüber dürfen wir Ihnen keine Auskunft geben", entgegnete Olivia.
„Wir haben trotzdem ein paar kleine Fragen an Sie", fuhr Moritz fort. „Die Ermittlungen haben ergeben, dass Reinhardt Schönburg Dissertationen fälschte. Nicht nur vereinzelt, sondern im großen Stil. Und wir befürchten, dass er auch für Doktoranden Ihrer Graduiertenschule gefälscht hat. Haben Sie irgendeinen Anhaltspunkt in dieser Richtung? Ist Ihnen diesbezüglich irgendwas aufgefallen?"
Anja Kugler war die Frage unangenehm. Sie kannte ihre männlichen Kollegen, die ihr immer wieder Steine in den Weg gelegt und Gerüchte in die Welt gesetzt hatten.
„Haben Sie wirklich Belege für die Fälschungen? Welcher Doktorand steckt dahinter?"

„Das wollen wir ja von Ihnen wissen. Bislang wissen wir nur, dass Schönburg gefälscht hat. Wer ihn – auch aus dem Kreise Ihrer Doktoranden – entsprechende Aufträge gegeben hat, wissen wir nicht."

„Ich vermute, dass das nur ein Mobbingtrick meiner männlichen Kollegen ist. Viele wollten mich nicht in Mannheim und auf meinem Lehrstuhl haben."

„Frau Kugler, Ihr jahrgangsbester Doktorand –"

„Christian Wiese?"

„Ja, genau der. Er war mit Schönburg liiert. Kommt er für eine Fälschung in Frage?", wollte Olivia wissen.

Der Professorin verschlug es die Sprache. Christian war mit Schönburg zusammen gewesen? Das konnte nicht sein! Sie waren doch seit vier Jahren ein Paar. Das hätte ihr auffallen müssen. Ihr Puls raste wie ein Hamster im Laufrad. Sie verdrängte die Gedanken an Eifersucht und ihre Beziehung mit Christian Wiese, so gut es ging. Schönburg soll Christians Dissertation geschrieben haben? Warum hat er das denn nicht selbst gemacht? Sie hatten doch nächtelang seine Themen und Fragestellungen durchdiskutiert. Sie hatte ihm doch bei jeder Gelegenheit geholfen und ihm die neueste Forschungsliteratur besorgt. War er denn nicht in der Lage gewesen, dies alles selbst zu einer Dissertation zusammenzuführen? Plötzlich fühlte sie sich so leer, so unglaublich leer. Als ob sie nicht mehr in ihrem Körper lebte, sondern sich aus der Vogelperspektive betrachtete und nicht mehr Herr ihrer Handlung war.

„Frau Kugler?", unterbrach Olivia das Schweigen der Professorin.

„Äh, ja. Ich bin über die –“, sie hielt inne. „Ich bin über die Sache restlos schockiert.“ Dass sie vor allem über die Beziehung zwischen Christian und Schönburg schockiert war, verschwieg sie gerade noch rechtzeitig.
„Kommt Christian Wiese für eine Fälschung in Frage?“, wiederholte Olivia.
Anja Kugler schüttelte schnell den Kopf.
„Demnach haben Sie keinerlei Hinweise auf eine entsprechende Fälschung?“, hakte Moritz nach und hoffte, etwas mehr aus der Professorin herauszubekommen.
Diese schüttelte erneut den Kopf.
„Ich muss mir die Arbeit von ihm und den anderen erst in aller Ruhe ansehen“, antwortete Anja Kugler, um Zeit zu gewinnen. „Ich melde mich morgen früh bei Ihnen, falls mir etwas auffällt.“
„Das würde uns sehr helfen“, nickte Olivia. Sie sah die Professorin noch einen Augenblick fest an, um dem Gesagten Nachdruck zu verleihen, und erhob sich schließlich. Moritz tat es ihr gleich.
Nachdem sich die beiden Kommissare verabschiedet hatten, schloss Anja Kugler die Tür hinter ihnen und sackte in sich zusammen. Mit dem Rücken an der Wohnungstür rutschte sie zu Boden, strampelte mit beiden Händen und Füßen und schlug vor Wut auf den Teppich. Nach kurzer Zeit schmerzten ihre Hände. Ihr Körper beruhigte sich, ihre Seele aber brannte. Christian hatte sie verraten und betrogen! Er hatte sie ausgesaugt und zuletzt am Straßenrand liegen lassen.
Die Tränen rannten ihr über das Gesicht. Nur zu gut wusste sie, wie es sich anfühlte, wenn man betrogen

wurde. Aber Christian hatte sie nicht nur als Partnerin betrogen, er hatte sie auch fachlich hinters Licht geführt. All die Energie, die sie verschwendet hatte, um aus ihm einen guten Doktoranden zu machen, war wie weggeblasen. Nichts aus der Zeit, in der sie mit Christian zusammen gewesen war, schien ihr wirklich zu sein. Nun war für sie alles klar. Sie war für ihn ein Werkzeug gewesen, das er eingesetzt hatte, um sein Ziel zu erreichen. Mehr nicht. Ihre Gefühle waren ihm egal gewesen, vollkommen egal. Und auch ihr Fachwissen, ihre Hilfeleistungen und ihre Ideen hatten keine Rolle für ihn gespielt. Für ihn schien nur wichtig gewesen zu sein, dass sie es war, die ihm die Note geben musste. Eine sehr, sehr gute Note. Und um das zu erreichen, hatte er sie ausgespielt. Tag für Tag. Kuss für Kuss. Sie dachte an die Dementoren aus Harry Potter, die den Zauberern die Seele aussaugen sollten. Genau so fühlte sie sich jetzt.

In Gedanken versuchte sie, ihre Beziehung zu Christian Revue passieren zu lassen. Gab es einen Punkt, an dem sie all dies hätte bemerken oder sogar verhindern können? Plötzlich fiel ihr sein Satz vom Vormittag ein:

„Ich weiß, was du mit Schönburg getan hast. Gehst du zur Uni-Leitung, gehe ich zur Polizei."

Sie fragte sich, woher er wusste, was sie mit Schönburg gemacht hatte. Dafür gab es nur eine Erklärung. Er hatte sie beobachtet.

Anja Kugler stand auf und fasste einen Entschluss. Sie lief in ihr Arbeitszimmer, riss den Schreibtischstuhl weg, fegte mit dem Arm über den Tisch, sodass alle Bücher und Schriftstücke zu Boden donnerten, packte einen Fotorahmen, den sie stehen gelassen hatte, und schleuderte ihn zu Boden. Jetzt stand sie hoch über ihrem Opfer. Blitzschnell nahm sie das Briefmesser und holte aus.

***

Olivia und Moritz verließen das schicke Altbauhaus im Lindenhof, in dem Anja Kugler ihre Wohnung hatte. Die Kommissarin hatte ein Stück weit weg um die Ecke geparkt. Da es gerade zu nieseln anfing, waren beide froh, als sie endlich den Wagen erreichten. Olivia drehte den Zündschlüssel um und fuhr los. Als sie schon fast wieder in den Quadraten waren, klingelte plötzlich das Telefon. Es war Fatih. Moritz stellte ihn laut.

„Ladys und Gentlemen, die Kriminaltechnische Untersuchung hält eine kleine Bombe für sie bereit! Wir haben den goldenen Gegenstand gefunden, mit dem Schönburg verletzt wurde!"

„Echt?", entfuhr es Olivia.

„Wo war er?", wollte Moritz wissen.

„In einer Schublade, die sich ihrerseits im Rednerpult der Graduiertenfeier befindet."

Olivias Gedanken begannen sofort zu rasen.

„Wie viele Personen standen an dem Rednerpult? Habt Ihr eine Ahnung, wer den Gegenstand dort hingelegt haben könnte?"

„Um welchen Gegenstand handelt es sich überhaupt?", bremste Moritz den Eifer seiner Kollegin.

„Also, der Reihe nach. Es handelt sich um einen goldenen Briefbeschwerer. Er muss wohl sehr lange auf dem

Schreibtisch gestanden haben, bevor er Herrn Schönburg an den Kopf geschleudert wurde, denn er hat auf eben diesem Tisch einen Abdruck hinterlassen."

„Gute Arbeit! Wessen Schreibtisch ist das?", rief Olivia, die sich weiterhin auf den Verkehr konzentrieren musste.

„Gleich. Es kommt noch besser. Fingerabdrücke haben wir keine gefunden, jemand hat den Gegenstand äußerst penibel poliert. Aber ich hab ein Handyvideo, das beweist, das eine bestimmte Person den Gegenstand in die Schublade gelegt hat – und ihr gehört auch der Schreibtisch."

„Meerstadt?"

„Kugler, Anja Kugler."

„Also doch", sagte Olivia leise vor sich hin, als sie das Lenkrad herumriss und anstatt zum Polizeipräsidium im L 6 zu fahren, in jene Unterführung abbog, die die Mannheimer schlicht den „Suez-Kanal" nannten.

„Danke Fatih, wir schnappen sie uns und bringen sie ins Präsidium", bedankte sich Moritz und legte auf.

Mit Höchstgeschwindigkeit fuhren sie wortlos unter dem verzweigten Schienennetz des Hauptbahnhofes hindurch auf die andere Seite. Als sie den Lindenhof erreichten, brach Moritz das Schweigen.

„Die muss ein ganz schön großes Aggressionsproblem haben, wenn sie ihm diesen Gegenstand an den Schädel gedonnert hat", sagte er zu Olivia.

***

Moritz und Olivia standen vor Anja Kuglers Wohnung. Sie hatten mehrfach geklingelt, doch sie öffnete nicht.

„Versteckt sie sich? Sie war doch vorhin nicht so scheu, warum jetzt?“, wunderte sich Olivia und versuchte in die Fenster zu spähen.
„Ich könnte versuchen, die Tür aufzubrechen.“
„Wie bitte?“ Olivia fuhr herum. „Das Einbrechen scheint bei dir zur Gewohnheit zu werden! Moritz, das lassen wir. Ganz bestimmt.“ Die beiden letzten Worte hatte sie betont langsam und eindringlich gesprochen. „Wir warten bis Klose mit dem Durchsuchungsbefehl hier ist. Wenn sie sich in ihrer Wohnung verschanzt hat, wird sie uns nicht entkommen.“
Moritz verzog keine Miene. Anja Kuglers Wohnung lag im Erdgeschoss, und er und prüfte alle erreichbaren Fenster. Als sich keines öffnen ließ, verschwand er auf der Rückseite des Hauses, um dort die Fenster zu untersuchen.
Olivia ging zurück und lehnte sich ans Auto. Sollte Kugler noch aus dem Haus kommen, würde sie sie zuerst entdecken und sie – falls ihr die Flucht gelang – mit dem Auto verfolgen können. Plötzlich zuckte sie zusammen, denn die Haustür flog auf. Sie sprang sofort in Position. Doch heraus kam nicht Anja Kugler. Heraus kam Moritz.
„Was? Wie bist du denn hier reingekommen?“
„Die Scheibe der einen Terrassentür war zertrümmert. Ich sag ja, sie hat ein ganz schönes Aggressionsproblem. In der Wohnung ist sie auf jeden Fall nicht. Hereinspaziert!“, Moritz machte eine einladende Handbewegung, „Na, komm schon! Wir schauen uns einmal um!“
Unwillig folgte Olivia ihm ins Haus, wo sie ihre Dienstwaffe zog und beim Betreten der Wohnung im Anschlag

hielt. Zu ihrer Linken lag die relativ enge Küche, in der es keine Sitzgelegenheit gab. Dafür war sie schön eingerichtet, ganz wie es Olivia gefiel, mit einem großen Korb Obst und vielen einzelnen Gläsern, in denen entweder Müsli oder verschiedene Pastasorten verstaut waren. Sie sah sich um, konnte aber nichts Interessantes oder Auffälliges in der Küche entdecken. Als sie heraustrat, kam Moritz aus dem Schlafzimmer.

„Also, so wie die Kissen ausschauen, hat sie gestern Nacht nicht allein in ihrem Bett gelegen. Aber mit wem ist sie dringelegen?"

Olivia nahm sich keine Zeit, darüber nachzudenken, sondern ging schnurstracks ins Badezimmer, um Moritz' Annahme dort zu überprüfen. Das Bad war viel großräumiger als die Küche und in einem dunklen Blau gehalten. Olivia trat ans Waschbecken und sah sich die Kosmetika an. Zwischen zwei Tuben fand sie den Rasierer einer Männermarke. Auch auf dem Duschgel prangte der Hinweis „For Men".

„Du hast recht, Moritz. In ihrem Haushalt scheint es wirklich eine männliche Person zu geben, von der wir noch nichts wissen."

„Das glaub ich nicht!", rief dieser.

Olivia war verwirrt. „Was? Warum glaubst du das nicht. Du hast doch selbst –"

„Nein, das hier im Arbeitszimmer glaube ich nicht! Komm!", rief er ihr zu.

Olivia verließ das Bad und lief zu Moritz. Der Raum war vollkommen in Unordnung, jemand musste unglaublich gewütet haben. Olivia stellte sich neben ihren Kollegen,

der mit erstauntem Blick vor sich auf den Boden zeigte.
„Unfuckingglaublich!“, kommentierte er.
Olivia ging in die Hocke. Sie wollte sich genauer anschauen, auf was Moritz zeigte. Vor ihr lag ein Bilderrahmen, die Glasscheibe war zersprungen. Das Foto zeigte einen jungen Mann, dessen Gesicht nicht mehr zu erkennen war, weil es scheinbar mit einem Messer zerstört worden war. Aber Olivia kannte das Foto. Sie hatte es erst vor Kurzem gesehen.
„Du erkennst es?“, fragte Moritz
„Ja, es ist dasselbe Bild, das wir bei Schönburg gefunden haben. Christian Wiese.“
„Christian Wiese“, bestätigte Moritz. „Ich hoffe, er hat nicht die ganze Stadt mit seiner Fratze zugepflastert.“
Er begann das Arbeitszimmer zu durchsuchen, riss einen Schrank auf und schaute sich überall um.
„Was soll das denn?“ Olivia wurde im Moment aus ihrem Kollegen nicht schlau.
„Solche Typen lieben nur sich selbst“, kommentierte Moritz.
„Ja und weiter? Deswegen suchst du ihn jetzt im Schrank, oder was?“
„Quatsch, ich schau nur nach, ob es von ihm weitere Spuren in diesem Zimmer gibt.“
„So wie das Foto ausschaut, sollten wir wohl besser ihn selbst finden, und zwar bevor ihn die Professorin findet“, warf Olivia ein.
„Stimmt, weil du ihr vom Verhältnis ihres Lovers mit ihrem Konkurrenten erzählt hast. Und das, wo sie doch ein so impulsives Wesen hat“, sagte Moritz und zog dabei

einen geöffneten Aktenkoffer unter einem Stapel Zeitungspapier hervor.
„Was ist das?“ Olivia sprang auf.
Sie erkannte einige Blutflecken am Koffer und war sofort alarmiert. Moritz zog einen Stapel mit großformatigen Briefumschlägen heraus. Er riss den oberen auf und hatte einen Packen Papiere von mehreren hundert Seiten in der Hand.
„Was haben wir denn hier?“, fragte er verwundert.
Olivia riss den Packen an sich und schaute sich das Titelbild genauer an.
„Das ist eine Dissertation“, stellte sie trocken fest. „Garantiert gefälscht von Schönburg. Warum ist sie bei Kugler?“
Moritz untersuchte den Koffer genauer. Im Innenfutter fand er den Eintrag „Eigentum von Dr. Peter Schönburg“.
„Schaut so aus, als wollte Schönburg einige seiner Kunden ans Messer liefern und hat Kugler mit diesem Koffer seine besten Werke überreicht“, kombinierte Moritz. „Aber warum?“
„Wenn Schönburg seine Fälschungen Kugler gegenüber offenlegen wollte, dann wollte er die Professorin und einige andere ruinieren. Anders kann ich mir diesen Schritt nicht erklären“, gab Olivia zu. „Schönburg brach das mit seinen Kunden vereinbarte Schweigen und zog jene, die ihm vertraut hatten, mit sich in den Dreck.“
In diesem Moment traf Dr. Klose in Anja Kuglers Wohnung ein. Olivia wollte ihn so schnell wie möglich ins Boot holen, um keine Zeit zu verlieren.
„Kugler hatte ebenfalls ein Verhältnis mit Wiese. So wie es

ausschaut, will sie ihn wahrscheinlich gerade konfrontierten."
„Und was immer sie dann mit ihm machen wird –", warf Moritz ein.
Dr. Klose räusperte sich.
„Gut das erklärt zwar nicht, warum wir ohne Erlaubnis in ihrem Haus sind –", er räusperte sich erneut, „doch wir dürfen keine Zeit verlieren. Wo ist er? Wo wohnt er?"
„Nicht weit entfernt. Zwei Straßen nur", antwortete Moritz und drückte einem Mitarbeiter, der mit Dr. Klose gekommen war, die verpackten Doktorarbeiten in die Hand. „Schaut die durch und findet heraus, für wen Schönburg fälschte."
„Wartet!" Olivia griff sich den ganzen Packen und riss einen Umschlag nach dem anderen auf, bis sie gefunden hatte, was sie suchte. Triumphierend hielt sie einen Stapel Papiere in die Höhe.
„Die gefälschte Doktorarbeit von Christian Wiese! Gefälscht von Schönburg, bewertet von Kugler. Mit beiden hatte er ein Verhältnis. Ich glaube, wir haben eine ganz heiße Spur!"
Schnell zückte sie ihr Smartphone und überprüfte den Bibliotheksplan, den sie vorgestern von Dennis erhalten hatte. .
„Er hat heute Morgen Bibliotheksdienst. Vielleicht ist er schon dort", erklärte sie.
„Ich schlage vor, ich fahre in seine Wohnung, während Ihr beide zur Uni eilt. Wenn das alles stimmt, plant Kugler vielleicht gerade ein Blutbad. Wir müssen schnell sein", ordnete Klose an.

***

Zufrieden stand der Schatten auf dem Ehrenhof. Mit dem Schloss im Rücken blickte er siegessicher in die Quadrate von Mannheim hinein bis zum Paradeplatz. So prächtig muss sich in der Geschichte wohl nur der Kurfürst gefühlt haben, der Mannheim und die Kurpfalz regiert hatte.

Die schattenhafte Gestalt streckte sich und machte mit den Armen eine Bewegung, als sei sie gerade erst aufgestanden. Alles schien reibungslos zu funktionieren. Sie war genial – und sie war sich nun sicher, dass sie ihr Geheimnis behüten konnte. Niemand würde ihr mehr gefährlich werden können.

Nun, nachdem sie alles erreicht hatte, auf was sie in den vergangenen Jahren hingearbeitet hatte, begann ein neues Leben. Ihr war leicht zu Mute. Die vielen Tage, an denen sie sich regelrecht über den Ehrenhof geschleppt hatte, waren vorbei. Heute schwebte sie nahezu auf das Schloss zu.

Der Schatten erinnerte sich, wie oft er sich hierher gequält hatte, wie er fassungslos vor verschlossenen Türen gestanden hatte, weil die Sprechzeiten verschoben worden waren, wie er mit der Bürokratie gekämpft hatte und welchem Mobbing er ausgesetzt gewesen war. Neid und Missgunst hatte er erfahren, und er hätte doch Zusammenhalt und Idealismus kennenlernen sollen.

Herrschaften, Euch habe ich es gezeigt, sagte er sich mit stolz geschwellter Brust.

***

Anja Kugler schritt über den Ehrenhof, geradewegs auf den Hauptflügel des Schlosses zu. Zwei Studenten grüßten sie beim Betreten des Gebäudes, doch die Professorin hatte keinen Blick für sie. Sie kannte ihr Ziel – und auf dieses strebte sie geradewegs zu. Sonst nichts. Im Schlossgebäude eilte sie zur Hasso-Plattner-Bibliothek. Sie wusste, wer sich dort befand.

Am Eingang der Bibliothek musste sie sich nicht ausweisen. Die Angestellten kannten sie und grüßten freundlich, doch die Professorin eilte achtlos an ihnen vorbei, weiter zu ihrem Ziel. Sie schritt über den blutroten Boden und spähte in jede Reihe zwischen den hohen Bücherregalen, um Christian Wiese ausfindig zu machen. Zwar wusste sie, wo er sich am liebsten aufhielt, sie kannte die Bücher, die er las, und ihren Standort, aber der Bibliotheksdienst brachte es mit sich, dass er sich auch an anderen Stellen innerhalb des Lesesaals befinden konnte.

Noch immer wollte sie nicht glauben, was heute geschehen war. Sie war zutiefst verletzt und hoffte darauf, dass Christian gleich zu ihr sagen würde, alles sei gut, sie habe am Morgen nur schlecht geträumt. Gleichzeitig war ihr klar, dass ihre Hoffnung vergebens war. Plötzlich verstand sie sich selbst nicht mehr.

Was hatte sie an Christian gefunden? Nun erschien er ihr unglaublich eingebildet und arrogant. War er schon immer so gewesen? Wie konnte ihr das entgangen sein? Sie hatte sich von ihm blenden lassen. Er hatte ihr all die Zeit Liebe und Zuneigung vorgespielt. Und sie? Sie hatte dies gerne entgegengenommen und hatte Christians andere Eigenschaften nicht sehen wollen. Jetzt erst begriff sie, dass seine vermeintliche Zuneigung nur gespielt war. Und sie war ein leichtes Opfer gewesen, sie hatte blind sein wollen. Ganze vier Jahre lang! Sie hatte blind sein wollen, damit sie beide harmonisch und zufrieden leben konnten. Doch nun gab es keinen Grund mehr, Christians Eitelkeit und Egoismus schönzureden. Nun hatte sie ihn erkannt. Nun wusste sie, was für ein Mensch er war. Er konnte sich nicht mehr vor ihr verstecken.

Immer schneller lief sie die langen Reihen der Bücherregale ab. Instinktiv war sie sich sicher, wo er zu finden war. Sie hatte ihr Ziel fest im Auge. Dort vorne, da saß er am Boden und las. Seinen Dienst ein wenig aus dem Auge verlierend. Trotzdem unschuldig und brav. Alles nur Fassade. Das wusste sie nun. Und wenn er hier nicht war, dann würde sie ihn mit Sicherheit im gläsernen Arbeitsraum finden.

Sie hatte mit ihrer zweiten Vermutung recht. Ganz allein saß er an einem Schreibtisch im gläsernen Arbeitsraum, jetzt um die Mittagszeit waren die meisten in der Mensa oder sonst wo essen, und so machte er selbst eine Pause vom Bibliotheksdienst. Vor sich hatte er einen Wälzer und las. Klein und unschuldig wirkte er. Er ignorierte sie, wahrscheinlich nahm er sie nur aus dem Augenwinkel heraus wahr und hielt sie für einen anderen Bibliotheksmitarbeiter.

Für eine höfliche Begrüßung war keine Zeit.

„Du hast mich schwer verletzt. Absichtlich und in jeder Hinsicht."

Wiese zuckte zusammen. Schnell drehte er seinen Kopf in ihre Richtung, schlug das Buch zu und sprang auf. Nun überragte er sie um einen ganzen Kopf.

„Du bist ein kalter, eigennütziger Mensch, den das Wohl der anderen nicht interessiert. Würde man dich einen Egoisten nennen, wäre das noch geschmeichelt."

„Hör mal, Anja, wir sind hier in einem Wettbewerb mit anderen Forschern. Die Universität ist kein Streichelzoo. Das weißt du, genauso wie ich es weiß", antwortete er kalt.

„Mir ist es egal, was du mit Schönburg und dem armen Hausmeister gemacht hast. Schönburg hat bekommen, was er wollte. Aber mir, mir hast du seit Jahren eine Liebe vorgegaukelt, auf die ich reingefallen bin. Wie hast du das gemacht? Wie kann man das spielen? Warst du bei mir und bist dann sofort zu ihm gefahren, um dort die gleiche Nummer abzuziehen? Menschen wie dich sollte man wegsperren, sie zerstören die Gemeinschaft, in der sie leben."

„Hör zu, Anja. Jede Beziehung geht mal zu Ende. Das musst du nach deiner gescheiterten Ehe doch wissen."

„Schweig, Christian! Ich war dir vier Jahre lang treu und loyal. Hab alles getan, was du wolltest. Ich hab mich sogar von meinem Exmann scheiden lassen!"

„Quatsch. Er hat dich betrogen. So war es doch!"

„Er hat mich betrogen. Aber ich dumme Kuh hätte ihm den Seitensprung verziehen. Ich hab dich gerade rechtzeitig kennengelernt, um diesen Fehler nicht zu machen. Und ich werde ihn auch jetzt nicht begehen!"

Tränen liefen Anja Kugler übers Gesicht.

„Keine Angst. Ich will dich nicht zurück. Warum auch?“ Sie griff willkürlich in eines der Regale, zog ein Buch hervor und schleuderte es in Richtung Wiese. Scheinbar hatte er mit dieser Reaktion gerechnet und wehrte das Geschoss mühelos mit dem Unterarm ab.

„Du hast gewagt, gleichzeitig mit diesem Versager Schönburg ins Bett zu gehen. Du bis widerlich!“

Sie rief sich die Konfrontation mit Schönburg ins Gedächtnis, die sie kurz vor der Promotionsfeier gehabt hatte. Jetzt konnte sie nicht mehr an sich halten, aus Wut ihrem ehemaligen Geliebten gegenüber sprudelte alles heraus.

Es war am Abend der Promotionsfeier. Sie war gerade damit beschäftigt, ihre Rede für die Graduierungsfeier noch einmal durchzugehen und hatte ihren Talar bereits übergeworfen, als Schönburg die Tür zu ihrem Büro aufriss. Sie war erschrocken, hätte sie doch mit jedem Mitarbeiter und Studenten der Universität gerechnet, nicht jedoch mit dieser gescheiterten Existenz. Bevor sie die Fassung wiedererhielt, hatte Schönburg seinen Koffer über ihren Tisch geschoben und alle ihre Sachen zu Boden gefegt. Dieser unverschämte, dreiste Zwerg! Sie forderte ihn auf, sofort ihr Büro zu verlassen! Sie drohte ihm sogar damit, Hilfe herbeizurufen. Doch bevor sie zum Hörer greifen konnte, öffnete er sein Köfferchen und holte mehrere Stapel Papier heraus.

Dabei lächelte er sie grimmig an. Anja Kugler kannte diese Art von Lächeln. Dahinter verbarg sich Neid und Missgunst. In seinem Fall war es der blanke Hass, dem sie nun ausgeliefert war.

Langsam begann Schönburg zu erklären: „Vor zehn Jahren hast du mir meine Professur weggeschnappt! Und heute ist der Tag, an dem ich dir eiskalt meine Rache serviere!"

Kugler schluckte. Wie würde er sich an ihr rächen wollen? Würde er ihr körperliche Gewalt antun?

Nein, er tat ihr Gewalt an, doch war sie anderer Natur und traf sie weitaus härter.

In seinem kalten, süffisanten Ton fuhr Schönburg fort: „Weißt du, dass ich die Hälfte aller von dir betreuten Dissertationen gefälscht habe? Oh, deine Studenten waren so verzweifelt, wenn sie zu mir kamen! Fast alle sind Kinder wohlhabender oder einflussreicher Eltern und wollten unbedingt zur Eilte gehören. Was lag da näher, als sich für einen Elitestudiengang zu bewerben? Du weißt, ich hab von dem Quatsch mit den strukturierten Promotionsstudiengängen nie viel gehalten. Die vielen Kurse, die die Doktoranden nun besuchen müssen, anstatt selbst zu forschen, sind unnötig und stehlen Zeit! Zeit, die die Doktoranden lieber in Forschung und in die Formulierung ihrer Gedanken stecken sollten. Aber in deinem schönen, neuen strukturierten Promotionsstudiengang mussten sie lernen, wie man ein Referat hält! Wie man sich präsentiert! Ich bitte dich! Das weiß man doch schon seit dem Abitur. Während sie bei Meerstadt vor lauter zusätzlichen Aufgaben durch ihre Jobs nicht vorwärtskommen, beschäftigst du sie mit all den unnützen und überflüssigen Kursen so sehr, dass sie keine Zeit für ihre Doktorarbeit mehr haben. Voller Verzweiflung kommen sie dann zu mir. Reihenweise verzweifelt. Ich bau sie wieder auf und helfe mit der Dissertation nach. So wie ich es getan hätte, wenn ich MEINE Professur erhalten hätte. Doch die hast du mir ja mit deinem Larifarikonzept weggeschnappt."

Kugler konnte kaum glauben, was sie eben gehört hatte. Schönburg brachte ihre akademische Welt beträchtlich ins Wanken. Mit gutem Vorsatz und viel Idealismus hatte sie versucht, endlich auch einmal in Deutschland etwas zu bewegen. Ganz wie der ehemalige Bundespräsident Roman Herzog es gefordert hatte, hatte sie dafür sorgen wollen, dass endlich ein Ruck durch die Universitätslandschaft ging, die es aus ihrer Sicht bitter nötig hatte. In ihren Ohren klangen Schönburgs Worte noch nach: „Und du hast von all meinen Fälschungen nichts bemerkt. Selbst meine geheimen Anspielungen hast du überlesen. Das beweist vor allem eines: Du bist unfähig! Mir gebührt die Professur. Mir! Und am Montag gehe ich damit zur Presse. Dann bist du erledigt!"

Schönburg holte einen Umschlag aus seinem Koffer und riss ihn auf. Er zog einen Stapel Papiere daraus hervor und hielt ihn Kugler unter die Nase.

„Das alles sind meine Gedanken, das alles ist meine Arbeit. Nicht die deiner Doktoranden! Mich hast du die ganze Zeit über gelesen und korrigiert!"

Als Schönburg ihr diesen Satz entgegenschleuderte, sah sie rot. Sie kannte ihre Wutanfälle. Für viele Situationen hatte sie ein Gegenrezept und konnte sich unter Kontrolle halten, doch dieses Mal wollte sie auf die Kontrolle verzichten. Blitzschnell bückte sie sich und ergriff den goldenen Briefbeschwerer ihres Vaters, den Schönburg achtlos mit seinem Köfferchen vom Tisch gefegt hatte Kraftvoll schleuderte sie ihn in Richtung ihres Gegenspielers. Schönburg machte noch ein paar ausweichende Schritte, als er sah, dass sie nach etwas gegriffen hatte, doch dann schlug der Briefbeschwerer wie eine Granate an seiner Schläfe ein. Bewusstlos fiel er zu Boden und brach vor ihren Füßen zusammen. Blut rann ihm aus der Wunde.

Kugler sah, wie sich auf dem Teppich eine Lache bildete, und war furchtbar über ihre Tat erschrocken.

Was hatte sie getan? Wie konnte das passieren? Sie taumelte einige Schritte rückwärts und wünschte sich, dies alles wäre nie geschehen. Dann handelte sie wie in Trance.

Panisch griff sie nach dem Briefbeschwerer und wischte mit dem Talar sämtliche Fingerabdrücke ab, steckte den Briefbeschwerer ein, packte Schönburgs Koffer und verließ damit das Zimmer. Sie schloss hinter sich ab.

Hektisch blickte die Professorin auf die Uhr. Sie musste unbedingt …

Sie musste unbedingt zur Veranstaltung. Zu ihrem großen Moment, in dem sie das erste Mal einen Jahrgang ihres Promotionsstudienganges präsentieren konnte. Vorsichtshalber schloss sie ihr Büro ab. Was sie mit Schönburg tun würde, musste bis nach der Veranstaltung warten. Bestimmt war er nur einige Minuten bewusstlos und würde dann von alleine wieder zu sich kommen. Sie ging kurz auf die Damentoilette und stellte fest, dass sie kreidebleich war. Verdammt. Schnell richtete sie ihre Frisur und tätschelte ihre Wangen, um etwas Farbe im Ge-

sicht zu haben. Schließlich rannte sie die Stufen nach unten zur Graduierungsfeier.
Zurück im gläsernen Arbeitsraum und in der Gegenwart schäumte die Professorin vor Wut. Mit hochrotem Kopf stand sie vor ihrem ehemaligen Geliebten.
„Und mit so einem hast du mich betrogen!", brüllte sie Christian Wiese an. „Ich hab dich gefördert, all die Jahre. Du kamst mit nichts außer ein wenig Talent, hattest kein Geld und keine Ahnung, wohin es mit deiner Karriere gehen sollte! Du wusstest nur, dass du unbedingt Karriere machen wolltest. Ich hab dir Stipendium um Stipendium besorgt. Und dann betrügst du mich mit diesem Ekel, das sich nur an mir rächen wollte und dich nie geliebt hat!"
„Das stimmt. Er hat mich nie geliebt", gab Wiese zu, „das weiß ich nun auch. Vor einer Woche hat er die Beziehung zu mir beendet. Ich dachte, das würde mir nicht passieren. Und doch ist es geschehen. Er hat mich ausgenutzt. Alles, was er wollte, war, dass er genau diejenige Doktorarbeit fälschen konnte, die du dann als die beste des Jahrgangs bewerten würdest. Das war seine Rache an dir. Sie ist ihm gelungen, und dafür hat er mich benutzt. Das Leben besteht eben aus Geben und Nehmen. Und ich hab ihm sein Leben genommen. Ich – nicht du. Die Welt dreht sich nicht um dich."
Er hielt kurz inne, nahm einen großen Atemzug, dann fuhr er fort.
„Glaubst du denn, dass er von allein aus dem Fenster gefallen ist? Hast du das die letzten Tage geglaubt und Schuldgefühle gehabt? Ha! Ich war auf dem Weg zu dir,

weil ich eure Zusammenkunft verhindern wollte. Seit er mich verlassen hatte, habe ich ihn verdächtigt, irgendetwas mit den Dissertationen im Sinn zu haben. Ich habe ihn beschattet und verfolgt. Als ich erfahren habe, dass er an die Uni wollte, war ich alarmiert. An jenem Abend sah ich ihn über den Ehrenhof laufen, doch als ich an deiner Tür ankam, war es zu spät, um die Begegnung zu verhindern, stattdessen bot sich eine andere Gelegenheit. Ich hab mich im Nebenzimmer versteckt und gelauscht. Als du die Tür abgeschlossen hast, bin auch ich in die Veranstaltung gegangen, immerhin sollte ich dort ja geehrt werden, da durfte ich nicht fehlen. Später im Tumult des Sektempfangs hab ich mich zum Hausmeisterkabäuschen geschlichen und den Generalschlüssel an mich genommen. Du selbst hattest mich ja mal dorthin geschickt, als du deinen Schlüssel vergessen hattest, ich wusste also, wo ich ihn finde. Damit bin ich zu dir ins Zimmer. Er tat mir sogar leid, als er so blutend und hilflos vor mir lag. Aber ich wusste, dass er mein Geheimnis verraten wollte, deshalb konnte ich nicht anders. Von mir aus durfte er mich ausnutzen, damit hatte ich kein Problem. Aber meine Karriere durfte er nicht zerstören. Ich musste handeln. Als er wimmernd vor mir lag, zerbrechlich und wehrlos, war meine Chance gekommen. Diesen Moment hatte das Schicksal herbeigeführt. Ich durfte nicht lange überlegen. Es gab nur eine Möglichkeit. Ich half ihm auf die Beine – und dann –" Christian Wiese machte eine Pause und zuckte mit den Achseln, sein Gesicht zeigte keine Regung. „Dann habe ich seinem Sturz aus dem Fenster ein kleines bisschen nachgeholfen."

„Du hast Schönburg getötet?“, fauchte Kugler halb erleichtert, halb verächtlich. „Und ich hatte befürchtet, dass er wegen der Verletzung, die ich ihm zugefügt hatte, aus dem Fenster gefallen ist. Was hab ich mir Gedanken und Vorwürfe gemacht. Ich hätte es besser wissen müssen! Jemand wie du schreckt vor nichts zurück.“
Wiese ging nicht auf ihren Einwurf ein.
„Dann musste ich nur herausfinden, ob er mein Geheimnis schon verraten hatte.“

***

Olivia und Moritz waren bis zur Brücke gekommen, die den Stadtteil Neckarau mit dem Rest der Stadt verbindet. Hinter ihnen lag das Hochhaus der Mannheimer Hochschule. Vor ihnen führte die vielbefahrene Bismarckstraße direkt zum Bahnhof, zum Polizeipräsidium und zur Universität. Dort staute sich der Verkehr. Sie mussten schnell sein. Olivia fiel nur ein Mittel ein.
„Oh, wie schade. Blaulichtfahrt und der arme Moritz muss auf dem Beifahrersitz Platz nehmen“, ärgerte sie ihren Kollegen.
Dieser antwortete nicht gleich, sondern grübelte über einer Retourkutsche.
„Mit mir am Steuer wären wir längst an der Uni - ohne Blaulicht.“
„Ja, wenn du nur mal fahren würdest!“
Olivia schaltete Blaulicht und Martinshorn ein und zog am Verkehr vorbei. Als sie sich auf der Bismarckstraße wieder dem Bahnhof näherten, klingelte das Telefon. Es

war Dr. Klose. Moritz stellte ihn sofort laut.
„Wir sind nun in der Wohnung von Christian Wiese. Einer seiner Mitbewohner war zu Hause und hat uns die Tür geöffnet."
„Super, habt ihr ihn?", fragte Moritz.
„Nein. Aber Dr. Üstbas hat 10.000 Euro sichergestellt."
„Bestimmt das Geld, das Schönburg von Dorothee Haber erhalten hat", merkte Olivia an, während sie sich auf den Verkehr konzentrierte.
„Und", fügte Klose stolz hinzu, „wir haben dort den verlorenen Generalschlüssel des Hausmeisters gefunden."
„Was immer in Anja Kuglers Büro geschehen ist, Christian Wiese war dabei!", kam es Moritz über die Lippen.
„Und Andi Beck hat ihn dabei beobachtet", überlegte Olivia. „Der Hausmeister hat gesehen, wie Christian Wiese den Schlüssel entwendet hat. Dann ist er ihm gefolgt und hat beobachtet, wie er Schönburg nicht nur das Geld abgenommen, sondern ihn auch getötet hat."
„Und anschließend hat er Wiese erpressen wollen", schlussfolgerte Moritz.
„Das passt", stellte Dr. Klose am Telefon fest. „Die Aufzeichnungen, die die Videokamera vom Präsidium in der Nacht gemacht hat, haben ihn gezeigt, als er damit zur Polizei gehen wollte. Im letzten Moment muss er es sich anders überlegt haben, gegen eine Aussage und für eine Erpressung."
Moritz führte weiter aus.
„Wiese muss sich mit Beck in der Kirche getroffen haben. Aber Beck war von vornherein dem Tod geweiht. Christian Wiese hatte nicht vor, den Hausmeister davonkom-

men zu lassen. Der Doktorrand wurde bei einem Mord beobachtet und plante, jeden aus dem Weg zu räumen, der das gesehen hat."

„Der Tod ist eine sehr harte Strafe für Gier", konstatierte Dr. Klose.

„Allerdings. Wir bekommen leider nicht immer, was wir verdienen", warf Olivia ein, „die Welt ist in der Tat ungerecht."

***

Anja Kugler griff in ihre hintere Hosentasche, in die sie zuvor das Briefmesser gesteckt hatte. Fest umklammerte sie den Griff.

„Ich hab dich immer gegenüber allen beschützt, du mieses Schwein. Selbst als ich den Stapel mit den gefälschten Arbeiten vor mir liegen hatte, hab ich mir nicht angeschaut, um wen es sich handelt. Ich wollte nicht, dass ich darunter deinen Namen finde. Nun bin ich mir aber sicher, dass dein Name auf Schönburgs Liste steht. Deine Dissertation war im Koffer!"

„Ganz richtig. Schönburg hat sie für mich verfasst."

Sie zog ihr Briefmesser hervor und hielt es ihm entgegen. Wiese erschrak. Damit hatte er nicht gerechnet. Dann beruhigte er sich wieder, so wie er Anja kannte und einschätzte, würde sie ihm nichts antun. Sie bluffte nur. Deshalb baute er sich langsam vor ihr auf: „Ach was, du bist nicht fähig, jemanden umzubringen! Wenn du mich jetzt tötest, gibt es für dich kein Entkommen. Man wird denken, dass du alle Morde begangen hast."

Anja Kugler schüttelte den Kopf. Sie ließ sich nicht beirren und ging weiter auf ihn zu. Wiese war überrascht. Nur zögerlich begriff er, dass es ihr ernst war. Schritt für Schritt wich er zurück, bis er mit dem Rücken an die hochmoderne Glaswand des Arbeitsraumes stieß, aus der man in das untere Stockwerk schauen konnte. Anja bluffte nicht, dessen war er sich nun sicher.
„Ich will gar nicht entkommen. Ich bin auf dich hereingefallen und habe mein Leben für dich zerstört. Meine Professur, meine Ehre. Jetzt gehst du dafür in den Tod."
Seinen Augen konnte sie ansehen, dass er Angst vor ihr hatte. Das verlieh ihr eine ungekannte Stärke. Mutig schritt sie auf ihn zu. Sie holte mit dem Messer aus und stach zu. Blut spritzte über die Glasfront der Bibliothek.

***

Olivia parkte direkt vor der Universität. Auf den Ehrenhof konnte sie nicht fahren, weil die Einfahrtssperre aktiviert war.
„Ist das etwa ordentlich geparkt?", rief ihr Moritz grinsend zu, während beide aus dem Auto rannten.
„Bestimmte Situationen erfordern bestimmte Maßnahmen", erwiderte sie kurz, konzentrierte sich aber wieder auf die Aufgabe, die vor ihr lag. Während sie rannte, überprüfte sie ihre Dienstwaffe. Hoffentlich würde sie sie nicht gebrauchen müssen.
Sie kannte den Weg in die Bibliothek, hatte sie doch Wiese erst gestern dort aufgesucht. Als sie mit Moritz den Eingangsbereich im zweiten Obergeschoss betrat, in dem

Wiese seinen Dienst hatte, kam ihnen eine Mitarbeiterin freundlich, aber bestimmt entgegen.

„Die Jacken müssen Sie draußen einschließen!“

Moritz hielt ihr im Vorbeirennen seine Dienstmarke unter die Nase.

„Kriminalpolizei Mannheim“, rief ihr Olivia zu, die schon im Lesesaal war.

Vorbei an den wenigen Benutzern, die teils neugierig, teils leicht verstört wirkten, suchte Moritz den vorderen Bereich ab, während sie zum hinteren rannte. Reihe um Reihe durchkämmten sie auf der Suche nach Kugler und Wiese, doch keiner der beiden war zu finden. Olivia fiel plötzlich ein, dass Christian Wiese immer in den gläsernen Arbeitsraum ging, in den er sie gestern zum Gespräch gebeten hatte, wenn er ungestört sein wollte. Dort musste er sein!

Sie rannte los und stieß unterwegs mit einem Studenten zusammen, der vor Schreck einen Stapel Bücher fallen ließ, den er gerade durch die Gegend trug. Als sie die Tür des Arbeitsraumes aufriss, stand sie vor Anja Kugler. Sie war blutüberströmt und scheinbar nur halb so überrascht wie die Kommissarin.

Olivia hatte keine Gelegenheit, nach ihrer Waffe zu greifen, die Professorin stach sofort mit ihrem Briefmesser blindwütig auf sie ein. Olivia wich aus, spürte aber, dass Kugler sie an der Schulter getroffen hatte.

„Moritz!“, war alles, was sie auf die Schnelle herausbrachte, als sich Kugler auf sie stürzte und zu Boden riss. Die beiden Frauen kämpften miteinander, und Olivia versuchte, an das Messer zu kommen. Trotz ihrer Ausbil-

dung hatte sie jedoch keine Chance. Anja Kugler hatte nichts mehr zu verlieren und kannte nur noch Wut. Brennende Wut. Sie schien ihr unmenschliche Kräfte zu verleihen. Es gelang ihr, Olivia auf den Rücken zu drehen und mit der linken Hand zu fixieren. Mit erhobener rechter Hand, das Messer fest umklammert, drückte sie gegen Olivias Arm, den diese schützend vor sich hielt. Olivia begann zu zittern, lange würde sie gegen Kugler nicht standhalten können. Zwischen ihren Körpern hindurch fiel ihr Blick auf Christian Wiese. Halb sitzend lehnte er an der Glasrückwand, die blutverschmiert war. Er schien sich nicht mehr zu bewegen.
Olivia hatte keine Zeit, sich darüber Gedanken zu machen, ihre Kraft ließ nach und Anja Kuglers Messer kam immer näher. Sie sah nur noch eine Chance. Für einige Sekunden sammelte sie die ganze ihr noch verbliebene Kraft in ihrem Nacken und stieß zu. Die Professorin hatte nicht mit dieser gewaltigen Kopfnuss gerechnet, sie zuckte zusammen und ließ das Messer fallen. Blut strömte aus ihrer Nase und tropfte auf Olivia. Trotz brummendem Schädel gelang es ihr jetzt, sich aus ihrer fast tödlichen Lage zu befreien. Sie rollte sich zur Seite, um nach dem Messer zu greifen, doch Anja Kugler hatte sich ein wenig erholt. Sie packte sie von hinten und zog sie weg. Das Briefmesser lag direkt vor der Professorin, die sich nur noch danach ausstrecken und es wieder packen musste. In dem Moment, in dem ihre Finger den Griff ertasteten, trat jemand auf das Messer und damit auf die Finger Anja Kuglers. Olivia konnte das Knacken hören. Kugler schrie auf.

Moritz zog seine Dienstwaffe. Er war gerade in dem Augenblick hinter den Regalen hervorgekommen, in dem die Professorin zum Messer gegriffen hatte. Blitzschnell hatte er die Situation erfasst.
„Sie sind verhaftet."
„In letzter Minute", seufzte Olivia.
„Pünktlich auf die Sekunde", grinste Moritz zufrieden, „und ausgestattet mit der besten aller Waffen, meinen Bikerboots."
Olivia war erschöpft. Sie rollte sich atemlos zur Seite und schielte zu Moritz hoch. Endlich war er einmal nicht zu spät gekommen, sondern hatte Kavallerie gespielt und das Gemetzel verhindert. Moritz zog Anja Kugler in die Höhe und kickte das Messer in Olivias Richtung. Sie nahm es schnell an sich. Anschließend zog auch sie ihre Waffe und richtete sie auf die Professorin, damit Moritz ihr in Ruhe die Handschellen anlegen konnte.
Hustend schleppte sie sich zu Christian Wiese, der zusammengesunken in einer Blutlache saß. Sie überprüfte seine Lebensfunktionen und holte ihr Handy heraus.
„Ja, Zentrale? Von Sassen hier. Wir brauchen Notarzt und Krankenwagen in die Hasso-Plattner-Bibliothek. Schnell, es geht um Leben oder Tod. Wir haben hier einen Schwerverletzten!", ermahnte sie die Zentrale eindringlich.
Wiese schien, wie ihre nähere Untersuchung ergab, mehrere Stichverletzungen an der Seite und an den Rippen zu haben. Über sein Gesicht verlief ein tiefer, blutiger Kratzer, der mit Sicherheit eine interessante Narbe hinterlassen würde.
Die Identität des Schattens war nun durch sein eigenes

Blut offengelegt und an die Glaswand der Bibliothek gezeichnet. Er konnte sich nicht mehr im Dunkeln der Schattenwelt verstecken. Vorbei war das Spiel, das er aus Büschen heraus und hinter Fensterscheiben getrieben hatte. Sein tiefrotes Abbild an der Glaswand war genauer und treffsicherer gebrandmarkt als jedes Phantombild. Olivia fand dies ironisch und grotesk zugleich.

***

Als die beiden Mannheimer Kriminalhauptkommissare aus der Universität traten, fiel Olivias Blick auf mehrere Studenten mit roten Nikolausmützen. Weihnachten lag vor ihnen. Sie musste unweigerlich an die Festtage denken, und ihr fiel ein, dass sie noch keine Geschenke besorgt hatte. Sogleich wunderte sie sich über ihre eigenen Gedanken. Wie konnte sie an Weihnachtsgeschenke denken, nachdem sie in den letzten Tagen so viel Schreckliches erlebt hatte! Andererseits musste das Leben ja weitergehen, und sie mochte die Weihnachtszeit sehr. Beleuchtete Straßen, Schnee, Glühwein. Vielleicht würde Moritz ja Lust haben, mit ihr über den Weihnachtsmarkt am Wasserturm zu schlendern. Sie hatten sich eine Bratwurst mit Glühwein verdient.

„Bald ist Weihnachten", kommentierte sie und sog die frische Luft ein.

„Ja, auch wenn ich mich gerade nicht danach fühle", antwortete Moritz.

Hinter ihnen traten die Sanitäter und der Notarzt aus dem Gebäude. Olivia war noch an Ort und Stelle untersucht worden, aber außer einem minimalen Kratzer an der Schulter war alles in Ordnung. Nicht einmal die Kopfnuss schien ihr zugesetzt zu haben. Sie hatte unglaubliches Glück gehabt. Wiese dagegen lag festgeschnallt auf einer fahrbaren Trage und hing am Tropf.

„Wie steht es um ihn?“, wollte Moritz wissen.

„Genaueres kann ich im Moment noch nicht sagen, aber so wie es ausschaut, ist er nicht lebensgefährlich verletzt“, antwortete der Arzt und rannte weiter zum Einsatzwagen.

Unmittelbar darauf kamen die Kollegen mit Anja Kugler. Schmerzverzehrt hielt sie mit ihrer gesunden Hand die gebrochenen Finger. Olivia deutete einem Streifenpolizisten an, sie zu ihrem Dienstwagen zu bringen. Er nickte.

„Wieder einen Fall gelöst“, grinste Moritz so souverän, wie er nur grinsen konnte.

„Aber für Spaghetti-Eis ist es viel zu kalt!“, fröstelte Olivia.

„Bitte, was?“, war alles, was Moritz dazu zu sagen hatte. Er stand auf dem Schlauch.

„Na, wir haben nach unserem ersten Fall ein Spaghetti-Eis gegessen. Ich dachte jetzt wäre wieder eines fällig.“

Bei Moritz fiel der Groschen.

„Ich bin mir noch nicht einmal sicher, ob wir zu dieser Jahreszeit überhaupt eines bekommen würden, Prinzessin!“

„Hast du einen anderen Vorschlag, wie wir uns jetzt belohnen?“

„Hm, heute Abend weiße Pizza bei Da Pino im Lindenhof?“, schlug Moritz vor.

„Das ist ein Angebot, das ich nicht ablehnen kann“, bestätigte Olivia.
Sie schlenderten in Richtung ihres Wagens. Olivia fühlte sich Moritz plötzlich sehr nah.
„Danke, dass du vorhin zur rechten Zeit am rechten Ort warst. Keine Ahnung, was die mit mir gemacht hätte. Solange du bei solchen Einsätzen pünktlich bist, kannst du ab sofort morgens gerne einige Minuten später kommen.“
Olivia blieb stehen und blickte ihn an. In seinem Gesicht konnte sie keine Regung erkennen. Träumte er? Sie wartete. Nach ein paar Sekunden schien er wieder in die Gegenwart zurückzukommen. Nun wirkte er weich und versöhnlich.
„Äh, Livi, du wolltest doch immer wissen, wer das Mädchen ist, das bei mir wohnt, oder?“
Olivia sah ihn erstaunt an. Moritz wollte doch nicht etwa sein großes Geheimnis mit ihr teilen?
„Das blonde Mädchen, das ist meine Schwester Ronja. Ich kümmere mich um sie, seit unsere Mutter und mein Stiefvater tot sind.“
Jetzt war Olivia noch überraschter. Moritz hatte eine Schwester und einen Stiefvater, der ebenso wie seine Mutter schon gestorben war? Das hätte sie nicht gedacht. Sie war betroffen. Es tat ihr leid, und sie wusste nicht, wie sie reagieren sollte. Es dauerte eine Weile, bis sie ihre Fassung wiedergewonnen hatte und etwas erwidern konnte.
„Wann ist das passiert?“
„Darüber sprechen wir ein andermal.“
Er musste ihr jetzt wirklich vertrauen, wenn er ihr etwas derart Persönliches verriet. Das machte Olivia stolz. Sie

würde geduldig warten, bis er ihr den Rest der Geschichte erzählte.

„Komm, wir müssen Anja Kugler ins Präsidium bringen."

Er nickte.

„Ich fahre, Livi."

Olivia war erneut überrascht. Normalerweise war es Moritz leid, durch den Stadtverkehr zu tuckern. Mit einem Augenzwinkern gab sie ihm die Schlüssel.

Olivia stieg rechts ins Auto ein und freute sich, dass sie nicht fahren musste. Mit Moritz war etwas geschehen, zuerst vertraute er ihr ein Familiengeheimnis an und nun war er bereit, durch den Stadtverkehr zu fahren. Sie konnte es kaum glauben. Während sich ihr Kollege ins Auto setzte und anschnallte, überlegte Olivia was wohl der Grund für seinen Sinneswandel war. Einen besonderen Anlass konnte sie nicht ausmachen. Sie waren als Team erfolgreich gewesen, und nun sogar schon zum zweiten Mal, aber das war noch lange kein Grund. Egal, sie freute sich darüber, dass Moritz einen Schritt auf sie zugegangen war. Als sie auf die Bismarckstraße abbogen, lächelte sie zu ihm hinüber, und Moritz gab gewohnheitsgemäß Gas. Viel zu schnell raste er die wenigen Meter bis zum Polizeipräsidium.

Das Telefon klingelte, es war Fatih. Olivia nahm den Anruf entgegen. Ihr Kollege erklärte ihr, wie es um Christian Wiese stand. Sie nickte und bedankte sich.

„Wiese wird durchkommen", sagte sie zu Moritz.

„Was? Das Schwein hat den Tod verdient", fauchte Anja Kugler von der Rückbank aus. „Er hat zwei Menschen

umgebracht und Gott weiß wie viele ins Unglück gestürzt."
„Es ist nicht Ihre Aufgabe, darüber zu urteilen", ermahnte Moritz sie. „Er wird vor Gericht gestellt werden und dann die Strafe erhalten, die er verdient."
„Was wissen Sie schon, was er verdient? Menschen sollten damit bestraft werden, was sie anderen angetan haben. Wiese wird davonkommen, wie immer in seinem Leben."
„Das glaube ich nicht. Und im Übrigen: Sie sollten sich besser Gedanken darüber machen, was Sie getan haben", fuhr Moritz fort. Er redete sich in Rage. „Auch Sie wollten töten. Aber glauben Sie, dass Sie den Tod verdient haben?"
„Moritz", warf Olivia beschwichtigend ein. Ihrer Meinung nach sollte er sich nicht von Anja Kugler provozieren lassen.
„Wer was verdient, bestimmt unser Schicksal, und wer wie bestraft wird, das Gericht, sonst niemand. Und erst recht nicht ein Racheengel wie Sie!", warf er der Professorin an den Kopf.
Dann geschah etwas völlig Unerwartetes. Moritz musste die Professorin zu sehr gereizt haben, sie fing auf dem Rücksitz zu toben an. Sie konnte sich zur Seite werfen, sodass sie quer hinter Olivias Sitz lag. Auch wenn ihr die Hände auf den Rücken gebunden waren, hatte sie jetzt Beinfreiheit. Moritz blickte überrascht nach hinten. In diesem Moment erhielt sein Sitz einen kräftigen Tritt von Anja Kugler, der ihn so überraschte, dass er die Kontrolle über den Wagen verlor. Olivia wollte ins Lenkrad greifen, kam jedoch zu spät. Ihr Wagen touchierte ein parkendes

Auto. Der Aufprall mit hoher Geschwindigkeit reichte aus, um sie vollkommen aus der Bahn zu bringen. Der Wagen verlor die Bodenhaftung und schoss dennoch in Fahrtrichtung weiter. Dabei überschlug er sich mehrfach und schliff bis zur Ampel bei L 6 mit dem Wagendach über den Boden.

Die anderen Fahrzeuge versuchten ihnen auszuweichen, was dazu führte, dass einige ineinander krachten. Nach nur wenigen Sekunden, war die Bismarckstraße restlos verstopft. Verkehrsinfarkt. Nichts ging mehr.

Olivia hatte schützend ihre Arme über den Kopf gehoben. Die wenigen Sekunden fühlten sich wie eine Ewigkeit an. Sie schien sich in einem Nebel zu befinden, fühlte nichts und wusste nicht, wo sie war. Plötzlich, wie ein Blitzeinschlag kehrte ihre Erinnerung zurück. Sie kam in Begleitung einer Panikattacke und überschwemmte sie unbarmherzig wie ein Tsunami. Ob sie verletzt war, wusste sie nicht. Überall waren Scherben und Blut. Raus hier, sie musste raus. Das war alles, was sie denken konnte. Ihre Tür klemmte, doch mit einem kräftigen Stoß gelang es ihr, sich zu befreien. Sie spürte ihre Füße und war erleichtert. Ihr Kopf fühlte sich an, als hätte ein Hammerschlag sie getroffen, ihr Herz raste. Schwindelig kroch sie ins Freie.

„Moritz!“, schrie sie. Verdammt, er musste doch auch aus dem Wagen. „Moritz! Komm schon, mach die Tür auf.“ Als sie nichts von ihm hörte, versuchte sie, um das Auto herumzugehen. Zu gern wäre sie schnell gelaufen, aber sie musste sich abstützen, weil ihr immer noch schwindelig war. Wenn es einen perfekten Zeitpunkt geben

würde, sich zu erbrechen, dann wäre es mit Sicherheit dieser Moment gewesen. Doch Olivia riss sich zusammen. Die Fahrertür war verschlossen. Sie klopfte an die Scheibe und konnte erkennen, dass ihr Kollege hinter dem Lenkrad eingeklemmt war.
„Moritz! Alles klar bei dir?“
Es kostete sie alle Kraft, nicht über die eigenen Beine zu fallen, aber sie musste ihn aus dem Auto befreien. Sie wollte sehen, dass auch mit ihm alles in Ordnung war. Sie wollte in diesem Moment nichts anderes von ihm hören als „Alles okay, Prinzessin“. Aber sie wurde von einem kalten Schweigen empfangen und schauerte bis ins Mark. Er rührte sich nicht. Olivia zog am Griff, doch die Tür war nicht zu öffnen. Sie rannte zurück auf ihre Seite und kroch in den Wagen. Ein Blick in den Fond sagte ihr, dass die Professorin sich nicht bewegte. Sie lag ausgestreckt dort, wo kurz zuvor noch das intakte Dach ihres Dienstwagens gewesen war.
In diesem Moment kamen die Rettungskräfte. Ein Sanitäter legte vorsichtig seine Hand um Olivia und zog sie vom Unfallauto weg. An der Seite breitete er eine Decke aus und stellte einen Kasten auf den Boden, um ihre Füße hochzulegen. Sobald er sie richtig gelagert hatte, untersuchte er sie.
Olivia merkte, wie ihre Kraft schwand. Gerade war sie noch um das Auto herumgegangen und hatte mit aller Macht versucht, die Fahrertür zu öffnen, nun zitterte sie am ganzen Körper und fror schrecklich. Ihr Puls raste, und ihr war immer noch übel. Durch einen Schleier sah sie, wie die Einsatzkräfte der Feuerwehr ihr Dienstauto

auffrästen und Moritz aus dem Wagen schnitten. Er wurde auf eine Trage neben Kugler gelegt. Neben der Professorin stand ein Arzt und untersuchte sie. Er richtete sich auf und schüttelte den Kopf.

Der Nebel verdichtete sich, Punkte tanzten wie wild vor ihren Augen, dann wurde es dunkel.

epilog

Der Lehrstuhl von Anja Kugler wurde bald wieder besetzt. Ein Bürokrat ohne Vision und Idealismus erhielt die Professur. Ihm bedeutete die neue Graduiertenschule seiner Vorgängerin nur zusätzliche Arbeit. Zunächst verwaltete er sie mit Argwohn und Missgunst, bis sich schließlich keine Studenten mehr dafür interessierten und sie geschlossen wurde.

Christian Wiese wurde wegen zweifachen Mordes verurteilt, die Doktorwürde erkannte man ihm ab. Zum Jahrgangsbesten wurde in der Folge Dennis Güth gekürt, der auch die frei gewordene Post-Doc-Stelle in Yale erhielt.

ENDE

Alexander Emmerich

Wut im Quadrat

Mannheim-Krimi

263 Seiten
Format 13,5 x 20,5 cm,
Broschur
€ 12,95

978-3-7650-8800-1

• E-Book
€ 9,99

978-3-7650-2101-5

Noch bevor die junge Olivia von Sassen ihren neuen Job als Kriminalhauptkommissarin antritt, beobachtet sie am Mannheimer Rangierbahnhof einen Mord. Doch als sie die Polizei ruft, ist die Leiche verschwunden – war das alles nur Einbildung? Schnell wird sie in die Wirren ihres ersten Mannheimer Falls gezogen, für den sie selbst die einzige Zeugin ist.

Das spannende Debüt von Alexander Emmerich rund um die Mannheimer Quadratestadt und ein junges, unkonventionelles Ermittlerduo.

Erleben Sie Olivia von Sassen und die Mannheim-Krimis online:

facebook.com/OliviaVonSassen
twitter.com/OliviaVonSassen
instagram.com/OliviaVonSassen
facebook.com/MannheimKrimi
www.mannheim-krimi.de

www.gbraun-buchverlag.de

G. BRAUN